Ramón González-Cuevas

LAS MEJORES ESTAMPAS DE SECADES

(Estampas costumbristas cubanas de ayer y de hoy)

COLECCION ANTOLOGIAS

EDICIONES UNIVERSAL. Miami, Florida, 1983

ELADIO SECADES

LAS MEJORES ESTAMPAS DE SECADES

(Estampas costumbristas cubanas de ayer y de hoy)

P. O. Box 450353 (Shenandoah Station)
Miami, Florida, 33145., U.S.A.

Library of Congresss Catalog Card No.: 82-84440
I.S.B.N.: O-89729-324-X
Dibujo de la portada por Silvio Fontanilla

Segunda Edición. Miami, 1983. (La primera edición de este libro se publicó en México en 1969 por Medina Hermanos S.A.).

ELADIO SECADES:
EL PSICÓLOGO DEL COSTUMBRISMO CUBANO

El género costumbrista tiene en Cuba una larga tradición. Y es que muy pronto el pueblo cubano emergió como nación, mostrando una identidad nacional que se concretaba, entre otras cosas, en una serie de costumbres y de tipos populares que lo hacían distinto, dramaticamente distinto de sus congéneres hispanoamericanos.

Por otro lado, la presencia del esclavo africano tipificó inmediatamente la realidad isleña y aportó un ingrediente que unido a lo criollo se concretó no sólo en peculiaridades del carácter del cubano: el choteo y el relajo, sino en máximos pasatiempos nacionales como los carnavales y las comparsas.

El español se fundió con ella, sobre todo con la llegada de la gran ola de emigración de principios de la República cubana, legando la figura del «gallego». El negrito y el gallego se plasmaron en arquetipos folklóricos; los más representativos de la realidad cultural cubana. El chino, aunque en cuantía reducidísima hizo también su aparición junto a la mulata, su ideal erótico; como lo fue del gallego.

Todo ello se concretó en un teatro bufo que alcanzó su más alto pico con el popularísimo Alhambra.

Si se estudia el desarrollo del costumbrismo cubano desde el punto de vista literario — dejamos a un lado la pintura donde muy pronto se manifestó con dorados tintes—, si se estudia, sin incluir el creado en el exilio cubano a partir de 1959, se ve que, hasta la llegada de Eladio Secades, el costumbrismo es de tipo realista.

Ese realismo se corresponde, como es natural, con las etapas en que vive el escritor costumbrista. Por lo tanto, su predicamento, el del cultivador del género, está limitado por el momento en que escribe. Sus artículos dirán mucho a una generación a la que llama atención sobre las costumbres del país. Se le leerá con deleite cuando describe al malojero, por ejemplo, a ese vendedor de maloja que recorría las calles de la Habana en trato con los que tenían coches.

Se le leerá con deleite cuando se refiere al quincallero, el que peinaba a Cuba y visitaba las casas ofreciendo perfumes y medias de mujer, y ropas... en un tiempo en que el comercio no había alcanzado el desarrollo que llegó con el progreso económico.

Pasadas las etapas que los circunscriben estos escritores costumbristas pertenecen al capítulo de la nostalgia. Están, repetimos, unidos a una era determinada, «estamentada».

Todo cambia, sin embargo, con Eladio Secades. Sus artículos costumbristas que van apareciendo los lunes, en el periódico Alerta, adquieren resonancia nacional. Secades se convierte en un personaje. Todo el mundo lo conoce. Escala la más alta cima del costumbrismo en Cuba. Ha sido el más popular de los costumbristas cubanos. Y es que Eladio Secades es el Primer Psicólogo del Costumbrismo Cubano.

Es que Eladio Secades hizo como protagonista de sus estampas al cubano. Le entró al alma del mismo con el escalpelo del cirujano y la estudió en su totalidad. Practicó una disección psicológica de todas las características de ese ser humano especial que se llama el cubano: «El cubiche». El lenguaje popular lo denomina así con la conciencia de que es algo distinto; psicológicamente hablando—.

Las estampas de Eladio Secades tienen, pues como meollo, al ser humano, al cubano, al que produce las costumbres.

Para un costumbrista de generaciones anteriores un velorio sería descrito con una cámara fotográfica. Secades no olvidará esto, pero señalara, con la cala anímica, que eso que la fotografía recoge se debe al cubano que asiste al velorio. E indicará el comportamiento del mismo en la funeraria.

Indicará como son los cirios, y las cajas, y el sitio donde se vela, pero indicará que, como una burla a la muerte, el cubano hace chistes de doble sentido en el velorio; que algunas veces hasta hace bromas con el muerto. Mostrará que con ese aspecto festivo el cubano da su concepto de la muerte, porque para el cubano no es esa cosa horrible, esa parca de guadaña que ven otros pueblos. Tal vez, y perdónesenos la pequeña grosería, la actitud ante la muerte la configuró, en toda su magnitud, el cubano que al ser llevado para el cuerto de operaciones —Rafael Ruiz del Vizo, el popularísimo Siboney—, le gritó a la mujer: «Lola, vieja, ahora si que se partió Siboney».

Es que la muerte para el cubano es eso que vemos en la estampa: *El chusma,* un tipo criollo que encontramos en la nomenclatura cubana. Lo que es la muerte está en esta descripción de Eladio Secades: «Mi amigo lo suponía acaudalado de energía, pero aquel día al llegar a la casa notó un movimiento de extraña inquietud. Pechos que querían sollozar. Ojos que habían llorado. Hay en la vida ironías tan amargas, que lo que más se parece al llanto es el catarro. El anciano estaba grave. Todo había sido de repente. El sacerdote debía de llegar de un momento al otro. De la habitación salió un hermano que como loco se le colgó al cuello para decirle: —Alberto, papa guarda. . .

Las grandes desgracias sugieren ideas vulgares. Nadie sabe lo que tiene hasta que lo pierde. Después de todo es un consuelo llegar a tiempo para verlo todavía con vida. El viejo que desertaba miró a los hijos reunidos en torno a su lecho de muerte. No puede existir sobre la tierra un silencio más hondo. Por fin detuvo la mirada en el mayor de los hermanos y con voz que se apagaba y se iba alejando le dijo: — Me muero, Alberto . . . Hazte cargo de la orquesta . . .

Ese enfoque festivo de la muerte, ese choteo; ese ralajo con que se le mira estan aquí en toda su dimensión. Como está el lenguaje popular que enseguida tratamos.

Ha habido siempre una tendencia en Cuba a mirar el lenguaje popular como algo que despretigia al que lo usa. Un hombre serio lo rehuye. La irrupción del chuchero, un ser delincuencial y pintoresco, en la escena cubana, que creó una jerga de vastos matices, lo convirtió, al lenguaje popular, para muchos, en algo despreciable.

Pero en el lenguaje popular están todas las características del alma cubana: el choteo, el relajo, lo cursi —picúo en cubano—; lo metáforico del habla de la Perla de las Antillas etc.

Secades lo comprendió así, y entendió que si bien ciertas expresiones del lenguaje popular son muy vulgares, otras, sin embargo, dan, claramente, pristinamente, el alma cubana. Por eso, como se ve en lo de la muerte, no dejó de usar en sus estampas el lenguaje popular que manifiesta, por la carga emocional que lleva, por su carga anímica, los ríos más profundos de la psquis cubana.

De ahí que no tema usarlo cuando sea necesario. Por eso en vez de decir que el padre esta muriendo escribirá: «el viejo que desertaba». Por eso, sabiendo que hay frases populares que encierran toda una visión anímica del cubano pondrá en boca del muribundo, en ese momento tan dramático, esta oración cargada de relajo y de choteo: «Me muero, Alberto . . . Hazte cargo de la orquesta» o sea «encárgate de la familia».

Secades observó, también, que por ser el cubano un ser extraordinariamente abierto y democrático, el lenguaje popular estaba permeando todas las clases sociales del país, y señaló: «Como todos maltratamos el idioma, los que hablan mal no se notan. Cualquier muchacha nos confiesa que lo que mas le priva del club es el tiroteo en el bar. Y que el otro día levantó una nota que llegó a su casa que no creía en nadie. En nuestra pequeña vida hay señoras que jaman caló con quile. Sin dejar de ser distinguidas, naturalmente. A la «toilette» le llaman covadonga. Porque la defensa está permitida. El compañero viejo, o flaco, o viejo, está hereje. La mamá está espantada, porque a la niña le ha dado por hablar como hablan los conductores de la ruta 15. . . (En *El Chusma*)

Así mismo, la germanía del chuchero ha ido calando en el habla del cubano. Palabras como «gao», «querer a alguien con quile», «estar tapiñao» etc, se oyen a diario aun entre la gente más culta o más encopetada.

De ahí que Secades no despreciara hacer estampas usando el «argot» del personaje—del chuchero-y en *¡Qué clase de bronca!* nos lo hace desfilar en total despliegue: «—Mire que casualidad, usted misma es la acróbata que yo estaba buscando para enmarañarme con la Marcha Nupcial» («Usted es la persona que yo buscaba para casarme). «Ese Ñico Bareta se le escapó a Satanás». («¡Qué osado es Ñico Bareta!» «Ñico Bareta es capaz de cualquier cosa»)

— Princesa, persónese para echar un talón con Ñico Bareta» («Señorita, vamos a bailar»).

Pero no sólo esto se ve en las estampas de Eladio Secades. Hay mucho más y de una importancia supina.

De una importancia extraordinaria. Y es que hay una cosa cierta; que el carácter cubano de las guerras de independencia y el de los tiempos iniciales de la República no es, hoy, el mismo. Cambió de lo vivo a lo pintado.

El caso merece un estudio detallado que no podemos hacer aquí, pero si se analiza a un francés de los años de 1871, cuando la derrota del Sudán, y el de los tiempos actuales, se verá que es idéntico. Hay una formación anímica integral, que se adapta a las peculiaridades de la época en que vive, pero no ha variado.

No ha sucedido lo mismo con el cubano. De un hombre caracterizado, sobre todo en las clases sociales más altas, por una gran gravedad y una seriedad innata, incapaz del choteo y del relajo, moldeado en el viejo tipo del caballero colonial, hoy muestra un carácter festivo y en muchos casos una propensión al diletantismo que le eran desconocidos.

El «picuismo» o sea lo cursi, el uso de la trompetilla — Véase la estampa de Secades sobre la misma— el democratismo en muchos casos exagerado, el amiguismo o sea la tendencia a abrirse sin reservas con el que acaba de conocer — la palabra tiene una definición política distinta; es útil que lo señalemos— el concepto de «persona decente» que no es mas que una continuación del caballero de tipo patriarcal de las Guerras de Independencia y de los primeros años de la República etc., estas peculiaridades del cubano actual desfilan por las estampas de Secades.

Es decir, que las variaciones anímicas, sufridas por el tipo sin lugar a dudas extraordinario: por el amor a la libertad;a la familia; al trabajo etc., las variaciones anímicas sufridas por el cubano se pueden estudiar, a todo trapo, en las estampas de Eladio Secades.

Es más, si algunas de las características actuales del «llamado carácter nacional» contribuyeron a la quiebra de la República y a la llegada del marxismo leninismo, la disección anímica que del habitante de Cuba hace Eladio Secades, es una cantera inagotable para los psicólogos que quieran adentrarse en ese «carácter nacional» y en sus fallas.

Eladio Secades tuvo plena conciencia de que era el Psicólogo del Costumbrismo cubano. En «Prólogo y Confesión» a *Las mejores estampas de Secades* hayamos lo siguiente: «El premio más rico a que puede aspirar un escritor de costumbres es la sonrisa de acatamiento franco, sano y generoso, el «yo pecador me confieso» de los mismos tipos descritos en trazos de sátira cruel, como caricaturas literarias. El defecto que se subraya, el detalle ridículo que se pinta y que lejos de causar indignación u ofensa, divierte, complace y hasta convierte a la víctima de la crítica en lector entusiasta y asiduo. Esa recompensa inapreciable yo la he experimentado muchas veces».

Por otro lado, la popularidad de las estampas se debe igualmente al hecho de que Eladio Secades creó un estilo. Por eso si a un lector le presentan una estampa sin firma la distingue inmedíatamente. «Es de Secades,» exclamará.

Uno lleno de frases cortas pero cargadas de expresión: «Hay la visita del pepillo que habla mucho, y del «pesao» que no habla nada. Mientras la conversación de los otros se mira en el espejo de la sala. Y se cuida la raya del pantalón (*Visitas de cumplido*) . . . . Un día, la vieja refunfuñona se decidía a vestirse. Vestirse era entonces un problema de revolver el escaparate y acabar de mal genio. La cosa empezaba en el camisón. El corsé de ballenas. La sayuela que se ataba con una cinta. . . (*Visitas de cumplido*) . . . lleno de frases cortas y de metáforas brillantes: «el amor es el salpullido que no se toca» (*Visita de cumplido*); «Verdaderos amateurs del amor, porque amaban sin mujer. Que es desvivir la vida en una sistema de monólogos» (*El piropo picúo*); «La trompetilla es la vacuna que nos ha inmunizado un poco contra el virus de la recitación» (*La trompetilla*); de frases cortas, de definiciones pintorescas: «La tarjeta de visita es la dósis mínima para salir del paso» (*Las personas decentes*) «Con ideas como recién sacadas de la tintorería» (*Las personas decentes*); de frases agudísimas: «con los menús de los banquetes nos pasa como con las mujeres vulgáres. Qué después de lo que hemos visto, ya sabemos lo que viene» (*El banquete homenaje*) de un diálogo vivo y chispiante: «—Elena— le dice con voz dulce. Ella no responde. —¿Tienes algunas preocupación?— insiste él. Elena suelta el peine y se sujeta la cabeza con las dos manos de uñas esmaltadas.— No sé lo que me pasa Juan— responde al fin. . . — Hace tres días que no muevo el vientre. . . (*Mujeres vulgares*); —Saben quien se divorcia?. . . —¿Otro divorcio? — Concepción y Arturo están en los trámites. . . La mamá suspira:— Incompatibilidad. . . la eterna incompatibilidad. En eso salta uno de los hijos modernos, que habla con la boca llena y sin soltar la cuchara: —Seguramente que la sorprendieron fuera de base. . . (*El chusma*); creó un estilo.

En fin, en cada estampa, el cubano no vio sólo una costumbre sino que se encontró retratado. Secades fue, pues, el analista del alma nacional. Por ello su nombre tiene vigencia eterna. Los que pueden entrar, como él lo hizo, dentro de los veneros espirituales de un pueblo no mueren jamás.

Febrero del 83

Hortensia Ruiz del Vizo
Bennett College.

José Sánchez-Boudy
Universidad de Carolina del Norte.

PROLOGO Y CONFESION

Las "Estampas de la Epoca" se publicaron por primera vez en "Alerta", un tabloide ágil y polémico que costaba un centavo y que irrumpía en las calles de La Habana con gran algarabía de los vendedores durante el receso de las dos horas clásicas para almorzar que tenían los empleados cubanos. Medio día de sol vertical y guaguas repletas. "Alerta" fue el arquetipo de periódico popular y manuable, que se lee enseguida y el lector lo deja olvidado en la mesa del café o tirado en la plataforma de un vehículo. Después las "Estampas mías se imprimieron en la revista "Bohemia", sin duda la publicación escrita en idioma castellano de más circulación y crédito en Cuba y en Hispano-América. Sería un rasgo de tonta e increíble modestia el dejar de reconocer que estos ensayos de costumbrismos pudieron ser reunidos con fortuna en tres libros, por la penetración que lograron en el gusto de todas nuestras clases sociales.

El premio más rico a que puede aspirar un escritor de costumbres, es la sonrisa de acatamiento franco, sano y generoso, el "yo pecador me confieso" de los mismos tipos descritos en trazos de sátira cruel, como caricaturas literarias. El defecto que se subraya, el detalle ridículo que se pinta y que lejos de causar indignación u ofensa, divierte, complace y hasta convierte a la víctima de la crítica en lector entusiasta y asiduo. Esa recompensa inapreciable yo la he experimentado muchas veces.

Las "Estampas de la Epoca" son lotes desordenados de observaciones cubanas, de ideas cubanas, de personas y personajes cubanos. Las que durante muchos años salieron publicadas en Cuba, son como una ventana abierta al espíritu campechano y confiado de un pueblo que, a pesar del progreso vertiginoso, conservaba residuos encantadores de la vida sosegada, jaranera y sabrosa. Desfilan por sus páginas el *picúo* que se desabotona la camisa para enseñarnos las iniciales bordadas por la novia en la camiseta. El chuchero de melena, bufanda gaucha, cadena colgando hasta la rodilla del pantalón de embudo y pamela de pluma. El chusma al que le faltan todos los dientes, pero se ríe a carcajadas como si no le faltara ninguno. El empleado público que cuando lo llamaban, no estaba casi nunca, porque había salido a tomar café. El español "aplatanao" que llegó con cachetes colorados y pantalones de pana y terminó de dueño de la bodega de la esquina; el domingo con traje de drill cien y ya para siempre con el hígado enfermo. El picador ingenioso y cuentero, la solterona de balcón, el rascabucheador de azotea. La trompetilla cubana, desahogo del alma que alcanzó la antología del folklore nuestro; chispa húmeda, verdadero concepto del cubano sobre la libertad de pensamiento. Cromos del barrio criollo: la mulata de saya apretada y dientecito de oro; la puerta de la accesoria abierta para que los vecinos vieran el tremendo juego de cuarto de escaparate de dos cuerpos y cama camera, casi siempre de color caramelo. La barbería de Mongo, con tablero de jugar a las damas y ventiladores de paletas. Aquel amolador ambulante de tijeras, que sin saberlo practicaba la mitad del ciclismo, con una sola rueda y un solo pedal. Era el gallego más sufrido, porque cuando se ponía a trabajar, sudaba chispas. El velorio tan llorado y concurrido, que no cabía la gente y había que traer sillas de la casa de al lado. El banquete-homenaje, con el orador indicado para explicar el motivo del acto en unas breves frases, que nunca eran breves. La Cuba de las perigraciones al cobre de los mítines políticos con adornos de palmas y voladores de a peso. El censo de población dividido en bandos irreconciliables: vivos y verracos. Habana y Almendares, suscriptores de "La Marina" y lectores de "El Mundo", Conservadores y Liberales. La Cuba de las comparsas con muchas farolas, mucho sudor, y mucho ruido de chancletas, de las verbenas en todos los jardinas, de la ilusión proletaria de fabricar la víspera del sorteo o de engrapar un terminal por lo menos. La Cuba perdida de los pensadores de lechería y los pregones callejeros. Ya todos sabíamos que al llegar la época de los mangos, después de las lluvias, salían las carretas y se acababan las siestas...

Tengo que señalar que muchas de las cosas risibles que han aparecido en las "Estampas" y que causaron impacto de burla nacional, fueron encontradas en mi propia vida, copiadas de mi propia casa. Por ejemplo, para hacer las "Estampas" de la cubana trémula de precauciones que va a tener un hijo, no tuve la necesidad cazuelera de meter la retina de observador en el cuarto íntimo de alguna amiga asustada por su embarazo. Los detalles cómicos a la par que humanos, característicos de ese proceso de tacones chatos, antojos inauditos y falda de maternidad, sin proponérselo ella, me los fue facilitando la hermana que me dio dos sobrinas, que felizmente pudieron salir de Cuba sin tener que cantar la Internacional en coros de esclavos y sin tener tampoco que ponerse el uniforme de miliciana para subir al Pico Turquino como una prueba de capacidad intelectual. La menor de esas sobrinas, casi hijas, está terminando el bachillerato en un plantel religioso en Nueva York.

Los cubanos siempre hemos sufrido una triste fama por la maldita culpa de la inclinación al choteo, la preferencia al transcurrir un poco irresponsable, encogidos los hombros; militantes de cuerpo y alma del credo filosófico del qué más da. Parecía que nada le pondría límite al sentido nuestro del relajo congénito, transigente con todo, menos con el comunismo importado, que impone sumisión, infelicidad y obediencia en pugna con el temperamento nativo. Que no deja de sonreír, pero que no aprendió a sonreír de rodillas. Había que hacer una Cuba nueva, con cubanos distintos, crecidos detrás de la cortina de mentiras e ignorancia. Y aún muchos de esos cubanos de anatomía sin bañar y cerebro bañado, se fugan en botes de remos o saltan como locos las cercas de alambre de la Base Naval de Guantánamo...

El tercer libro de las "Estampas" estaba orgulloso y campante en los escaparates de las librerías y ya iba por su tercera edición, cuando el advenimiento repentino de la extraña libertad proclamada en los discursos de Fidel, que coincidían con la ocupación de la pobre isla por tanques, aviones, soldados, banderas rusas y litografías con las barbas diabólicas de Marx. La Cuba nueva, colonial otra vez, proscribía las "Estampas", que ni siquiera las pude sacar conmigo cuando emprendí el camino muy triste del destierro. ¡Cuántos compatriotas, escapados también, me han preguntado con emoción y cariño, que me conmueven y agradezco, dónde podría encontrar en el extranjero las "Estampas" de Secades. Las "Estampas" mías se quedaron en Cuba, como en Cuba se quedaron también tantos otros frutos del esfuerzo legítimo o del legítimo talento de los que no quisieron conformarse con la entrega disfrazada de heroísmo y se fueron con la ropa puesta y la vergüenza intacta.

"Las Estampas" interrumpidas en Cuba, se reanudaron en el semanario "Zig-Zag", que se edita en Miami y que es otro exponente muy enaltecedor del espíritu cubano de rebeldía y de capacidad para la reconstrucción y la supervivencia. Humorismo vertical, concebido lejos de la patria, pero sin que el escritor o el caricaturista tengan que postrarse de hinojos para complacer al tirano. Con las mejores "Estampas" pretéritas y con las nuevas que, a idea mía, se ajustan más al ánimo de las poblaciones cubanas en el exilio, hago ahora en México el cuarto libro de costumbres criollas... Si el lector al hojearlo experimenta la emoción ingenua y la ingenua gratitud de cuando revisamos un álbum con fotografías de la familia, el autor quedará satisfecho. Después de todo lo que le ha pasado, no aspira a más.

ELADIO SECADES.

LAS MASCARAS DEL ENGAÑO

Cerramos los ojos en el exilio y en la oscuridad se puede ver el pasado. Es que las imágenes del desfile sombrío han quedado grabadas para siempre en el recuerdo como una pesadilla de uniformes verde-olivo, de barbas largas, de collares con cuentas de colores y crucifijos. Boinas, sombreros alones, fusiles diferentes unos de otros, ametralladoras. Había en esa marcha en tumulto que desbordaba la carretera central cañones rodados con estruendo y algunos tanques que parecían de cartón, como construídos y pintados de prisa para una farsa de teatro. Multitudes de jeeps y otros vehículos cargados hasta los topes de armas de todos los diseños, desde la bazuka hasta el cuchillo de cocina. Casi todos esos soldados rebeldes que bajaban de la Sierra y se dirigían a la capital en una invasión sin guerra, eran para sorpresa del pueblo una especie de cubanos que nunca antes habíamos visto en la ciudad. La tez tersa, color de aceituna, atesada y brillante de churre, semblantes más de indios que de mestizos, muy blancos, parejos y fuertes los dientes, las barbas, las melenas y el bigote crecidos como maleza y tocados todos ellos con los sombreros más estrafalarios y fantásticos.

Aquellas tropas llegaron a La Habana con sastrería y estrépito de mascarada bélica caracterizada, más que por otra cosa, por los harapos de campaña y la variedad de sombreros estrambóticos; los que sacan los vaqueros en las películas, el típico yarey de nuestros campesinos, había también en esas legiones de soldados de la revolución que olían a grajo y albahaca, sombreros de paja, de paño, gorros absurdos, bombines ya desaparecidos del gusto nacional, quepis sucios y rotos. Hasta vimos en aquellas horas de fatal regocijo a combatientes con botas de trinchera, pantalones de kaki, pull-over deportivo y sombrero de copa. La estampa del patriota de sainete. La primera señal del relajo sangriento que estaba comenzando.

Como era en su trastienda, entonces muy oculta, una epopeya de disfraces y con libreto escrito por genios de la destrucción, ajenos a la ansiedad y a las necesidades de Cuba, con Fidel bajaron en el desfile hasta comunistas con sotanas, guerrilleros vestidos de curas, preparados para soltar el hábito, la cruz y el libro de oraciones y empuñar la metralleta. Cuando en el curso del fraude fabuloso hacía falta un sacerdote, allí estaban disponibles aquellos falsos representantes de Dios que vendieron su alma al diablo. Había en el equipo de religiosos de faldas negras o carmelitas y conciencia roja, un padre Sardiñas, que volvía los ojos al cielo y juntaba las manos sobre el pecho en actitud de oración y que era capaz de asistir a un fusilamiento como si estuviera en misa. O de apear del altar a la Virgen de la Caridad, para poner en su lugar a La Pasionaria o al símbolo de la hoz y el martillo.

Pero semejante espectáculo al infeliz cubano le inspiraba fe, contemplaba todo aquello con ilusión y simpatía. Al criollo feliz, risueño, ingenuo, le parecía que estaba asistiendo a un amanecer de libertad, y de nacionalismo. Las banderas que traían las tropas victoriosas eran banderas de Cuba y del 26 de julio. Como las medallas que colgaban del cuello de algunos oficiales y de millares de soldados rasos, alejaban la sospecha de que pudiera haber influencia extranjera en aquel desbordamiento espeso, oscuro, imponente, unánime, sin precedentes ni puntos de comparación. El cubano que ha tenido que irse al exilio y aprender y sufrir en pocos años lo que otros pueblos no han sufrido ni aprendido en siglos, no sospechó siquiera que entre los bastidores de su revolución (cubana como las palmas) estaba Rusia, lista para llevárselo todo. Que al bajar los barbudos de las montañas, se iniciaba para la patria una era de injusticia, de terror, de miseria, de divisiones de familia, que se llenarían las cárceles de inocentes, que se teñiría el paredón de sangre nuestra. Que la isla confiada y generosa, la isla de la fraternidad, de la risa y del choteo, habría de convertirse en un verdadero infierno con las calderas encendidas por un imperio extraño.

La historia de la gran traición se concreta en dos hechos. En 1959 Cuba proclamó a Fidel héroe nacional. Después, en proceso lento de perversión importada y científica, fueron apareciendo en la vida criolla las banderas rojas, los emblemas de gratitud a la generosidad soviética y salieron a relucir también las cartulinas de Marx y Lenin. No transcurrió mucho tiempo sin que el cubano comprendiera que era más peligroso hablar o siquiera pensar mal de Rusia, que hablar o pensar mal de Cuba. Y en 1962 Fidel Castro fue proclamado héroe, no de su propia patria, como antes, sino de la Unión Soviética, como premio a la entrega miserable, que hubiera hecho morir de tristeza a Martí y a Maceo.

¿Quiénes mostraron conformismo o indiferencia ante el engaño? Los fanáticos, los imbéciles, los envidiosos, los resentidos, los frustrados. También los pillos que adularon a todos los gobiernos, los que vendían el voto a cualquier partido, los que bailaron con todas las farolas y arrollaron en todas las comparsas. Todos ellos entraron en las milicias. Como tanto abogado sin bufete, tanto médico sin enfermos, tanto ingeniero, tanto arquitecto y tanto abogado que seguían viviendo de la ayuda del papá que les pagó la carrera. Los fracasados en suma, que llevaban dentro el resentimiento y el desprecio a la humanidad y que se vieron de pronto amparados por el comunismo. Por eso en los cargos de compañeros responsables hay ahora, entre la escoria social, entre los delincuentes perdonados, maestros de escuela, profesionales con títulos académicos, pobre gente que quiso ser algo y nunca fue nada...

Como la revolución no era para sus líderes un movimiento gigantesco de rebeldía, sino una conjura cuidadosamente premeditada con miras a implantar un sistema inconcebible en la América, había que destruirlo todo, desde la economía próspera hasta el gusto y las costumbres, pasando desde luego por la libertad de expresión, por las tradiciones de cualquier índole y por las creencias religiosas. Todo tenía que desplomarse, caer todo bajo el nuevo y bárbaro poderío. Era preciso someter el ánimo del cubano a un sistema de agitación perenne, para perturbar sus sentidos y que al influjo de ese terror sicológico, se prestara a la conversión. Los inconformes serían acusados de enemigos del pueblo, de estar vendidos al imperialismo, de representar la burguesía que la dictadura del proletariado tenía que aplastar. Lo primordial en esas transformaciones es que la crueldad arroje frutos de pánico y escarmiento y de cumplir esa parte se encargan los tribunales populares, formados por chusmas con trajes militares empercudidos y por fiscales de la peor ralea. Una orgía de venganzas y penas de muerte.

Se fueron colocando banderas rusas al lado de las banderas cubanas, la fotografía de Lenin junto a la de Martí en los actos públicos se tocaba la Internacional enseguida del Himno de Bayamo. Todo eso en un portento de perversión y de perfidia, para inculcarle al cubano la idea de que con el amor a Cuba tenía que experimentar un amor nuevo a la Madre Rusia. Con la imposición infame no transigieron las personas adultas, de escrúpulo e inteligencia, pero se confundió a los muchachos de edad colegial y, peor aún, a los millares de becadistas, hembras y varones, que la revolución sacó del campo en campaña de adoctrinamiento masivo, para la cual alteraron los textos de enseñanza y las páginas de la historia.

Ahora cerramos los ojos en el exilio y en la oscuridad se puede ver el pasado. Ahí está Fidel Castro en su primer discurso pronunciado en Colombia, destilando mugre y con la paloma blanca posada en el hombro. Entonces estaban con él Camilo, el Che Guevara, Morgan, Sori Marín. Futuros cadáveres. La primera mentira el líder máximo la dijo allí ¿Es posible el recuento con la sonrisa del humorismo? ¿Tiene algo que ver la literatura festiva con esa evocación de luto y sangre? En otras Estampas nos referiremos a los embustes siguientes de Fidel, que forman una enciclopedia de desvergüenza, de hipocresía, de impudicia. La obra del peor cubano. Los engaños del Apóstol de Cara Dura.

Eladio Secades recibiendo un Album firmado por sus compañeros periodistas del «Diario de la Marina».

CONSUELO EN EL EXILIO

Las horas del exilio no estarían tan cargadas de costumbres extrañas y de nostalgia, si en vez de pensar en las cosas entrañables que nos quitaron, pensáramos en las cosas infames que hemos dejado de ver. Perdimos de vista a los barbudos del único sainete trágico que conoció la isla de la risa. Barbas bastardas, símbolo de la falsa rebeldía. Glorificación nacional del piojo. Los americanos inventaron la ropa *wash and wear*. Que no tiene que plancharse. La revolución roja inventó al imbécil de patria o muerte. Que no tiene que bañarse. Se le distingue por la facha de apóstol andrajoso y maldito. Se le encuentra por el olor. Nos liberamos de la libreta de racionamiento. Que organiza el hambre. De las charlas. Que racionan la inteligencia. Y son una escuela de oratoria cursi y cretina. De los actos masivos. Que ordenan la inconformidad y el miedo. Del pillo que nunca hizo nada y entró a las milicias para seguir sin hacer nada. De la miliciana *picúa* que se cree una heroina. Inmoló la femineidad y la gracia, para odiar al mundo tanto como el mundo la quería a ella. La miliciana criolla con las caderas muy gordas apretadas dentro del pantalón verdeolivo, es el monstruo no contemplado en ninguna mitología. Mitad soldado y mitad langosta.

Al irnos, dejamos de ver también al comunista de verdad. Que se alegra. Y al comunista de mentira. Que patea los escombros y aplaude como alabardero de una claque siniestra. El exilio dejó atrás a los que cantan la Internacional. Y a los que obligan a cantarla. Cantar la Internacional sin ganas es la más refinada y cruel de las torturas marxistas. La voz no quiere salir. Los labios no quieren abrirse. Es un fenómeno mixto de bochorno, de asco y de susto. Por su misión de martirio, la Internacional es el más largo de los himnos. Es el *long-playing* de una sola pieza. Parece que ya ha terminado. Pero sigue. Es el único himno que se entona para venerar la patria ajena. Y para entregar la patria propia. Por eso se canta en cadena. Es la marcha de los grandes traidores. El pasodoble de la chusma.

Con todos sus inconvenientes, el exilio nos ha rescatado del título de compañero. Que había que escuchar con un gesto de sumisión. Y del Comité de Vigilancia. Que es la institución que le da al chivatazo vil categoría de acto heroico.

Los vecinos que antes espiaban por el gusto amateur y vernáculo de la murmuración, ahora ponen sus chismes a la disposición de la causa. En el Comité de Vigilancia siempre hay una vieja con mal genio de encargada de solar y alma de lechuza. Es la Presidenta. Un vago de chinela, sortijón y pijama, que antes recogía terminales. El empleado retirado que no quiere perder la pensión. El infeliz que con mucho trabajo hizo una casa y no quiere perderla. El conformista de todas las épocas y de todos los gobiernos. Que ya se siente viejo y cansado para irse. Y se queda. Haciendo guardia de noche. Cortando caña algunas veces por la mañana. Y temblando siempre. Porque recibe correspondencia de Miami. Y no lo consideran integrado por completo. Para el cubano que vive en el nuevo país comunista, la integración completa significa la pérdida completa de la dignidad. Como si el hombre que siempre fue libre y bueno, se quedara de pronto sin orgullo y sin memoria. Que es como terminar un curso académico de hipocresía.

La esposa del camarada integrado tiene que federarse y adorar a Vilma. Injerto de tirana y de virulilla. Con gesto de comandante. Y nombre de tabletas para la digestión. Que el hijo menor se ponga la boina roja de pionero. Y transcurra una infancia sin reyes, sin educación, sin medicina, sin leche y sin zapatos. Que el hermano mayor de vez en cuando desaparezca de la cuadra y del barrio, para el orgullo de contar con mucho misterio que está aprendiendo artillería en un lugar de la isla. Que no conviene que se enteren los imperialistas. El papá integrado debe de encontrar toda esa desintegración del hogar la cosa más natural y feliz del universo. Y encima llegar temprano al trabajo. No vaya a ser cosa que el compañero responsable lo mande de castigo a una granja. A recoger tomates. O a sembrar malanga. La malanga es la vianda redentora que en los primeros discursos anunció Fidel como la dieta de un sacrificio unánime. Después sólo alcanzó para los viejos. Por misericordia. Y para los enfermos. Por receta.

El comunismo ha infestado el país de tipos y de frases desconocidos hasta entonces. El jefe de la seccional. Las metas superadas. Las citas de emulación. Los enemigos del pueblo. Los atentados a la economía popular. La compañerita que se desvela con una ametralladora. Cuidando una vidriera vacía. Pero el personaje cumbre de ese relajo sangriento es la Presidenta del Comité de Vigilancia. Que no creen en nadie. Sus ojos asedian todo el tiempo. Están en todas partes, en la azotea, detrás de las persianas, en la calle. No se asea, no para, no se cansa, no transige. ¿Cuándo duerme la Presidenta del Comité, que es la Primera Dama de un Sumidero? No falta ella cuando se forma la algarabía porque llegó el carro del hielo o el camión de las piltrafas. Si la gente se amontona porque no llega nada, se le ve también, confundiendo el desagrado con la ayuda a los americanos. Las horas de la madrugada las cuenta, minuto a minuto, mientras observa las puertas que se abren, las luces que se encienden, los peatones que pasan y los perros que ladran. ¡Ay del que vuelva tarde y traiga un paquete! Del que tenga hijos y no los mande a la escuela a que los adoctrinen. Del que presentó para salir y pretenda comer. Del que se asome al balcón mientras está hablando el Caballo. Regaña en las colas. Ayuda al policía que le hace el inventario, al *gusano* que pronto recibirá el telegrama. En ese trámite recuerda el televisor que falta. El anillo de boda de la señora. Le extraña que no haya más lámparas en la sala y que el refrigerador no funcione. Ustedes tenían una batidora. Qué raro unos burgueses como ustedes sin toca-discos. Alguien que vaya a la cárcel o al paredón por una denuncia de la Presidenta del Comité, es un mérito que se contrae. En su cuarto, que la revolución ha convertido en oficina, escribe cartas, anota las bajas en la libreta, cambia domicilios, llena planillas. Deja de ser oficinista para convertirse en trapera, cuando del apartamento que sellaron carga con las cortinas viejas, las botellas vacías y los zapatos rotos. Aunque en esa actividad quisiera que nadie la vigilara a ella. La cosecha de porquerías con que se conforma la Presidenta del Comité, es un documento de lo poco que la revolución deje para que se lleven los demás. La Presidenta del Comité parece que nunca fue joven, que nunca fue bonita, que no amó a nadie y que nadie la amó a ella. Sólo la envidia y el resentimiento ocultos a través de una vida y hechos venganza al llegar el comunismo, pueden engendrar una cubana así.

Pero la revolución necesitaba a esos cubanos perversos, tontos o fanáticos. Necesitaba a la Presidenta del Comité, capaz de dejar que le fusilen al hijo. Y al comunista furioso y falso, que si la mujer lo engaña, no la mata a ella, ni se suicida él, ni pide el divorcio. Le echa la culpa al Pentágono. Se destruyó todo, para hacer una Cuba acostumbrada al miedo, a la mentira, a la miseria. Con niños que quieren más a Rusia que a Cuba. Más a Lenin que a Martí. Más al marxismo que a Dios. Más a Fidel que a las pobres madres que los parieron.

LA REVOLUCION Y SUS TIPOS DE RELAJO

Fidel se hubiese distinguido únicamente por mentiroso y por *picúo,* si no fuera por los cubanos que ha matado. Por las familias que ha dividido. Y por el regalo de la patria a la Madre Rusia. La sangre y el terror lo liberan de la categoría de político de relajo. La risa que pudo darnos, convertida en el odio que inspira. Como estudiante no hizo sino agitar y suspender asignaturas. Como abogado, no ejerció nunca. Como militar, en resumidas cuentas, no peleó de verdad en ninguna guerra. Su única epopeya la terminó escondido debajo de una sotana. Es el orador de enormes discursos. Vacíos de ideas generosas y llenos de embustes, Si le quitamos a Fidel la fastidiada que nos ha dado y la ayuda del comunismo imperial, ¿qué queda? Un vagabundo de pasado inocuo y desprecio mortal a la ducha. En lo físico, la caricatura del *habitante* en el sentido nacional del vocablo. Como Salgueiro. Si Salgueiro hubiera sido asesino. El compañero Fidel, el líder máximo, el hijo bastardo de Oriente, nos hubiera hecho reír si no hubiera hecho llorar a tantas madres.

Mientras habla, acompaña a la declamación con un repertorio de manías. Entre ridículas y asquerosas. Siempre en las descargas suyas hay un momento en que se rasca el pecho con las dos manos. Como el orangután en el zoológico. Parece que tiene una molestia atrás que no deja que se siente a gusto. Manosea los micrófonos. Lleva dos relojes. Acaso porque se ha robado muchos. Se acaricia la verruga que esconde en el follaje de la barba cochina. Se quita la gorra y se rasca la cabeza. Como si meditara o buscara un piojo. Y en medio de las oraciones largas. De ataque a las oligarquías. De desdén a Washington. O de amenaza a los vagos que nunca trabajaron, como nunca trabajó él, se mete un dedo en la nariz empercudida. Como si quisiera cerciorarse de que todavía está allí el moco emancipador. Recuerdo entrañable del desembarco del Granma.

Cuando a Fidel le dijeron que el recibimiento a través de la Isla era la demostración de masas mayor de la historia de Cuba, respondió que un exponente de fe superior sería su entierro. Porque nunca engañaría al pueblo de Cuba. ¿Voy bien, Camilo? Un dechado de frescura y de cinismo. Esa fue la primera semilla de una colosal cosecha de embustes. Después prometió elecciones. Y vinieron los juramentos que el viento se ha ido llevando. Himalayas de azúcar. Piscinas de leche. El arroz que iba a salir y que no salió nunca de la Ciénaga de Zapata. Para cada cubano, una casa y un automóvil. Un día descubrió Fidel que había en la isla yacimientos fabulosos de petróleo. El imperialismo revuelto y cruel lo había ocultado. A la mañana siguiente en una fotografía apareció trepado con aire de triunfo en la cúspide de una perforadora. Robada también. Aplaudieron las compañeritas becadas. Corearon los milicianos erigidos en tribus de imbéciles. El hermano Raúl dijo que para que rabiaran los gringos. Los comunistas viejos compadecieron a la Standard Oil. Y a Wanguemert no le cabía un alpiste. Ibamos a producir café para desvelar a medio mundo. Y eucaliptos para abastecer a todos los planetas. Guido García Inclán, el Carrasco de la gran farsa, no sabía que en Cuba hubiera eucalipto. Pero aplaudió también. Todo lo que prometió Fidel, es lo que ahora falta o está racionado. Su caudal político es un Potosí de mentiras. No superado por nadie. En ninguna época y en ninguna parte.

Los subalternos obedientes y los hombres de confianza de Fidel en la revolución del choteo maldito, son personajes de un folklore andrajoso y miserable. Dorticós ni siquiera llega a eso. El Presidente es el botones a propina de las repúblicas socialistas. De repente nos enteramos que existe. Cuando el Premier le da un chance y lo deja hablar. O cuando presenta credenciales el embajador de un país amigo.

En ese elenco de traidores histéricos se destaca en estratega don Alberto Bayo. Que es un tirano de opereta. Parido por accidente geográfico en Cuba. Pero criado en España. Y devuelto a puntapiés a la América. Con perilla de astrólogo. Gorra de oficial de una armada imaginaria. Y uniforme con las condecoraciones de las guerras a las que no fue. Y de las batallas que hubiera querido ganar. Caudillo inédito, pero arrogante. Como un fantoche aleccionado por Marx y vestido por Algernon. Bayo siempre nos produjo la impresión de que antes de llegar el comunismo a Cuba, ya lo habíamos visto en otra parte. Quizá haya sido en la etiqueta del jamón del diablo. O en la serenata de "Molinos de Viento". En los primeros días de la revolución, cuando Fidel no había confesado su marxismo, ni acabado con la paz de la isla y con el bronce de los monumentos sagrados, veíamos a don Alberto Bayo en automóvil. Con su estampa mamarracha. El traje de gala. Y un miliciano peludo de chofer particular. Eso también hubiera tenido mucha gracia, si Bayo no hubiera ido a Cuba a matar a los muertos que no le dejaron matar en la invasión de cartón animado a las Islas Canarias. Bayo escribió editoriales, imprimió folletos. Dibujó mapas para embarcar a los guerrilleros. Pero nadie lo vio a él en ninguna guerrilla. Ahora es el charlatán senil que en el fondo quisiera contar sus proezas en un café madrileño. Mixto de maniquí de "El Sol" y de Capitán Araña.

Hoy los cubanos comprendemos que la revolución no llevó a Cuba, ni tampoco produjo en su marcha un solo hombre de calidad y talento. Aunque fuera un talento perverso. Son ínfimos hasta en la calidad, ya por sí repudiable, de comunistas. El simulador supremo en esa pandilla de chusmas y aventureros sin patria, sin religión, sin familia y sin desodorante, fue el Che Guevara. A quien muchos cubanos simples concedían más cultura, ponderación y personalidad que a los otros. Che Guevara fue un argentino que nunca quiso a la Argentina. Un médico que no sabía de medicina. Ocupó la presidencia del Banco Nacional sin conocer una palabra de finanzas. El Ministerio de Industrias sin entender de ninguna especie de producción. Y sin haber producido él mismo otra cosa que no fuera odio y resentimiento. Allí, donde decir la verdad costaba la vida, el Che Guevara gozaba del privilegio para decir ciertas verdades y señalar determinados errores. Lo que le proporcionó al principio una aureola de dignidad y simpatía. Disipado aquel proceso y ya libres de él, los cubanos en el exilio comprendemos que el Che Guevara. Con los bigotes chorreados y lacios. Los ojos misteriosos y oblicuos. El gesto taciturno. Y la tez brillosa por la pátina de la porquería acumulada en la Sierra Maestra, no era más inteligente que el moreno Almeida. Que en los anales del universo es el único comunista que le ha dedicado un canto a una virgen. Muy malo y muy cursi por cierto. El socialismo criollo lo glorifica como un segundo titán.

Cuando Fidel se hospedó en el Hotel Theresa de Harlem con una consigna de agitación racial, después de estar allí se dio cuenta de que entre sus acompañantes no había ningún negro. Para predicar con el ejemplo, por teléfono de larga distancia le pidió a la compañera Celia Sánchez que le mandara en avión *al negrito* que se le había olvidado. Era como si la compañía "Alhambra" hubiera salido de turné sin Sergio Acebal.

En esa Cuba convertida en Colonia. En medio de tanta infelicidad e ignorancia. En la nueva república de las consignas. Las barbas y las mochilas. En la sociedad socialista donde todos los analfabetos aprendieron a leer en un fin de semana, el mediocre resulta un genio. Y el que se conforma con el comunismo, que es conformarse con la esclavitud, ya puede elegir el camino de falsa gloria que primero se le ocurra. Si es comunista o finge serlo, pintará sin saber coger los pinceles. Escribirá versos sin tener inspiración. Cantará sin tener voz. Ejercerá el periodismo sin conocer ortografía. La revolución con sus efigies de vertederos hace médicos en ocho meses. Y técnicos de cualquier materia en lo que dura un viaje de ida y vuelta a Checoeslovaquia.

La Cuba que perdimos era una tierra encantadora y digna de la nostalgia que estamos sufriendo. La extrañamos cada día. Cada día tenemos la ilusión de que una calle ajena. O una esquina. O un parque. O un edificio, nos hacen creer que estamos allá. Basta un pedazo de mar para que nos vuelva a la mente el domingo cubano en Guanabo. ¡Cuántas veces los portales mexicanos se nos parecían un instante a los portales de Belascoain . . . San Juan de Puerto Rico es para los refugiados allí como una imagen irremediable de Obispo y O'Reilly. Pero la Cuba comunista, más de los rusos que de nosotros, ¿qué idea de regreso puede inspirarnos? Fidel y sus turbas cretinas nos la quitaron a nosotros para dársela a Rusia. Y todavía el Caballo dijo un día que la historia lo absolvería.

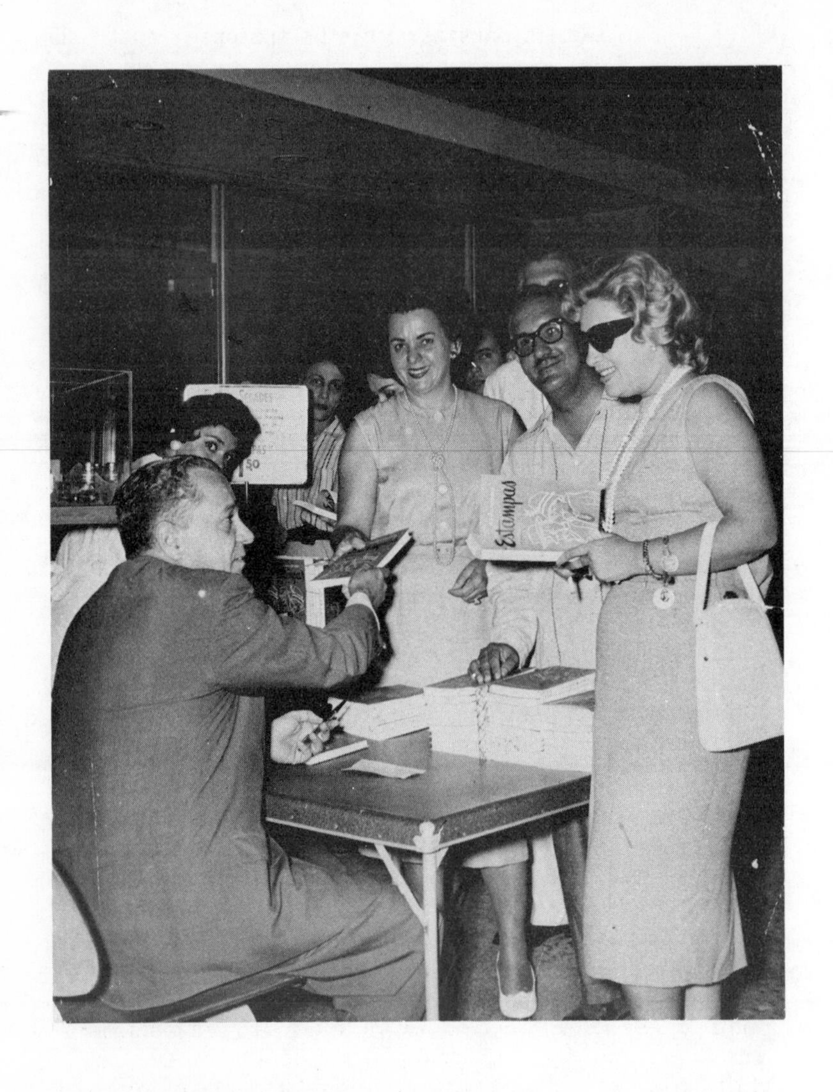

En la popular tienda de La Habana, «Fin de Siglo» firmando su libro de ESTAMPAS.

LOS CUBANOS QUE RUSIA NECESITA

Tal vez sea verdad que hay comunistas sinceros. Pero nadie los ha visto.

Los cubanos conocemos tres faunas de comunistas. Los que lo confesaron siempre. Los que se lo tenían callado. Y los frescos que se convirtieron en comunistas después. Es decir. Los políticos. Los *tapiñaos*. Y los que les da lo mismo. Y se conforman con serlo. El comunismo sueña con una tierra universal. Sin huelgas. Sin religión. Con un solo periódico. Y un solo partido. La capital en Moscú, naturalmente.

Cuando no conocíamos todavía al comunismo. Porque no habíamos tenido que sufrirlo. Nos hacían creer que era un sistema político complicado y científico. Su análisis no estaba al alcance del criollo jaranero y profano. Nunca llegamos a condenarlo por completo. Porque no faltaba el amigo didáctico que nos decía que el comunismo no era la sarna bolchevique que nosotros nos figurábamos. Y si alguna vez nos impresionaron los cables de las monjas desnudas y de los copones robados en España, aparecía el estratega de lechería de barrio con la ilusión de que eso no podría pasar jamás a noventa millas de Cayo Hueso. Dormíamos tranquilos. Estábamos geográficamente salvados. Y vacunados contra la rabia. Y hasta nos divertían las fotos picúas de Blas Roca. Con blusa de trabajador. Y una visera de organillero como la que llevaba Stalin. Cuando salía a dar un paseo de primavera. Con la euforia del tirano que estira los pies sobre una estepa de cadáveres. Stalin se llamaba Oisif. Que en asturiano quiere decir Pepe.

Su verdadero apellido sabía a sangre y tenía sonoridad de gárgara: Vissaricnovich. Casi como Rasputin. Un día los ñángaras que lo adoraban, dejaron de pronto de hablar de él. La Madre Rusia revisó su obra. Porque los comunistas son los únicos que maquillan o despintan las imágenes sagradas. Entierran a los vivos. Y vuelven a matar a sus muertos.

Para los cubanos, que no le dábamos importancia al comunismo vernáculo, Lázaro Peña era el mulatico aprovechado, pillo y simpático. Ideal para conseguir un empleo. Y para explicar el motivo del acto en unas breves frases. O para la presidencia del Comité de Barrio. Cuando los mítines con adornos de palmas. La tribuna envuelta en la bandera. Discurso del querido correligionario. Y el volador de a peso. Lázaro Peña hacía con tanta naturalidad el papel de político tropical, que hasta pudo apodarse Yeyo. Le gustaba el whisky escocés. El talco Mavis. Y las obreritas de las academias de baile. El profesor Carlos Rafael Rodríguez pertenece a la misma generación. Pero no tenía la misma alegría. Por razones de cultura y anemia. Eran menos rojos sus glóbulos que las ideas de redención del estudiantado.

Cuando el comunismo se adueñó de la isla, Fidel se apareció con la consigna de crear al Hombre Nuevo. Para llegar a la imagen de ese Hombre Nuevo, es necesario acabar con los politiqueros viejos. Unos han desaparecido. Otros todavía están presentes. Pero callados. Los dejan escribir una cosita de vez en cuando. A veces se acuerdan de un poema de Guillén. Reproducido en "Le Monde" de París. Pero el destino irremediable de todos esos comunistas ancianos y gastados, es el basurero de la historia. Se conoce que Carlos Rafael le caía pesado a Fidel Castro. Como a sus discípulos. Porque un día lo hizo aparecer en la televisión. Con corbata de moño. Aire doctoral. Y dos plátanos pintones en las manos. Le explicó al pueblo *liberado* la diferencia de calidad y precios. Pero daba pena ver al maestro en actitud de anunciador comercial. Como Nitza Villapol dando una receta de cocina. Y como una ama de casa. Aquello fue peor que el fusilamiento de Morgan. Ya se había acabado la libertad de expresión. Pero hubiera sido la mejor y más oportuna de las trompetillas tiradas en la historia de Cuba.

El Hombre Nuevo que el comunista busca. Y cuyo boceto con mucha insistencia aparece en los editoriales de Granma. Tiene que ser un Cubano Nuevo. Que no tenga ninguna semejanza con los cubanos anteriores. Como un aborto de Celia Sánchez en la aurora moscovita de 1959. Un cubano que no coma. Que no proteste. Que no sienta otro amor que el señalado por el Partido. Un cubano sin jugo gástrico. Sin corazón. Y sin madre.

Los comunistas de credo escondido, en Cuba estaban en todas partes. Despachando en cualquier tienda. Buscándole mujer a cualquier millonario. Dentro de la burocracia que ahora apesta. En las redacciones de los periódicos. Era la especie más humilde, insignificante y obediente. Suramericanos, guatemaltecos, españoles que llevaban dentro el resentimiento de que no pudieron llegar a Madrid. A pesar de los juramentos asquerosos de Lister. Y de la ayuda fraternal de Rusia. Nada más sumiso que el comunista que todavía la gente no sabe que lo es. Si hace algo por la causa, será poca cosa. Y en puntillitas. Con mucho cuidado. En los diarios, cambiar un título. Modificar una línea del pie de grabado. Están educados para la vejación. Para la bofetada. Y para el puntapié en los fondillos. Pero cuando llegó Fidel, esa hipocresía de multígrafo y libreto se volvió crueldad. Los siervos de Marx rompieron el plato en que habían estado comiendo. Y se vistieron de milicianos.

Hay también los comunistas que lo fueron de repente. Les salió el comunismo como salen las ronchas de la urticaria. La urticaria es erupción. El verdadero comunismo es lepra. Se parecen en el color. Lo triste es que algunos de esos convertidos, fueron cubanos típicos y hasta cubanos viejos.

De guayabera blanca y almidonada. De sortijón con la piedra del mes. Pertenecientes a una sociedad de disyuntivas entrañables y sin excusas posibles. Liberal o conservador. Habana o Almendares. El Mundo o La Marina. Devotos del buchito de café. Aquellos cubanos que pensaban que los ingenieros hicieron la casa con portal para que ellos saliesen con los vecinos a jugar al dominó. Que el domingo sacaban al perro a darle una vuelta a la manzana. Y le llevaban un cartucho de dulces a la vieja. Si antes hubieran oído hablar de Marx, Engels y Lenin, se hubieran figurado que se trataba de una combinación de doble-plays de los Atléticos de Filadelfia. Ahora aceptan un dogma que no sienten. Y hablan un léxico que no entienden.

Lo que en Cuba estorba y fastidia, son herencias del capitalismo. Las brigadas juveniles. Las vanguardias socialistas. Los conductores de la clase obrera. Los maestros rurales son activistas pedagógicos. Las orientaciones que se siguen. Las metas que se buscan. La crápula de los Comités de Vigilancia está buscando tres millones de botellas vacías. A los vagos les llaman compañeros de promedios bajos. Son los que van al corte con el espinazo tieso. Y nostalgia de la siesta que no les dejan dormir. Y ya lo dijo el compañero Fidel. La revolución es un caminante heroico que no puede pararse. Porque hay cubanos que, aunque les cueste la vida, tiran el comunismo a relajo. Y hay frases del Premier que son como eran los versos de la charada del Castillo. El corte de caña de fin de semana es el part-time de los esclavos. Hoy se glorifica al machetero de mil arrobas. Y a la compañerita que trabajó veinte horas seguidas. Sin descanso. Sin sueldo. Y sin bidet. El destino cristiano y natural de la mujer no es recoger las viandas. Si acaso, cocinarlas. Pero tanta mentira es lo que el Estado Comunista promete y no cumple. Como el trabajo voluntario que el pueblo no hace.

Lumir Cvryny es el nombre de un poeta agitador que se pasó dos años en Cuba. Al regresar a su tierra, le llamó a la patria que nosotros hemos perdido "la isla de la Libertad Joven". Los comunistas cubanos le resubieron la mano. Y lo nombraron eslavo-criollo. Que viene a ser algo así como un checo aplatanado. Una adulonería científica, pero imposible. Ahora en Cuba hay más imbéciles y más guatacas que nunca. Lo que pasa que a los guatacas Fidel no los deja nada más que aplaudir. Si los dejara escribir, se comprobaría que ningún dictador ni ningún asesino ha encontrado más aduladores que Fidel. Con su latifundio de embustes, de robos y de crímenes.

Recibiendo La Medalla de La Habana.

CUANDO LA HABANA ERA ALEGRE

Los cubanos recién llegados al exilio siempre nos dicen lo mismo. "Con lo alegre y bonita que era La Habana, si usted la ve ahora, no la conoce".

Hoy La Habana es una ciudad triste, porque guarda el luto entero de lo que fue. Y la esperanza convertida en miedo y amargura de lo que quisiera volver a ser. Las vidrieras de las tiendas apagadas y vacías. Las calles desiertas. Los noctámbulos viejos, que ahora madrugan para ir al corte voluntario de caña, sienten la nostalgia de aquellos cabarets de los muelles con pareja de rumba y número de castañuela. Cerraron las academias de baile. Donde se acababan la vida y se desplanchaban el traje los que habían tenido la suerte de engrampar la centena. Por el Prado y por el Parque Central circulaba el júbilo ingenuo de los turistas pasados por una aduana criolla donde se hablaba un poco de inglés y nadie registraba las maletas. El turista suele ser un tipo de chaqueta de colores y esposa vieja, que se ha cansado de la civilización y busca lo primitivo. Fabricar lo primitivo cuando no existe, es una de las maneras de fomentar el turismo. De ahí todo lo colonial hecho después de la colonia. Cuando el turista ve una calle estrecha, un tejado sucio y el campanario de una iglesia, saca la Kodak igual que el cazador saca la escopeta. Nuestra Habana perdida defraudaba bastante al viajero que no la encontraba como quería encontrarla. Con peatones vestidos de toreros. Coches de caballos. Y negritos con ojos brillantes y la cabeza zambullida en una tajada de sandía. Un banquete para la lente. Los cubanos ricos que viajaban mucho, cuando llegaban a Venecia sufrían un desengaño. Porque la creían una ciudad de amor y maravillas. Y después comprendían que para el amor, Venecia ponía la góndola y gondolero. Y el forastero tenía que poner la mujer. Venecia es la ciudad coqueta, con un espejo a los pies. Cuando nos miramos en el espejo del agua, tiembla el otro yo. Las luces más serias al reflejarse en el agua pierden su dignidad. Se arrugan como farola de verbena. La contemplación del agua despierta en algunas personas el deseo de pescar. En otras estimula la inspiración. Los que no somos amantes del soneto ni del pargo, es decir, de la poesía o de la pesca, el agua nos da ganas de escupir en ella. Como asomarnos a la cubierta de un barco. O cuando mordemos una aceituna. La aceituna es el fruto que sabe a marisco y huele a zapato nuevo.

Cuando menos lo esperábamos, teníamos que cumplir el orgullo de enseñarle nuestra Habana querida a un extranjero. Deplorábamos en silencio que el Valle de Viñales no estuviera en Belascoain. Lo primero era la parte antigua de la ciudad. Con sus calles estrechas. Ríos de oficinistas con prisa. De pronto nos apeábamos de la acera y el chofer a quien le debíamos la vida nos gritaba animal. Nos deteníamos en la Loma del Angel. Desde que se fueron los baratilleros con sus carros y sus juanetes, de la Loma del Angel desapareció la sensación de antigüedad. En los balcones españoles quedaban macetas con claveles y jaulas con canarios. Y de ahí nos íbamos al Morro. A firmar un libro manoseado por tres generaciones. Y a subir una escalera de caracol. Desde lo alto de la Farola la capital se veía como una postal en colores. Los rascacielos con unas ventanas abiertas y otras cerradas, parecían crucigramas sin resolver. Había árboles alineados como militares en desfile. El extranjero despeinado por el aire del golfo nos decía que La Habana era muy linda. Y nuestra vanidad quedaba satisfecha. Cuando le enseñábamos los monumentos nacionales a un visitante, comprendemos que andamos flojo en historia. Del bachillerato siempre nos olvidamos. Como de la primera novia. En los museos a las reliquias les ponen una cartulina explicativa. "Las espuelas que usó el General". Son fragmentos de alguna epopeya con pie de grabado. Los intérpretes de los hoteles leen esas explicaciones como la lista del menú. La visita al Capitolio la dejábamos para la última hora. Cuando se encendían las luces y empezaban a salir los murciélagos.

La alegría de La Habana de noche duraba mucho y tenía muchos kilómetros de extensión. Los cafés al aire libre. Con las orquestas femeninas. Y los clientes que hacían de las mesitas de mimbre un altar, frente al cual se sentaban a adorar un vaso de cerveza. Cafés rondados por una muchedumbre de esos criollos que salían a dar un paseo. Abundaban los grupos de curiosos que se detenían ante algo. A ver algo. De lo nimio, el cubano construía un espectáculo íntimo. El estreno de un anuncio luminoso. Un manicero bailando rumba sin soltar la lata. Un americano borracho ensayando golpes de boxeo con unas maracas. El policía de la posta que se llevaba a un impertinente y los eternos piadosos le pedían que lo dejara. El vigilante lo sentía. Ya lo había visto el sargento y tenía que proceder. Los cafés al aire libre fueron creados para darle a La Habana un parecido con el París de antes. Pero nos seguíamos pareciendo a nosotros mismos. El decorado no cambia a los personajes. Cuatro muchachos en una mesa. Cuatro nudos de corbata frente a cuatro refrescos. La juventud no se había desgreñado todavía y las rayas del peinado parecían obra de un alumno eminente de ingeniería. Alguno de ellos se reía sin tener ganas. Enseñaba los dientes y de paso trataba de flechar a una señora con los labios empastelados de rouge. Antaño el beso fue un pacto de mucosas entre el hombre y la mujer. Después del rouge el beso se convirtió en secreto del que tiene que enterarse la lavandera. Había en aquellos cafés al aire libre las señoras que para hacerse mujeres de mundo, encendían uno de esos cigarrillos que los novelistas cursis se empeñaban en que eran egipcios. Pero venían de Virginia. Donde las momias comen "roast-beef".

Frente a los cafés al aire libre, los automóviles iban pasando muy despacio. Los que iban en ellos, no pasaban para ver sino para que los vieran. Podía cruzar también un coche del último modelo. Lleno de vidrio, de luces y de adornos de níquel. Dentro iría un legislador fugado de la curul, para seguir sin hacer nada. Parecía que le había puesto ruedas a una vidriera de San Rafael. Al final llegaban al aire libre las muchachas que iban a trabajar a algún cabaret. No traían medias. Y tenían esas caras de desveladas de las que se van a desvelar. A la una de la madrugada terminaban las orquestas femeninas. La señorita del contrabajo dejaba en paz el vientre del instrumento. Con el ombligo lleno de semifusas. Todavía quedaban anuncios en el espacio. Pero las luces se movían como párpados con sueños...

Todo en aquella Habana comunicaba felicidad, alegría, daba la sensación de una vida propia, que tendría muchos vicios y defectos, pero que era cubana, que era nuestra...

LA CALLE OCHO

El exilio impone a quien lo sufre abnegación y heroísmo. Sin embargo, el exilio en Miami parece menos exilio. Tiene compensaciones íntimas que el cubano no encuentra en otras partes. El desterrado que sube el norte, tendrá que adaptarse. Los que se han quedado en Miami han formado aquí una Cuba minúscula, maravillosa y nueva. La pena de la patria perdida la disminuye bastante la sensación de que se vive en una ciudad pacíficamente conquistada. Y por lo mismo, ya casi propia. Hay en Miami tantos cubanos y la manera de vivir ha adquirido color y sabor tan criollos, que a veces hasta llegamos a pensar que el norteamericano es extranjero. De pronto oímos hablar inglés en la calle ocho y sospechamos que se trate de un turista desventurado y errante. Que tendrá que buscar un intérprete y pasar sus apuros para que alguien lo entienda. Los nativos que tenían en esa calle con aire de carretera sus hogares y sus negocios, se fueron retirando. En derrota hospitalaria y entrañable. Retoñaron en las fachadas en letras luminosas los nombres de los comercios que en La Habana nos eran familiares. Del restaurante de lujo a la mueblería donde exhiben esos juegos de cuarto afrodisíacos de embullar a los novios que lo están pensando. Las funerarias con capillas numeradas. Los sandwiches de todo. Los tamales igualitos a los de 12 y 23. Los helados de frutas como los que hacían los chinos. Si se leen algunos rótulos de "Yeyo's Loans". O "Finito's Motors". O "Mongo's Travel". No es por gratitud a los vuelos de la libertad. Es que en el exilio hay chucheros que ya antes habían viajado. Y picúos bilingües.

No se ha extinguido en Miami el cubano que conoce eso. Que no cree en nadie. Y que no se le puede venir con cuentos. Quedan cubanas que a pesar de la ausencia y de la angustia, siguen engordando por las caderas. En algunos casos sin mucho empeño en disimularlo al caminar. Perdurarán el piropo y los tipos que de asombro se muerden el labio de abajo, donde quiera que haya cubanas que caminen así. Pareja y blanca la dentadura. Izado el pecho. Apretados los pantalones. La calle ocho de Miami es como un catálogo orgulloso de lo que éramos. Y seguimos siendo. De lo que seremos siempre. Del carácter que no pudieron quitarnos. Más que calle, es un muestrario delicioso de los gustos, las costumbres y de las clases sociales cubanas. Que necesitan la espontaneidad para conservar sus virtudes y sus defectos. Hay tramos de la calle ocho cuyos vecinos evocan al rico que dejó de serlo. Acaso socio del Yacht. Gerente de una empresa incautada. Ahora maneja un ascensor. Con el pelo teñido. Y la moral muy alta. Los hijos estudian y reparten el Herald. La esposa pega botones en una factoría. La clase media tiene su representación en la calle ocho en los Fernández que fabricaron una casita en Lawton. Eso que el criollo llamaba asegurar el techo. Que todo lo demás se arreglaría de algún modo. La esperanza del techo propio en Cuba dependía del ahorro heroico. O de la Lotería Nacional. En estados Unidos el techo no se asegura nunca. Porque siempre se debe. La vieja, cuida de los nietos. Que es como un full-time en el infierno. El papá está atento a las cosas de la isla a través de la onda corta. Al anochecer saca el taburete a la acera. Donde corra un poco de brisa habrá un cubano sentado.

Hay tramos de la calle ocho de Miami que son una réplica fiel de la esquina de Toyo. Con la cubana que no sabe explicarse si no ayuda la palabra con el esfuerzo físico. Tuerce un poco la boca. Y va sacudiendo el cuerpo de arriba abajo. Sin pena y sin faja. Oye lo que te voy a decir. Te juro por mamá. Y por fin es. Y el cubano cubanísimo y rellollo, que se ufana de no haber perdido el humor. Ni derramado una lágrima. Entero. Sereno. Y con todos los hierros. Que pudo sacar por una embajada. La camisa abierta. Para que el elemento vea los eslabones que sujetan sobre el pecho peludo el milagro de la vieja Cacha. Hay medallas de la Caridad tan grandes que parece de tamaño natural el negrito que va rezando en el bote. Mural casi. En una muñeca, el reloj suizo con la cadena reluciente y tremenda. En la otra muñeca, la esclava con el nombre grabado. Tal vez Chico. O quizá Cheo. Y el sortijón monumental y consabido. Con la piedra del mes. La piedra del mes es el escudo heráldico del socio que engrampó un día un terminal. Esos criollos que nacieron en Regla y en junio. Y no paran hasta que rodean un rubí de chispitas de brillantes. Y botan "pal" fresco el sortijón gordo, de esos que sólo saben hacer los joyeros cubanos.

Más que reproducción de Cuba, la calle ocho de Miami tiene sitios, tipos y cosas que son pedazos de Cuba misma. Si el pensamiento nos ayuda algo, sentiremos la ilusión del regreso transitorio y teórico. El pan de flauta. El café acabadito de colar. Los grupos que se paran a discutir en las esquinas. La democracia interpretada a grito limpio. Todos manotean y todos opinan al mismo tiempo. Y no escucha nadie. Es posible que los cubanos estemos de acuerdo y sigamos discutiendo. La discusión es una necesidad fisiológica heredada de los españoles. Si en plena discusión llamamos a otra persona. No será para que su criterio decida. Sino para complicarla también. La calle ocho de Miami vuelve a ser Cuba por el peatón con camiseta de media manga, sombrero y chancletas. Habla mal del calor. Y extraña aquella nuestra preferencia nacional por la acera de la sombra. O cuando menos por los abanicos de cartón que regalaban en las boticas. El cubano casi siempre barrigón. Cariñoso. Y buena gente. Que lee el periódico en el inodoro. Y que después de la comida sale a dar una vueltecita. El short. El tabaco de Tampa. Lo que quiere es que lo dejen transcurrir solo y despacio. Para bajar los frijoles espesos. Y el arroz blanco y desgranado. Sin que la digestión, complicada un poco por el mojo de ajo, se la interfiera el patriota con el cuento de que aquello no aguanta más. Que hay broncas en las colas. Y que de un momento a otro puede producirse el fenómeno. El fenómeno sería el puente aéreo de Varadero. Noche y día, pero al revés.

La ocupación cubana y absoluta de la calle ocho, proporciona un exilio más soportable y acogedor. Se ven salas que recuerdan las casas que nos quitaron. Marcos con fotografías de los hijos. Mesas con tapetes de artesanía urbana. Jarrones con flores de papel. La caja con el juego de dominó. Los sillones para la murmuración y el reposo. El perro anciano y sato. Se extraña el pregón. El balcón de asomarse la hermana soltera. La visita del cobrador que tendría que volver. Dicen que Miami es la capital del exilio. El consuelo se lo debemos a la calle ocho. Para muchos vecinos de esa zona, la relocalización maldita hubiera sido un segundo destierro.

TURISMO CUBANO

Miami Beach era la paradoja del sitio preferido por los norteamericanos para veranear en invierno. Ya el verano ha dejado de tener allí el aire de tristeza de los grandes espectáculos. Cuando ha pasado la música y el público ha ido. Gracias a un turismo nuevo, alegre y acostumbrado a vivir con generosidad, en los meses de calor las playas de Miami tienen igual actividad, corre tanto dinero, como en las épocas en que la gente que puede huye de la coriza y de la nieve. Educados al sudor, los hijos del trópico sólo admiramos la belleza proverbial de las nevadas en los cromos de Navidad. En los documentales de Groenlandia. Y en el canto de los poetas. Ese turismo popular, rebosante de embullo, a la vez ruidoso y pacífico, lo constituyen los refugiados cubanos relocalizados en otros climas. Y que bajan de temporada a la Florida. Nuestra clase media. Dedicada al trabajo y a la educación de los hijos. Quizá lo mejor que había en Cuba y tuvo que emigrar. Con tanto dolor como capacidad, inteligencia y moral para construir una vida nueva. En algunos casos con recursos superiores a los que tenía en la bonita isla inmolada por la traición. La clase media cubana que se aprendió la más graciosa y difícil de las lecciones en la costumbre del pobre. Gastar en pocos días y con mano urgente lo ganado durante un mes de esfuerzos en el taller o en la oficina. Los sueldos cubanos eran los más alegres del mundo. No había cálculo de avaricia que los contuviera.

Los temporadistas criollos han logrado el milagro del verano pródigo en los balnearios que eran una industria exclusiva de invierno. Los vemos llegar en caravanas empolvadas e interminables. Con la esposa, los niños, y ganas de quemarse la piel. Y dólares bastantes. Todos con automóviles de modelos recientes. Cargados hasta el techo. Las vacaciones así son una mudada por poco. Sacos de lonas cruzados de arriba a abajo por la cicatriz del zipper. La tienda de campaña. El bote plástico. La nevera, el radio de pilas, el televisor portátil. El ropero de colores. El asador sacramental e inevitable en los cachivaches de fin de semana. Tiene algo de rito de los tiempos de la Inquisición el barbecue a fuego lento. Y a la vista de un tribunal de parientes y amigos cuyo apetito estimula el olor a carne que empieza a achicharrarse. Los compatriotas desterrados agotan las habitaciones de los hoteles. Los comercios y los restaurantes de Lincoln Road se abren para ellos. ¡Si pudieran ver eso los camaradas que se quedaron distilando churre y cortando cañas! Luego esos cubanos que proceden de Texas, de Kansas, de Delaware, de Richmond, de Norfolk, vaya usted a saber de dónde porque la pena los ha llevado a todas partes saldrán al típico paseo por las calles. Aunque no queramos, nos harán recordar las noches de temporada en Guanabo o Varadero.

El turista cubano encuentra en Miami Beach memorias de nuestras costas. Hirvientes e invadidas de pueblo los domingos. El sol limpio y rabioso. Volvemos a saludar a las gordas con pijamas. Y a sentir la brisa pegagosa de salitre. El alboroto de los muchachos. Nacidos muchos en el exilio. Después de la cena se resisten a esperar esas tres horas de prudencia cubana para meterse en el agua. Hasta podemos sentir en Miami Beach la nostalgia de las guaguas con parejas trasnochadas y fatigadas de cantar en las carreteras. El pan con lechón. Chorreante, grosero, pero memorable. Los tamales con picante y sin picante. Avisados en pregón y vendidos en latas. Los kioskos de madera, sucios de humo y con mesitas enfrente. Los trovadores ambulantes. Con el sombrero de paja, la guayabera y las lisonjas improvisadas. Todos los hombres mencionados en sus décimas de sabor guajiro, eran caballeros correctos. O doctores por lo menos. Cuando el cubano dice "dóctor" con acento en la primera o, ya se sabe que no tiene título. Las mujeres, virtuosas y bellas todas. Lo mismo que en la crónica social. Pero con bandurria y claves.

Aparte la profunda congoja por el dichoso país regalado a Rusia, no se niegue que hay una especie de cubanos que en el exilio han mejorado su economía doméstica. Y no han sido los profesionales con placa en la puerta y verdadero caudal académico. Ni los gerentes de firmas extranjeros. Que ya hablaban inglés y bebían whisky. Ni los ricos con yates. Ni las señoronas que jugaban canasta. Tampoco los aristócratas. Que eran pocos y no ofendían con sus blasones. Que nadie por otra parte tomaba en serio en la tierra de la jarana y el relajo. En lo material, viven mejor que allá los hombres humildes, los proletarios a jornal. Los obreros con juventud, un oficio y abnegación y disciplina para el trabajo. Mandan a los hijos al colegio que eligen. Van a la iglesia de la religión que profesen, o no van a ninguna. Expresan las ideas que sienten. No tienen en la casa propia la terrible sospecha del cerebro infantil confundido y lavado. El muchacho que cree una virtud socialista denigrar a la madre que lo parió. O meter en la cárcel al padre que le dio educación y apellido. La glorificación, increíble en Cuba, del chivatazo. El turismo nuevo que congestiona Miami Beach en el verano ahora animado y antes infecundo y mudo, lo forman esos repatriados cubanos. Multitud de carpinteros, plomeros, albañiles, pintores de alma sana y brocha gorda, mecánicos, técnicos en electricidad. Negros y blancos que ganan cuatro dólares por hora. Si tuvieran que volver a Cuba, lo harían por cubanos, no por obreros.

Miami Beach es una ciudad blanca, radiante de luz y acribillada de hoteles. Lo que no sea hotel, apenas se nota. Los peatones son forasteros. Y la propina es una religión.

Hay pocas fachadas sin el rótulo en luz neón y el lobby de recibir al cliente y descargar las maletas. Y sin la terraza, como de clínica, con sillas de metal para que reposen los huéspedes. En las cafeterías le damos mil vueltas al menú y terminamos pidiendo un par de huevos con jamón. A las cubanas les conmueve, pero sin acabar de convencerlas, la sinceridad heroica de las viejas en short. Una vieja en short es como un amigo en calzoncillos. Que tranquilamente enseñan los muslos con nudos. Y las pantorillas con varices. La arqueología de un Follies muy pretérito. El desnudo jubilado de las mujeres que comprenden que la coquetería termina donde la arteriosclerosis empieza. No habrá piedad ajena que lo mitigue. Ni Elizabeth Arden que lo evite.

LOS AMIGOS EN MIAMI

El orgullo del cubano en el exilio es romántico y retroactivo. No se ufana de lo que es y tiene, sino de lo que tuvo y dejó de ser. Es ejemplar la aflicción que enaltece lejos de deprimir. La pérdida de alguna fortuna o de la categoría social, que levanta la dignidad en vez de causar bochorno. El trabajo que lastima al cuerpo, pero complace al alma. Hay refugiados que enseñan las manos con callos. Por las maletas que se cargan. O por lo platos que se lavan. Con el mismo gusto que si hubieran sido aseadas y esmaltadas por la manicurista. Podría decirse que es la coquetería del sacrificio no soñado nunca por los criollos. Que nos imaginábamos que el destierro en masa no aparecía en nuestros horóscopos de pueblo confiado. Cómodo, amable y casero. De la isla salíamos nada más que de vacaciones. Y para eso con ganas de volver. Ibamos a Miami con aquellas visas de 29 días. Poco más de lo que toleraba el descanso retribuído. La esposa trémula y angustiada. Porque nunca se había separado de la madre. La cubana que salía de viaje por primera vez, hacía tres descubrimientos colosales. Que el avión no le hacía gracia. Que era una lata cargar con los muchachos. Y que en ninguna parte sabían hacer el café con leche como en Cuba. Cuando tenía que tomar la bandeja para despacharse ella misma en la cafetería, se ponía colorada de pena. Y no podía caminar de la risa. Llevábamos el equipaje vacío. Para llenarlo de regalos que nos convertían un poco en filántropos. Y de los malditos encargos. Que era un contrabando casi. Menos mal que todos teníamos un amigo en la aduana.

Aquellas primeras excursiones a Miami. Cuando las despedidas emocionantes. Y los abrazos saturados de consejos. Llamen en llegando. Olvida que estás en el aire y te sentirás bien. Como si la amnesia alejara al mareo. A los pasajeros los pesaban como valijas. Ya teníamos fe en los progresos de la aeronáutica. Pero mirábamos al turista gordo con cierto recelo. Dos gordos juntos ya eran un presagio de catástrofe. Había que sentar a un gordo en cada banda por la ley de equilibrio. La camarera daba chicle para que no crujiesen los maxilares. Y algodones para los oídos. La verdad sea dicha ahora, que han pasado los años y han llegado los jets. Todos íbamos a Miami muriéndonos de susto. Pero la gente acostumbrada simulaba naturalidad. Las mujeres que creen que tienen derecho a asustarse, se persignaban cuando la nave empezaba a resbalar. En esos primeros vuelos a Miami no faltaba nunca el viajero inteligente que pegaba las narices al cristal de la ventanilla. Y avisaba que ya estaba despegando. Un prodigio de percepción.

Ahora resulta que medio Miami es nuestro. Por lo menos, nos lo figuramos así. Hay legiones infinitas de cubanos en Miami. Pero las estadísticas prueban que no son tantos como parece. Quizá la confusión se debe a que los cubanos, siendo menos, se notan más. Se repite con asombro que en las calles de Miami sólo se oye hablar español. En realidad, el éxodo ha sido tremendo. Pero no se olvide que los norteamericanos van por las aceras callados y con prisa. Y así no hay censo que lleve la cuenta. Nosotros, inevitablemente, vamos hablando. Por lo mismo que repudiamos la gravedad excesiva, la etiqueta y el silencio absoluto, no escondemos los sentimientos. Dejamos que salgan. Y formando bulla además. Hablamos con efusión. Y llevamos el compás con las manos. Para las cubanas que vemos por Flagler, los escaparates de las tiendas no son simple motivo de contemplación. Aunque no vayan a comprar algo, todo lo curiosean. Todo lo juzgan. Y todo lo glosan. Aquel modelito de algodón. Tan triste y tan soso. El de encajes de al lado, está monísimo. Lástima de ese lazo tan cursi. Siempre hay un vestido incuestionable y de aprobación unánime. De seda fina y eterna. Pero los números escritos en la etiqueta contienen la admiración. ¿Con qué se sienta la cucaracha? Algunas vidrieras de Flagler son un vergel de luces. De trapos de colores. De muñecos con los brazos extendidos, el rostro de palo y orejas de barniz. Los cubanos hacemos un alto ante el escaparate de modas masculinas. Y si nos parece alto el costo del traje que nos gusta, dejamos constancia pública del abuso. Esto marcha sin remedio a la inflación. Y hasta parece que increpamos al maniquí, como si tuviera la culpa.

Hay el matrimonio cubano que el domingo decide ir al restaurante. Con toda la prole y entusiasmo de pic-nic bajo techo. Los niños llaman al dependiente al mismo tiempo. A la impaciencia sigue sin remedio un coro de silbidos. Para que traigan por lo menos la cesta del pan. Que es muy nuestro eso de haber acabado con el pan y la mantequilla antes de que traigan la sopa. La mamá dice que parecen guajiros. Y jura que no los volverá a sacar. El papá cree el instante indicado para ejercer su autoridad. Está bueno ya. Pero completa el alboroto leyendo el menú en voz alta.

No habrá seguramente en la historia de todos los exilios del mundo algo tan entrañable, humano y simpático como la visita a Miami del cubano que ha encontrado su segundo hogar en otras latitudes. Es posible que al entrar al hotel envolvamos al gerente en un abrazo largo, cálido, muy apretado. Es López, el profesor de matemáticas de las muchachitas. Que el empleado de la carpeta suelte la pluma, se cale los lentes y salga a abrazarnos a nosotros. Tenía una pollería en Lealtad. ¡Caramba, García!... La cara de la telefonista nos parece familiar. La señora que maneja el ascensor. Otoñal, uniformada, tiesa, nos dice que si somos cubanos, tendremos que conocerla. Es la viuda de un gerente de "El Encanto". La abrazamos también. ¡Qué sonrisa más triste, más bella y más abnegada la de ella!... Todavía antes de que las maletas lleguen a la habitación del hotel de la Playa, nos dan noticias de Dominguito. ¡Notario de nuestras escrituras y compañero de nuestro club! Escapó en un bote y ha aprendido a hacer ensaladas. Iremos a la cocina a saludarlo.

Cada exiliado sabe lo que dejó atrás. Y el dolor que le costó dejarlo. Para su estimación personal, lo suyo fue más que una epopeya. Luego el exilio ha creado un vulgo de héroes. Son pocos los que no tengan una gran historia que contar. El amigo que nos guía a través de un recorrido por Miami, asume sin darse cuenta función mixta de cicerone a historiador. Pinta al personaje y hace el inventario. El botones del night-club con show latino, tenía una tintorería en Cárdenas. Ya estaba hecho. El maitre que nos sale al encuentro con un manojo de cartulinas, administraba en Santa Clara un molino de arroz. ¿Te acuerdas de aquel mercado de Miramar, al doblar de la Copa? Y nos señala al dueño, que viste chaquetilla de mesero y nos observa como con deseos de estrecharnos contra su corazón. El viejo melancólico y trigueño que atiende la caja, Alcalde de Jatibonico.

Tal vez este relato de una visita a Miami complazca a los comunistas. Pero harían mal en alegrarse. Más en broma que en serio, es una pintura de lo que el cubano decente, culto o inculto, pobre, de la clase media o rico, soporta, sufre y supera, lo que somos capaces de ser y de hacer. Antes de transigir con la esclavitud.

SALUDO A LA PRIMAVERA

Los que estamos acostumbrados a vivir en países donde las estaciones no se notan, porque el verano es eterno, tenemos del invierno en climas ajenos una idea equivocada de recogimiento. De estrofa de villancico. Los cristales húmedos de frío. Y la familia reunida en panel cristiano frente a la chimenea. En Cuba los cambios del almanaque se avisaban en los anuncios de las tiendas. Nos estábamos muriendo de calor y nos enterábamos de pronto que ya era invierno en "El Encanto". El peatón en guayabera se paraba a contemplar los maniquíes con guantes y vestidos de lana. El abrigo en Cuba era una prenda arqueológica y de posibilidad recóndita. Sepultada en un closet hasta que se presentara el pariente que salía de viaje. Cuando había necesidad de sacar el abrigo, olía a naftalina. Y su tiesura de sarcófago y sus grandes solapas habían pasado de moda.

Antes del exilio la sensación del invierno tierno y blanco a los criollos nos llegaba en las postales de Navidad. Quizá también haya influído en la imagen del dibujo de Santa Claus. Con las barbas glaciales y los cachetes de bebedor de whisky. Siempre hubo en el trópico gente que llegaba a la vejez con las ganas incumplidas de ver nevar. Si alguna vez el sueño se realizaba, era inevitable la fotografía junto a la pirámide urbana de nieve. Subido el cuello del gabán. Convertidos los bolsillos en abismo de ocultar las manos. Y poniendo el gesto de novedad que asumiría el esquimal que se retratara en Varadero en uno de esos agostos que nos incitaba al descubrimiento cursi de que no se movía una hoja.

La experiencia de la primera nevada es algo encantador. Antes de blanquear los techos y amontonarse en las calles como escombros de armiño, los copos vuelan en aguacero de confettis. Sentimos que saltan en el rostro como puntas de alfileres. Ver nevar por primera vez produce un deleite íntimo e inédito. Rejuvenece el ánimo. Entran ganas de caminar de prisa. Si enseguida uno pudiera irse del país frío, no encontraría jamás un recuerdo más lindo. La necesidad de quedarse a través de todo un invierno o del resto de toda una vida, conduce sin remedio la nostalgia del sol, del calor. De los días más largos y las mangas más cortas. Es como si el blanco que cayó del cielo se volviera gris.

El gaje más penoso de los lugares fríos consiste en palear la nieve frente a la casa propia. Palean los padres, las esposas, los hijos. Es la lucha disciplinada de toda la familia contra los elementos. De Cuba sólo trajimos una memoria semejante. Cuando Millás advertía peligro de ciclón y nos lanzábamos como héroes a comprar puntillas, latas de sardinas y paquetes de velas. Era un susto nacional tan lleno de embullo, que si el ciclón no venía nos sentíamos defraudados. Aquí es típica la estampa del abuelo hipertenso doblado sobre la acera y metido en un chaquetón con peso de chiforrober. Los guantes, el gorro y la herramienta de remover la nieve antes de que se afloje y se enfangue. Los vecinos que enseguida de la tormenta no salgan a palear, perderán el cariño y hasta el saludo de los demás. En cambio el frente de una casa despejado, limpio y transitable cuando ha parado de nevar, es testimonio de cooperación cívica. La pala guardada en el sótano es tan importante, como los calzoncillos largos. Y el rótulo de *Dios Bendiga Nuestro Hogar* colgado detrás de la puerta.

Se explica que Nueva York reciba a la primavera con el saludo de nueve millones de sonrisas. Que en los países muy fríos la educación tiene bastante que ver con el clima. La urbanidad es reflejo del estado del tiempo. El matrimonio que nos miraba sin ganas de mirarnos cuando el radio presagiaba un despertar bajo cero, ahora al salir para el clásico desfile de la Quinta Avenida, con el niño ya sin botas y encantada la niña con un sombrero como nido de gorriones, enseguida nos reconoce. Hay en el encuentro un *good-morning* riente y cordial, que quisiera diluirse en abrazo de primavera. Las viejas que dejamos de ver en el otoño, se pintan y vuelven a asomarse. Reconciliadas con la artritis. Fieles a la cita del sol. El sol convoca a los abuelos en los bancos de los parques. Suspende el miedo al catarro. Y convierte el mal humor en himno a la madre naturaleza. La sonrisa brota por sí misma, como sí la primavera nos hiciera cosquillas en el alma. Dan ganas de abrir el periódico por la sección de los muñequitos. Las mujeres se adornan con sombreros de mil formas y diseños. Como si la acuarela de primavera se les hubiera subido a la cabeza.

Esas empleadas que estrenan un chambergo de alas tiesas y copa puntiaguda, sin proponérselo son seres fabulosos de la mitología de Manhattan. Mixtos de boy-scout y tiperrita. Es la hora de los sombreros animados con los recursos de la fauna, de la flora y de la repostería.

La parada clásica del Easter es como un derroche del ingenio, entre divino y cursi, de la industria de sombreros femeninos. Tiestos de claveles con una moña. Puñados de frutas de colores tan vivos, que parecen sombreros enlatados por Campbell. Rosados y blancos otros con cornisas de merengue, que recuerdan el pastel de Happy Birthday. Gorros como los que llevan los turcos. Pamelas de grandes alas, como las que usaban las novias. Cualquier cosa es sombrero de señora en el desfile de primavera de la Quinta Avenida. En las épocas viejas, cuando la esposa del gobernador aparecía retratada en el bautizo de un trasatlántico y las muchachas iban a la romería con sombrillas, la mujer disponía de menos trucos para oponerse a los mandatos del almanaque. El sombrero moderno ha repasado todos los cursos de camouflage y estética. Cada diseño puede ser el complemento de un diagnóstico. Las amigas con talla de jockey, con la ayuda de un buen diseñador parecen hembras colosales. Basta apelar al adefesio de alas anchas y ladeadas hacia arriba. La sensación de arrogancia y belleza puede descomponerse en una operación de aritmética: 20 centímetros de tacones, medio metro de sombrero y el resto de carne y hueso. Quizá esto más que aquello. Esas alas extrañas que descienden hasta cubrir media cara, tienen la importante misión de evitar que sea vista de perfil una dama nariguda. Las señoritas con la nariz grande deben ganar de frente las batallas del amor. Las mujeres que tienen recursos para vestirse, han puesto su destino en las manos y en el talento del sombrero. Claro que hay que pagar veinte dólares por un embudo de terciopelo cuajado de mostacillas y sostenido sobre la frente por un prodigio de equilibrio.

Lo simpático en la procesión en la Quinta Avenida, es que las mujeres que estrenan sombreros de primavera dan la sensación de que no perdieron mucho tiempo eligiendo. Se llevaron del escaparate el que más les gustó. Conos, pantallas de biblioteca, una sartén con velo y sin mango, un crucigrama atravesado por una pluma. Hemos visto en el desfile de Easter sombreros que recuerdan a los Tres Mosqueteros. Y plagios de la imagen graciosa del mono del organillo. Hay también proyectos de quepi de cuartel, que son como una tajada de sombrero. El amor a la primavera que llega no sería tan grande, si no estuviera alentado por la alegría del invierno que se va...

EL VELORIO MODERNO

Las funerarias modernas, con apartamentos numerados, criados con uniformes y álbum de recoger firmas, tienen la culpa de que los velorios hayan perdido el triste encanto que tenían antes. El velorio casero con viejas empolvadas afligidas y vestidas de prisa, ha ido desapareciendo. Como la ópera. El luto entero. Y los duelos entre caballeros ofendidos. No concebimos los cirios con luz eléctrica. Ni tampoco que en los pasillos y en las escaleras del edificio de pompas fúnebres se mezcle el dolor nuestro con el de personas extrañas que fueron a velar al muerto de la capilla de al lado. En los velorios simultáneos de ahora, los viejos extrañamos al deudo que salía desde el fondo de la casa para envolvernos en un abrazo largo y húmedo. No hay en los velorios de hoy ese amigo conmovido e indiscreto que aprovechaba el pésame para meterse hasta la cocina. Los curiosos del barrio parados en la acera. Y la gente sencilla que estaba mirando el tendido y las caras de angustia y todavía al llegar preguntaba si había novedad en la familia. Y aquellas vecinas buenas que cuando faltaban sillas, brindaban una prueba imperecedera de amistad ofreciendo las suyas. En los bautizos, en las bodas y en los quince años de la señorita, siempre había sillas prestadas. Lo malo del velorio en la funeraria nueva es cuando hemos ido por quedar bien y nos invitan a las guardias de honor que se han puesto de moda hasta a los cadáveres humildes. Es un plantón marcial que recuerda la época de las fotografías con magnesio. Tieso el cuerpo. Respirando con solemnidad. Cruzados los brazos sobre el pecho. La cara, como si de pronto nos hubiésemos cogido todo el duelo para nosotros solos. Cuando la ceremonia se prolonga más de lo que toleran el equilibrio y la educación, no podremos alejar la sospecha tremenda de que se olviden de cambiar la guardia. Y tengamos que quedarnos así hasta la hora de sacar la caja, cargar las coronas y consolar a la viuda.

Los velorios de antes tenían más carácter. Pero obligaban a los amigos y a los enemigos a una noche infinita de simulaciones. Cuando la verdad era que sólo algunos familiares podían soportar el sacrificio sincero tantas horas de tristeza y de peste a vela quemada. El perfume de las flores, que en las fiestas es grato y hasta embriaga, en el velorio fatiga y enferma un poco. Hay jazmines fúnebres que huelen hasta tres días después del entierro. La señora empapada en esencia casi francesa, puede recordarnos la pérdida irreparable de un compañero de trabajo. Hay los caballeros cursis que sacan en el ascensor cerrado el pañuelo con una loción barata, violenta y necrológica.

El velorio antiguo, por encima de todo y más allá de todo, servía para dos cosas. Para recordarnos amigos que ya habíamos perdido de vista. Y que se aparecían bajo el marco de la puerta, dándole vueltas al sombrero y con el rostro así de largo y así de pálido. Y para que los visitantes de confianza a las tres de la madrugada empezaran a preguntar con mucha timidez donde estaba el baño. En todos los velorios había un pariente durmiendo en la última habitación. Y otro que después de recibir la condolencia asombraba revelando los días que llevaba sin dormir. Y el inevitable vecino piadoso que no nos abandonó un solo momento. Hay tipos que se equipan para ir a los velorios igual que si fueran a emprender un largo viaje. Y llevan en el bolsillo alto de la chaqueta un verdadero pertrecho de tabacos. Estos son los que terminan en los rincones haciendo cuentos viejos. Que a pesar de muy sabidos, los escuchamos con hipócrita atención y terminamos riéndonos fingido. Otros van a cumplir un deber social y tan pronto son vistos, desaparecen, preguntando a qué hora es el entierro, al que seguramente no asistirán. Menos frecuente es el amigo que de manera disimulada ronda el féretro. Para ver si recibieron su corona. En las cintas moradas de las coronas es donde se escriben los apellidos con faltas de ortografía. Y donde los cubanos comprobamos la cantidad de Fefas, Nenas, Cucas y Yoyas que ya no nos visitan, pero nos siguen queriendo. Los que mandan las coronas más caras creen que han quedado mejor.

Lo más importante en los velorios de antes era saber huir de esas señoras que se apoderaban de unas tijeras, para cortar de cuando en cuando las mechas de las cuatro velas. Y que siempre se empeñaban en contarnos como fueron las últimas horas. Se ponían trágicas para repetir las palabras finales. Eran también las proveedoras de consuelo, que recorrían la casa repitiendo las mismas frases que fueron oídas en los velorios del siglo pasado y de todos los siglos. Que ya no tiene remedio. Que ha sido la voluntad de Dios. Que los muertos descansan. Que es inútil oponerse a la obra del destino. Y que no somos nada. Todo lo cual sería insufrible si no llegara la bandeja con tazas de café que es lo mejor que el hombre ha descubierto para estimular el insomnio. En los velorios ricos daban chocolate. El remedio español e infalible para prolongar la dispepsia. Cuando el personaje desaparecido dejaba una fortuna, bajo la congoja colectiva latía sin remedio el interés por conocer el testamento. Los sobrinos ausentes, además de rezar, temblaban. Para conocer en favor de quién testó el muerto que sólo deja una viuda joven, quizá no haya que esperar mucho tiempo. Porque una viuda joven es un testamento ya abierto.

En los velorios se descubre lo que todos tenemos de vulgares. Hacemos las cosas que se hicieron siempre. Y decimos las cosas que siempre se dijeron. Hay los que asoman la cabeza por encima del cristal del ataúd y todavía no quieren creerlo. Abunda la especie de los que consideran un rasgo de originalidad ordenar las virtudes del muerto y se ponen valientes para deplorar que quede en cambio tanto sinvergüenza, vivo. Otros se presentan en el velorio sin hablar. Pero eso es peor. Son los que tienen de la amistad un concepto de efusión física. En silencio le pegan al doliente un abrazo sensacional y adornado con fuertes palmadas en la espalda. No dejará de aparecer el amigo cuya esplendidez ha sido tentada por la desgracia. Este con aire de misterio llamará aparte al dueño de la casa para preguntarle si necesita algo. Y el idiota consabido que cuando le dieron la noticia pensó que no podía ser. Porque ayer mismo estuvo hablando con él.

Sería imposible el precisar a quien se le ocurrió primero la oración de "lo acompaño en su sentimiento". Pero fue igual que si acuñara una moneda de uso corriente. Desde que las viejas plañideras coreaban sus llantos mercenarios a tanto por lágrima, apenas se ha inventado otra expresión de condolencia. El suelto avisando el deceso en el periódico (Nuestro más sentido pésame) es el mismo que en los tiempos que se repartían esquelas a domicilio y al velorio había que ir con levita negra y cuello postizo, que de por sí obligaba a un gesto de congoja. Un velorio en agosto significaba un testimonio de afecto y abnegación. Del que los familiares del difunto tenían que quedar eternamente agradecidos.

Siempre nos habían hecho creer que los norteamericanos, educados a la síntesis, hacían breve y sencillo el tránsito de esta vida a la eterna. Que la acción del crematorio reducía pronto al ser querido a un montón de ceniza. Enseñándonos de paso que cumplimos en la tierra la misma misión de los puros que arden bien. Es verdad que en los velorios de aquí no hay suspiros hondos, ni llanto con hipo, ni los abrazos sonoros e inflamados de efusión de los velorios nuestros. Pero los velorios que hemos visto en Nueva York son los más largos del mundo. La sala de la funeraria se alquila por tres días. Y el cadáver, maquillado y vestido como si el juicio final fuesen a transmitirlo por televisión en colores, es visitado tres noches. Es decir, un velorio en episodios. A las diez en punto se apagan las luces y se cierran las puertas del Funeral Home y todos los asistentes tienen que irse. Los familiares también. Y el muerto, muy peinado, con sombras en los ojos y carmín en los cachetes y en los labios, se queda solo. Velándose él mismo.

Con varios compañeros periodistas: Jess Losada, Pedro Galiana y Ricardo Menocal.

LA NOCHEBUENA DE ANTES

El calendario tiene infinitas maneras de darle a la felicidad humana un ritmo monótono. Las grandes tradiciones son grandes monotonías. Por eso hay fechas luctuosas que dan ganas de divertirse. Y hay también alegrías tristes, como la Nochebuena. Ahora entra el almanaque en su tramo más empinado, sentimental y costoso para el empleado que tiene que rendir tributo a la Navidad, al Año Nuevo y al Día de Reyes. Por eso en esta época se desbordan las tiendas y se vacían los cines. Y la señora se presenta como criada para decirle al cobrador que tiene que volver, porque la señora no está. En la Cuba pretérita y perdida, la felicidad de la Nochebuena en el hogar estaba constituida por una serie de obligaciones que debían de cumplirse estrictamente. Desde el arroz con frijoles que los glotones comían con cierta reserva tendiente a dejarles espacio al lechón, al guajano, al pargo asado, al membrillo que nadie probaba. El membrillo es el dulce que se hace en Murcia y cuya caja trae un paisaje de Venecia. Nunca se ha sabido por qué. Cuando preparábamos el menú de la Nochebuena, ya sabíamos que no sería consumido todo. En el fondo queríamos saciar la vanidad criolla e inocente de decirles a los amigos que no había faltado nada. Si faltaba algo, la omisión nos ponía sentimentales y nos colocábamos nosotros mismos en situación de inferioridad con respecto a los vecinos. Abundan los vanidosos de Pascuas que se llenan la boca de oxígeno para pregonar que de la cena de Nochebuena sobró tanta comida, que en la casa no tuvieron que cocinar al día siguiente. Es notorio que los frijoles saben mejor que la víspera. Y al otro día de la cena tradicional, siempre aparecerá el alma rutinaria y cándida que repita esa tontería de que el lechón está mejor que la noche anterior. Descubriendo la parte vulgar que todos tenemos. Y que todos creemos que sólo tienen los demás.

Los amigos cariñosos que nos invitaban a pasar la Nochebuena con su familia, no creían que estábamos satisfechos y que nos divertíamos de verdad, hasta que de tanto comer empezábamos a asfixiarnos. El triunfo era rotundo si teníamos la franqueza de pedir un poco de bicarbonato. Teníamos que reírnos fingido cuando el anfitrión hospitalario que nos sentaba a su mesa se acordaba del chiste escuchado en todas las Nochebuenas cubanas. "Come sin vergüenza, como si estuvieras en tu casa". ¡Y qué minuto más largo el que vivíamos cuando el amigo nos traía el último pedazo de turrón!... Que teníamos que rechazar, jurándole por Dios que ya no nos cabía más. El turrón de Alicante es el postre de mampostería. Más que de un repostero, parece el descubrimiento de un maestro de obras. Es la piedra diabética. Como todo lo eminentemente español, el turrón es motivo de frecuentes discusiones y de rivalidad irreconciliable. Conocimos a familias que se desintegraron para siempre, porque unos eran partidarios del turrón de Jijona y otros daban la vida por el turrón de Alicante. Hay los que por haber combatido a uno, creen una claudicación comer el otro. En toda cena hay un comensal ridículo que para presumir de coraje y de buena dentadura, saca un ruido grosero triturando el turrón de Alicante. Y otro comensal que maravilla a los demás partiendo las nueces de un puñetazo.

La sidra es uno de los complementos inevitables de la buena cena. Al instante de descorcharla, se interrumpen las charlas. Y todos ponemos esa cara de susto que precede al estornudo. El verdadero descorchador de sidra tiene que ponerse de pie, sujetar la botella entre los muslos y proclamarse héroe del convite, hasta que el corcho sale. Por el estampido aparatoso, la sidra es la bebida ideal para los que tienen interés en que los otros se enteren que se están divirtiendo. Por eso la sidra es fanfarrona y asturiana. Es también el pretexto utilizado por los que quieren sentar cátedra de humildad e insisten en que prefieren la sidra al champán. Para lo cual es requisito indispensable no haber tomado nunca champán.

En aquellas cenas de Nochebuena se comprobaba el delicioso espíritu de cooperación de la familia cubana. La mayoría de esas reuniones fraternales se lograban poniendo Luis el lechón y Pedro las guineas y llevando José el pavo que le envió un amigo del campo. Los amigos del campo pagaban los favores que les hacíamos mandando en diciembre un guanajo que la víspera de la Nochebuena dormía en la bañadera. Siempre había un pariente que estaba cesante y no quería venir. Ese año no había podido poner nada. Pero al cabo lo convencían y venía, con la pobre señora muriéndose de la pena.

Estas cenas terminaban con la fiestecita de familia. En la que por única vez el radio servía para bailar. Las señoritas de la casa bailaban con los invitados, pisando cáscaras de avellanas.

En Cuba la Nochebuena lejos de ser un acto alegre, era un acontecimiento refinadamente triste, porque en la mesa se procedía al recuento de los seres desaparecidos. Y alguien nos humedecía los ojos significando lo felices que serían si en ese momento pudieran estar con nosotros. La abuela cruzaba los cubiertos sobre la pechuga de pollo y se ponía dramática para sospechar que esa fuera la última Navidad que pasara con los suyos. Aunque después resultara que pasase muchas más y que en todas volviera a decirnos lo mismo. Los niños que no asociaban el lechón a los muertos que hubo y que no ligaban la masa de pargo a la angustia de los que se pensaban morir, eran los únicos que disfrutaban plenamente de la santa alegría pascual.

Era en Nochebuena cuando se emborrachaban aquellos que sólo bebían en las grandes solemnidades. Borrachos de 20 de mayo, de 24 de diciembre y de primero de enero. Es decir, borrachos de un día es un día. Seres a quienes el alcohol les inflamaba las reservas de la amistad y nos abrazaban y no paraban de invitarnos. Y terminaban salpicándonos de vómito los bajos del pantalón estrenado en Nochebuena. Los que tienen el vicio de beber, difícilmente se emborrachaban el día de Navidad. Porque les molestan las pesadeces de los que no saben beber. Que son las mismas pesadeces que hay que soportarles a ellos todo el año y toda la vida.

La Nochebuena cubana alteraba la escenografía de la ciudad. En los portales se improvisaban comercios donde las gentes tenían que agacharse para regatear el precio del legítimo turrón español hecho en Guanabacoa. Y donde compraban el lechón por libras los que querían hacernos creer que matarlo en la casa era una lata que no merecía la pena. Las bodegas se engalanaban con guirnaldas de papel crepé. Igual que la sala cuando había piñata porque el hijo cumplía años. Y el bodeguero peninsular, sin ser domingo, se vestía de domingo. Y les daba el aguinaldo a los buenos clientes. El aguinaldo del bodeguero a los buenos clientes, era como un acto de fe cristiana. Era la confesión y la comunión que limpiaba de pecados los platillos de la balanza. Hemos querido recordar la época cubana de rifar el guanajo. Cuando la isla se llenaba de imágenes de Santa Claus con una ranura de alcancía en la espalda. Santa Claus es el absurdo de un religioso nacido en Asia Menor. Canonizado en Italia. Adorado en Holanda. Nacionalizado en los Estados Unidos y que lleva la clásica barretina de los catalanes.

VISITAS DE CUMPLIDO

En la familia criolla se nota la decadencia de la visita. Desde que la mujer tiene que salir a la calle por obligación, le fastidia tener que salir por cortesía. Se acabaron las charlas de mecedoras. Y las criollas que presumían de manejar el abanico. ¡Oh!, aquellas señoras que conservaban tres orgullos: los ojos grandes, los pies chiquitos y el abanico con buen cierre. El fresco era lo de menos. El abanico presidía la facilidad de palabra de nuestras abuelas. Tres o cuatro golpes sobre el pecho sin escote y enseguida plegaban el varillaje con el gesto solemne y el ruido breve del cierre. Delante de aquellos abanicos los fabricantes ponían unos paisajes muy bonitos. Y detrás los enamorados escribían unas cuartetas muy cursis. Ya las visitas raramente se hacen. Y nunca se pagan. En mi niñez había la vergüenza de haber quedado mal con los Rodríguez. Y se devolvían las visitas a los amigos. Y el platico de dulce a las vecinas. El arraigo del arroz con leche se debió al afán de no hacerle un desaire a la gente de al lado. Para no devolver el platico vacío, no había más remedio que hacer boniatillo. Antes la visita era una cosa que se pensaba y que se avisaba. Es decir, era una cortesía con premeditación. Ahora la visita es un accidente. La señora va a la peluquería. Donde las mujeres se embellecen por turnos. Después merendará en el Ten-Cent. Por turnos también. "Y si tengo tiempo deja ver si caigo en casa de Mercedes".

Un día la vieja refunfuñona se decidía a vestirse. Vestirse entonces era un problema de revolver el escaparate y acabar de mal genio. La cosa empezaba en el camisón. El corsé de ballenas. La sayuela que se ataba con una cinta. Y el cubre-corsé de encajes. Que le daba a la esposa más seria el aire picaresco de postal prohibida. Se salía a pagar una visita como hoy se sale a pagar el recibo de la luz. Quedaban medias blancas. Fonógrafos de bocina. Y señoritas que trabajaban para fuera. Los tiempos de la colonia dejaron el recuerdo de aquellas salas grandes de recibir visitas. Primero saludaban a la hermana mayor. Después iban saliendo las muchachas. La madre aparecía empolvada y diciendo que no se molesten. El hermano, ya casi doctor, debía irse enseguida. Porque tenía novia pedida. Ya las novias no se piden. Se toman y a otra cosa. Hay que romper ese coco. Cuando el viejo se presentaba, ya estaban jugando a las prendas. Disimulaba con el cuello duro y la corbata de lazo la rabia de tanta reverencia. ¡Qué bien está don Ramón! Los años no pasan por usted. A ver si nos da el secreto. Una amiga bromeando le recomendaba a la señora que tuviera mucho cuidado. Porque don Ramón todavía. El papá de las niñas sonreía. Pero sin olvidar que la visita le había estropeado la hora suya de ponerse las chinelas, leer los periódicos y rascarse los pies. Y darle un grito al perro por subirse a la cama. La visita cubana entraba en crisis de apoteosis cuando luego de mucha insistencia, Nena se sentaba al piano. Y la criada negra con un trajecito muy limpio iba pasando la bandeja. Yo siempre he sentido compasión por el caballero de visita que se había tomado el vino dulce y no sabía donde poner la copita. Después se estará quemando los dedos y no sabrá donde tirar la colilla. Al despedirse les dará la mano a todos. Pero tendrá que volver porque se le olvidó el sombrero. El tipo a quien a última hora lo salva el chiste de me iba sin cabeza. La carcajada de las muchachitas era la recompensa a su timidez.

Vivimos un mundo que busca horizontes cómodos. Ni almidón. Ni serenatas. Ni visitas de cumplido. El cine tiene la culpa de que no haya vuelto a hablarse del pesimismo inocente de Santo Tomás. Ver para creer. En el cine no se ve, pero se cree en lo que se toca. El amor es salpullido que sale de pronto. Sin flores ni bombones mediantes. La figura de la futura suegra casi no existe. Porque los galanes saben mucho. Y las relaciones duran poco. Primero el divorcio era accidente del matrimonio. Ahora el divorcio es consecuencia del matrimonio. El sexo débil ya no lo es tanto, por obra y desgracia de los deportes y de los bienes gananciales. La visita frecuente del enamorado era una fórmula sutil de insinuación. Ya el matrimonio es una meta sin días de entrada. Sabíamos que Roberto se interesaba por Cusita, porque venía a menudo. Le sacaba ruidos crónicos al sillón. Contaba las vigas del techo. Soportaba las gracias pesadas del hermanito. Pero no acababa de declararse. Para que al padre le pareciese un buen partido, bastaba que no trabajase en el gobierno. De esta desesperanza han salido las bodeguitas cubanas. Con luz fría. Y sobrinos hechos en el país. Cuando el criollo dice a ser espléndido, le parece que la cabeza del Apóstol es un confeti puesto en los billetes de a peso. Cuando el criollo dice a ser bodeguero, piensa que el despilfarro es una locura llegada de Pontevedra. Y al cartel español de hoy no se fía. Añade la gracia cubana de mañana tampoco.

Las visitas fueron una necesidad enojosa. Hoy son una calamidad que no soportamos. Los días de recibo y la nota en la crónica social avisando que la familia está de luto, son remedios contra la visita que se puede aparecer cuando nadie la espera. Los Pérez llevan una existencia de paz. Cuando más, juegan un rato al dominó antes de acostarse. Hay una señorita con miedo de quedarse para vestir santos. Pero ella está muy contenta, porque sabe contar las fichas al vuelo. Setenta y cuatro. Y ni quien se lo discuta. Y otra que tiene que oír los berrinches del padre. Porque se agacha. Vecinos buenos que no molestarían mucho si no fuera por el escándalo de cuando dan una pollona. Las casas de apartamentos son la técnica de vivir juntos sin andar revueltos. Nos unen las voces. Aunque nos separen las paredes. Podremos tener ideas distintas, pero siempre tendremos la misma escalera. Nos llega de arriba el lamento por el inodoro que volvió a tupirse. Y de abajo nos llega la voz de la fregatriz que seca el suelo. Y que se sabe de memoria los jingles de la televisión. Del apartamento de al lado nos llega la novela de la radio. Aquellos dramas terribles que antes se leían por entregas, ahora se radian. Casi siempre con el problema del hombre que tiene una esposa y una amante. La amante no se da por vencida. La esposa llora con ese llanto de kilociclos que tiene intervalos de hipos y que provoca temblores en el vientre de la actriz. Todos los llantos de mujer salen del alma. El llanto de las novelas del aire parece que sale del ombligo.

No hay peor visita que la que llega de día. Cuando tocan a la puerta de día, pensamos que es un cobrador. De repente es Luisa. Que viene a darnos el pésame por el familiar que murió hace tres meses. No saben la pena que le da. Pero dejándolo de un día para otro. Las visitas así alteran la vida de mis vecinos. En la sala hay saludos llenos de emoción y de sorpresa. Para estos casos los cubanos hemos inventado una serie de expresiones hipócritas. Dichosos los ojos que los ven. Ya ustedes no se acuerdan de los pobres. Y por ahí. Dentro de la casa hay quejas. Puertas que se cierran. Porque las hermanas andan en refajo. Y porque no sé cómo hay gente tan bruta que se le ocurre venir de visita a esta hora. ¡Le ronca el clarinete! Una le dice a otra:

—¡Atiéndela tú! . . .

—¿Por qué yo voy a ser siempre? ¡No jeringues vieja!

Y aparece el remedio muy propio de la vieja cubana. Quitarse los zapatos de andar por casa. Echarse un vestidito. Pasarse la mota. Y salir con unas ganas que no siente y con una alegría que no tiene:

—¡Ave María, cuánto bueno por aquí!. . . Si hoy se me cayó una cuchara y yo les dije a las muchachitas que íbamos a tener visita. . .

Hay la visita del pepillo que habla mucho. Y del "pesao" que no habla nada. Mientras la conversación de los otros, se mira en el espejo de la sala. Y se cuida la raya del pantalón. Y la visita que trae al hijo en la edad en que empieza la punzada. El niño es adorable mientras estamos desesperados por que hable. Pero es terrible el niño cuando estamos desesperados por que se calle. Quiere irse cuando acabamos de llegar. Y quiere quedarse cuando ya nos vamos. Le reímos la gracia que nos hace. Y encima nos ensucia el pantalón de una patada. El niño que no ha dejado de ser chico y que todavía no es grande, en la visita tiene la sinceridad de decir que se aburre. Y ya no hay remedio. O se duerme. O se orina.

En su casa de El Vedado, La Habana, escribiendo una de las Estampas que lo hiciera, uno de los autores más populares de Cuba.

LAS GUAGUAS

La guagua cubana fue una calamidad necesaria. Era el transporte que más se ajustaba al concepto criollo del progreso. Para nosotros no podían volver aquellos tiempos en que viajar era un placer sin atropellamientos y sin atropellados. Había viejos que iban en el tranvía eléctrico a Marianao. No porque tuvieran necesidad de ir a Marianao. Sino por tomar el fresco y hasta echar una siesta. Pero llegó el momento en que los tranvías que circulaban por La Habana ya no pertenecían al tránsito urbano, sino a la arqueología. El tranvía no fue diseñado para generaciones con tanto apuro y tan poco escrúpulo. Los últimos que rodaron allí parecía que llevaban un dolor en cada tornillo. Amenazaban salirse de las paralelas para entregar su armazón de lata amarilla al pedestal de cualquier museo. Con los asientos de mimbre. Y la campana que en otras épocas asustaba a los niños que salían del colegio. La plataforma era el balcón ideal para que se asomara el español de visera de carey y bigotes retorcidos. Pero la velocidad del tranvía parecía temeraria. Y los pasajeros miraban con profundo respeto la advertencia de "se prohibe hablar con el motorista".

Las primeras guaguas que vimos en Cuba parecían diligencias de esas que salen en las películas del Oeste. Después llegaron las otras guaguas y las siguientes. Hasta que se logró el prodigio de los autobuses blancos, monstruosos e irreverentes. Cuando cerraban las puertas automáticas y arrancaban, eran una versión de rugby bajo techo. Al frenar resoplaban como un elefante con disnea. Cuando iban a doblar en una esquina de La Habana vieja, parecía que se destartalaban y se avisagraban por el medio. A medida que aumentaban los ómnibus, progresaba la ortopedia. Porque antaño la posibilidad del infeliz "arrollao" sólo existía en la vía pública. Con la aparición de los ómnibus gigantescos que se metían en un jardín, en un portal o en la sala, usted podía ser arrollado sin necesidad de salir a la calle. Los guagueros cubanos inventaron el accidente de tránsito a domicilio. Tener que viajar en guagua era una escuela nacional de sobresaltos. Primero, no sabíamos si íbamos a caber. Después, no sabíamos si íbamos a llegar. Si cabíamos y llegábamos, quedaba todavía la duda de que la guagua parase.

Si el guaguero cubano llevaba atraso, cruzaba el armatoste junto a nosotros como la proximidad de una muerte traumática. De un salto nos hacía caer en la acera. Nos dejaba con el brazo en alto, al tiempo que respondía a nuestra maldición con el estampido de humo negro y espeso. Pero cuando al guaguero de Cuba le sobraba el tiempo, le salía toda la dulzura criolla. Se tiraba la gorra sobre la nuca adornada de rizos. Chupaba y saboreaba un tabaco y obligaba a pasear al pasajero que tuviera prisa. El conductor se relamía los labios. Sacaba medio cuerpo por la puerta para decirle a la señora transeúnte que estaba entera. Que le dedicara aunque fuese una sonrisita. Que él era Yeyo en La Habana. La guagua cubana era un sainete con ruedas. Había los conductores que de repente se ponían galantes y se creían con derecho a coger del brazo a una mujer joven y acompañarla hasta su asiento. Como si fuera una novia. Y los había también tan sentimentales, que con un abrazo de segundo domingo de mayo ayudaban a subir a la pasajera vieja. Cuando vemos una viejecita podemos acordarnos de nuestra propia madre. Pero aquella ternura tenía algo de sarcasmos, porque en la esquina menos pensada la guagua podría romperle la crisma a su hijo.

La organización del tránsito es el fomento de la lucha entre el peatón y los vehículos. Los medios de transporte resultan incapaces para las poblaciones que se multiplican por día. Los estrategas sospechan que cada veinte años debía de estallar una gran guerra para aliviar el exceso de habitantes. Cuando éramos niños conocimos a personas ingenuas que querían solucionar el problema demográfico quitándoles a las criadas la salida los domingos. Las píldoras anticonceptivas serían la respuesta a las ciudades repletas y a los directorios telefónicos que engordan sin remedio. Pero resulta que el Papa Pablo prohibe el control químico de la natalidad, en esa encíclica que quizá el Sumo Pontífice no hubiera firmado si tuviese que viajar, como nosotros, en el express de la Octava Avenida a la hora del rush. Por muy cristiano que uno sea, a veces deplora que el ciudadano gordo que nos estruja y nos asfixia en el subway abarrotado, no haya sido evitado por una píldora.

Cuando subía a una guagua, el cubano perdía la voluntad que no tenía. Ni aún para sentarnos dependíamos de nuestra voluntad. Para sentarnos en la guagua, el pasajero sólo ponía la intención. El resto lo ponía el chofer arrancando de un tirón. El frenazo en seco era como el propósito fallido de decirle un secreto al pasajero de adelante. A la señora se le escapaba de los brazos el hijo. Al pasajero el paquete. Y la pobre dama que iba de pie, para no caer, se agarraba del hombro del caballero de al lado y en seguida con mucha vergüenza le decía que perdonara. Si el caballero era criollo, le respondía que no había problema. La señora un poco descuidada que ocupaba el primer asiento frente a la puerta de la guagua, era como si a todo el que subiera le entregase la tarjeta de los fotógrafos ambulantes: "Usted ha sido retratado". Se acabaron los cubanos que dejaban el editorial para leerlo al regresar de la oficina. Y los timoratos que no montaban en guagua, porque tenían la presión alta. Aquellas guaguas no apeaban el pasaje. Lo estornudaban en una esquina y seguían de largo. Como nadie cedía el asiento, las oficinistas llegaban al trabajo renegando de la urbanidad en quiebra. Y con las faldas arrugadas. Como si acabaran de salir de una muchedumbre de novios de confianza. En nuestras guaguas nacionales y terribles el pasajero no iba. Lo llevaban con criterio de sandwich de todo. Siempre era mentira que la de atrás venía vacía.

Si no hubiera sido por las mujeres, los guagueros de Cuba hubiesen inventado el movimiento continuo. Al hombre, por viejo que fuera, le suponían habilidad de Ringling Bros para tirarse del vehículo en marcha. Si no la tenía, para eso estaban las casas de socorro. Un timbrazo en la guagua quería decir que iba a apearse un señor. Tres timbrazos, que iba a bajar una mujer. En tiempos de gran confusión social, la definición del sexo constituye el más difícil conflicto al que renuncian los sabios, pero los guagueros pudieron resolver. La Estampa de la Caridad que ponían los choferes junto al espejo, completaba la sensación de que dependíamos de un milagro.

Era preferible la edad del tranvía eléctrico. Que resistía a la señora que al llegar confesaba que no se acordaba bien de la dirección. Se cercioraba de que no había perdido la cartera. Regañaba al niño. Le juraba al motorista que no lo sacaba más, porque el muchacho estaba acabando. Se asomaba un poco para ver si venía algún automóvil. Con una mano se recogía la falda y con la otra mano sujetaba a Pepito. Mientras tanto el tranvía estaba parado y esperando. Todo por un níquel.

EL PIROPO PICUO

Asistimos a la degeneración del piropo. El piropo es el pregón de la belleza femenina. La lisonja de la calle. Es decir, una institución tonta. El requiebro inocente y fino ha pasado de moda. Tildaríamos de anacrónicos y ridículos aquellos señores que para saludar las caderas de una hija, se quitaban el bombín y bendecían a la madre que la había parido.

Ahora el piropo es una cosa grosera. ¿Quién entona una estrofa sentimental en homenaje a la muchacha de falda mínima y suéter apretado? El piropo lírico a los ojos o a los labios, no tiene explicación cuando se llevan las rodillas y los muslos a la intemperie.

El criollo practica la física del piropo. Por eso al coincidir con una dama que merezca la pena, se detiene en la acera para examinarla con impertinencia y muy despacio. De los tobillos a los hombros. Y haciendo pausas insinuantes en los puntos críticos de la atracción femenina. Como si de pronto hubiese dejado de ser peatón, para convertirse en presidente de un certamen de belleza. El mejor presidente de un certamen de belleza, es el que sufre en el hogar a una esposa demasiado fea, o demasiada flaca, o demasiado gorda. La pena propia le proporciona la autoridad necesaria para votar por todo lo contrario.

Si la mujer que tiene que oír un piropo va del brazo de un caballero, da lo mismo. Diríase que en los climas cálidos los hombres han firmado un convenio de reciprocidad, mediante el cual no les importa que le revisen de izquierda a derecha y de norte a sur a la mujer propia, a cambio de poder hacer el mismo resumen clínico con las mujeres ajenas.

Hay el piropo mímico. Que consiste en dejar que la tipa pase. Para después voltearse con disimulo, abrir los ojos y morderse el labio de abajo. No se ha inventado todavía otro silencio más elocuente. Se conoce también el piropo tímido, ejercido por los que le preguntan a la empleada con juventud y prisa si quiere que la acompañen. Como rara vez podrán acompañarla ellos, entonces se consuelan con el viejo piropo de que las acompañe Dios. El piropo que jamás acaba de decirse, es el del enamorado que no se atreve a hablarle a la novia presunta. Y con paciencia de detective la persigue hasta su casa. Los piropos más frecuentes andan de acuerdo con el concepto de la hermosura de la mujer y con la mala educación del hombre. El tributo a la hembra encontrada por sorpresa tiene que ser de bruta, bárbara y salvaje para arriba. Dejar constancia por lo menos de que está contundente. No se sabe quién inventó el piropo arrabalero expresado con un silbido. Lo cierto es que se silba a las mujeres que están buenas como a las comedias que están malas.

En Cuba tuvimos un ejército de galanteadores permanentes en los portales de Galiano y San Rafael. Lo de "la esquina del pecado" pudo ser verdad hasta que pusieron el Ten Cent y apareció allí una especie de tenorios, efectivamente de diez y cinco. Cada uno en su columna. Verdaderos amateurs del amor, porque amaban sin mujer. Que es desvivir la vida en un sistema de monólogos. Telas verdes, la tremenda melena partida en dos bandos, la cadena del llavero hasta la rodilla, la corbata de trampolín y el cuello de hojalata. Siempre el piropo a flor de labios. El peine en el bolsillo, siempre también. El chuchero después de todo, fue el animal más divertido de la fauna urbana. Con chaqueta larga y cara dura. Fue también un presentimiento del hippie. Divorciado de la responsabilidad, pero con cierto amor a la ducha. La esquina del pecado realizó el milagro de disciplinar el ocio. Estableció la casta de los haraganes puntuales. Todos los días el mismo piropo, a la misma mujer y a la misma hora. Claro que existen trigueñas que aunque al pasar pongan la cara más seria, provocan el piropo como algunos cantantes arrancan el aplauso en el agudo. Pueden ser incorruptibles como esposas, ejemplares como madres, cristianas abnegadas y cumplidoras en el trabajo. Pero las pobres no tienen la culpa de caminar sabroso. Y se explica que el elemento del barrio espere que lleguen para vivirlas.

Hay el chusma que cuando ve a una mujer verdaderamente bella, resopla como si le hubiera subido la presión, se desabotona el saco como si de repente hubiera aumentado el calor. Aproxima su cara a la de ella y se proclama dispuesto a cualquier sacrificio. Que no se olvide que el cubano es el único galán que concibe el suicidio por amor a primera vista.

No dejan de tener gracia los picúos que premian los encantos femeninos con un reparto por la libre de títulos de nobleza. Adiós, princesa. Dígame algo, reina. Una sonrisita para el barón. Los picúos, además de decir el piropo, lo subrayan con gestos y manotazos. Podrá haber exageración, pero no se le niegue sinceridad al barbero que de un salto cae en la acera y grita que se acabó el mundo. Es verdad que se imagina que la vida ya nada podrá reservarle después del espectáculo de la mulata tiposa que cruza con la dentadura pareja y el vestido apretado.

No es cierto que todas las mujeres agradecen el piropo, aunque lo escuchen sin sonreír siquiera. El piropo lo agradece de todo corazón la señora que deja atrás los últimos pétalos de la última juventud. También esas bellezas del género colonial que pretenden parar el reloj con un maquillaje salido del Arco Iris. Cuando el almanaque hace el plisado perpetuo junto a los ojos y el cuello se arruga como cartón mojado, a la mujer no le quedan sino tres caminos. La cirugía plástica. El acuarelismo ridículo, o reconocer con entereza que le ha llegado el otoño. En esa época el galanteo ambulante tiene algo de limosna que se agradece. De la pérdida de la juventud al acatamiento heroico de la vejez, el egoísmo femenino ha descubierto ese tramo muy largo en que no se es mujer vieja, sino mujer hecha. Es la misma categoría del solterón que depende más de lo que sabe que de lo que puede. Y se llama a sí mismo hombre maduro. La mujer hecha, casi siempre está deshecha. El hombre maduro es el camaján en vísperas de pudrirse.

Se asegura que el piropo es un producto francés. Como los perfumes y los niños recién nacidos. Pero en general se sostiene que el piropo es eminentemente español. Como el Quijote y la bofetada en la romería. Los andaluces son los humoristas del piropo. Es posible que el verdadero catalán muera sin que se le haya ocurrido molestar en la calle a una mujer con una lisonja. También es verdad que, aunque lo animara el deseo, lo traicionaría el dialecto. Madrid es la capital mundial del piropo. Pero hay los madrileños que celebran a la mujer para demostrar el ingenio propio. Más que un himno callejero a la hembra que pasa, pretenden un testimonio nacional de gracia y talento. Hay piropos madrileños que han salido de la acera para llegar a la antología. Las mujeres madrileñas aceptan el piropo, pero a condición de contestarlo. Es la versión más antigua del derecho de réplica que se conoce. Es también la única libertad de expresión que nunca ha faltado en España.

LA TROMPETILLA

La trompetilla es la institución cubana que se ha lanzado a viajar por todas las latitudes sin trabas aduanales. A fuerza de necesitarla, inventamos la trompetilla para uso local y con la seguridad de consumir nosotros mismos toda la producción. La trompetilla es protesta y resumen. Es el punto final salido de cualquier parte y que de pronto puede marchitar la primavera de una cursilería. Es la mejor arma, es el arma única contra aquellos que continuamente se pasan de rosca y nos hacen el daño de su estridencia. Un derroche de patriotismo tropical, o un alarde de guapería, o el agudo del cantante malo que prolonga y eleva la nota, con las venas dilatadas y la cara enrojecida por un esfuerzo que sacude los hilos del pentagrama, como si fueran las cuerdas de un ring de boxeo. Cualquiera de esas manifestaciones de la humana guilladera puede provocar la chispa húmeda de la trompetilla, que enfría, desarma, reintegra a la realidad a los que sin darse cuenta se han salido de ella. El país que de continuo siente el riesgo de los amigos que se ponen picúos, tuvo que inventar algo en calidad de legítima defensa. La trompetilla, en definitiva, es eso.

La trompetilla es el verdadero concepto cubano sobre la libertad de pensamiento. Casi todos los errores que aparecen en nuestra historia, son trompetillas que hemos dejado de tirar. Los hombres que han llegado a genios de la oración sin saber hablar, a cumbres de la literatura sin saber escribir y a diplomáticos hábiles sin poseer otra cosa que influencia política y esa amabilidad que manejan con igual sabiduría las dueñas de casas de citas y los Ministros Plenipotenciarios, pudieron ser evitados por medios profilácticos. Es decir, con una trompetilla a tiempo. Muchos triunfadores en Cuba son supervivientes gloriosos de la trompetilla. La trompetilla es el artículo de fondo que más teme y que mejor comprende el criollo.

Para orgullo nuestro, los norteamericanos han usado la trompetilla en escenas cinematográficas. La reacción del público ha sido por completo favorable. He ahí un triunfo cubano del que nadie se ha atrevido a hablar. En Panamá no se conocía la trompetilla hace alrededor de treinta años, cuando el Gobierno del Presidente Zayas envió al istmo una nutrida delegación de jóvenes deportistas. Por entonces en los bares y en los cafés de la capital panameña desabrochaba unas terribles latas cierto prohombre alcoholizado que a la fuerza, retenía a sus amigos y los obligaba a escuchar sus largas y afectadas recitaciones. A veces, en un arrebato de lirismo, con las manos crispadas, se aferraba a las solapas de uno de los oyentes y le colocaba sin respirar una tirada lírica de Juan de Dios Peza. Por dulces, los versos de Juan de Dios Peza debían ser el postre obligado de las antologías. Los pobres panameños padecían a aquel hombre sin encontrarle solución. Declamaba cierto día el famoso nocturno de José Asunción Silva, esa formidable pieza poética que ha hecho llorar a las mujeres de alma exquisita y a los bomberos de guardia, cuando llegó al establecimiento un cubano, que de paso para el hotel se detuvo allí para tomar el penúltimo trago. Rodeaba al recitador una corte de víctimas que, para halagarlo, ensayaba dramáticos gestos, ora de aprobación, ora de asombro. El recitador con los dos puños se golpeó el pecho, abrió los brazos y mientras se incorporaba, iba diciendo muy despacio:

"Contra mi ceñida toda, muda y pálida
"Como si un presentimiento de amarguras infinitas
"Hasta el más secreto fondo de las fibras se agitara...

De uno de los ángulos del salón brotó un ruido áspero, prolongado, escalofriante. Como el que se produce al arrastrar una silla en el silencio de la noche. O al abrirse la puerta de un escaparate nuevo. El hombre de mi historia se congeló de los tobillos a las narices y sintió como si de pronto todo el alcohol se le hubiera escapado del cuerpo. Sacó la pistola y empezó a buscar a quien tenía que matar. Pero la carcajada era unánime y el destino lo había colocado en la tremenda disyuntiva de la resignación, o de la masacre. Esa fue la primera trompetilla que se tiró en Panamá. Los cubanos arrojamos tan peligrosa semilla precisamente en el punto del planeta en que es más intenso el tráfico internacional. Yo atribuyo a eso que la trompetilla haya ganado los dos océanos y haya prendido en todos los continentes. Y que por ese hecho trascendente y nunca divulgado como merece, se conceda a Cuba la gloria de ser el país donde se acuña todo el relajo que circula por el mundo. La trompetilla es la vacuna que nos ha inmunizado un poco contra el virus de la recitación.

No creo que pueda prescindirse por completo de la trompetilla en un ambiente en que vemos los sombreritos que se ponen las viejas para ir a la boda. Donde el amigo pobre está largando la gripe, gota a gota, en la cama de un juego de cuarto comprado a plazos cómodos; y por medio de la letra impresa hace saber a sus numerosas amistades que se encuentra recluido en sus habitaciones. Yo nunca he visto y creo que moriré sin ver al enfermo que largue la fiebre en más de una habitación. Como nunca he visto un caballo de carreras completamente blanco. Ni tampoco he visto jamás a un paraguayo. Que la trompetilla no es desahogo exclusivo del vulgo lo comprobamos cuando una señora respetable, ante un espectáculo que le desagrada, nos confiesa con pena infinita.

—Yo ahora quisiera saber tirar una trompetilla.

Es verdad que una trompetilla a tiempo es peor que un tiro. El cubano que la inventó, es precisamente al que más le afecta. Y cuando la merece y la oye, se voltea y quiere fajarse. Que es precisamente el mejor éxito que puede esperarse de una trompetilla. Después, desde luego, de la recordación maternal y bárbara que para muchos aquí ha dejado de tener importancia. Hay frecuentes motivos ambulantes para la trompetilla. Esas gentes que visten tan escandalosamente, que nos dan la sensación de que el maniquí del bazar de pueblo ha salido de paseo. Los preocupados de la elegancia que se ponen el sombrero de paño cuando ya es invierno en las vidrieras de los comercios. Y pasan por la calle sudando decorosamente y en nombre de la urbanidad. Y las señoritas cursis que le hacen publicidad a la belleza que quisieran tener llevando el *sweater* de una talla menos. Y las mujeres que ya han dejado muy atrás la edad de la pepillería deliciosa y siguen con los zapatos sin tacones, los escarpines y la pescadora rabiosamente apretada a los muslos. La pescadora es un proyecto incompleto de pantalón. Es el pantalón que se arrepintió de serlo al llegar a la mitad de las pantorrillas. Una gorda con pescadora es un reto a la trompetilla. O por lo menos a la mirada de desprecio sutil de los peatones serios que no se explican semejante mamarrachada.

La trompetilla oportuna podría evitar muchos dramas pasionales, haciendo reaccionar al enamorado tonto que antes de agredir a la amada le dice la frase que ya oían las novias de la edad del minué: "Mía, o de nadie". Influidas seguramente por la industria del cine, hoy día hay novias que facilitan un avance generoso de lo que ha de ser el matrimonio. Llegaremos, si es que no se ha llegado ya, a la "premiere" antes de la noche de boda. Hay calvas que son antenas de la trompetilla. Y el motivo de las burlas piadosas de los amigos. La conquista de una mujer es para un hombre sin pelo una labor gigantesca. Por eso a los calvos las mujeres les resultan más caras. Los calvos que son inteligentes, hacen el chiste a su propia calvicie, anticipándose a la ocurrencia de los otros. Seguiría a gusto opinando sobre la trompetilla. Pero no lo hago. Por miedo a la trompetilla. La trompetilla en el fondo, es algo prosaico, grosero, falto de idealidad y de elevación. Pero en más de medio siglo de vida republicana, los cubanos no hemos encontrado un resumen mejor.

La fina ironía del autor en las Estampas también se reflejaba en su rostro.....

MUDARSE

Se infiltran en la cuadra efluvios de novedad. Las viejas empolvadas se hablan de ventana a ventana. Y de balcón a balcón. Se conoce que la vejez ya no tiene remedio, cuando la mujer confía más en el polvo que el colorete. Zapatos sin tacones. Bata sin adornos. El moño blanco. Y una mascarilla de polvo de arroz. He ahí el tipo de una abuela honorable. Pasa una oficinista con una piel comprada a plazos, para cuando haga frío. La piel en enero con sol recuerda el abrazo del novio en el cine. En la barbería —revistas viejas, espejos con lunares, un barbero trabajando y otro barbero que ha salido a tomar café—, unos haraganes discuten.

Ahora los negros usan extraños sombreros de paño, con grandes alas y una plumita de colores en la cinta. Influencias de Harlem. Esos mismos sombreros de paja, se llamaban pamelas y se las ponían las novias antes de ir al pic-nic. Hay cierta agitación en el vecindario. Es que se muda la familia del 61. En las costumbres cubanas hay una tragedia: la mudada. El mandamiento judicial, que es poner por la ley, un fogón, dos cajones y un bastidor roto en la acera, es la única fórmula conocida para que el cubano se mude sin la tortura de largos refinamientos. Para nosotros nada hay tan difícil como encontrar casa. Y nada más doloroso que cambiar de barrio. Primero la señora sale a buscar. Y todos los días regresa sofocada y jurando que no vuelve más. Sin quitarse la faja, dice que vio una que tiene sala, saleta, tres cuartos y baño en colores. Pero no le gusta. Se imagina que la gente de enfrente no es seria. Porque vio en el balcón unos toldos de colores. Donde hay un toldo de colores, debe haber una anciana muy amable. Y de repente puede detenerse un automóvil y apearse una dama corriendo. En la bodega de la esquina venden menta. Y el sobrino del bodeguero languidece de suposiciones. La madre criolla que sale a buscar casa, lleva la representación de toda la familia. Debe estar cerca de la oficina del esposo. Debe tener escalera para la azotea, porque ya no podrían vivir sin la preocupación de que Pepito se encarame. Y debe tener balcón. Para que por las tardes las muchachitas se arreglen y se asomen. Dos hábitos españoles bien heredados en Cuba son que el viejo salga a dar una vuelta a la manzana. Y que las hijas se arreglen y se asomen.

En Animas encontró otra que está bastante buena. Pero le parece que en la primera habitación no cabe el juego de cuarto. El juego de cuarto mejor es el que va en la primera habitación. Cuando no cabe el juego de cuarto, cada uno llega y da idea distinta. Siempre gana el que se le ocurre ladear la cama. Los arquitectos no acaban de ponerse de acuerdo con los fabricantes de muebles. Cada día aquéllos hacen las habitaciones más pequeñas. Y éstos los escaparates más grandes. El asunto ha sido empeorado por el chiforrober. Que es la manera delicada que ha tenido la mujer para cojerse el escaparate para ella sola. El chiforrober es la única batalla de verdad que ha ganado el feminismo. El chiforrober es también la solitaria sensación de soltero que tiene el hombre casado. La ilusión llegará a ser perfecta, si al ir a vestirnos de prisa, encontramos unos calzoncillos sin botones. Y nos sentimos libres. Como estudiantes en casa de huéspedes. Salir a buscar casa es una penitencia. Las únicas que pueden soportarla con cierta dignidad, son esas mujeres que se visten y se acicalan como si fuesen a una fiesta. Pero resulta que van a salir a ver las vidrieras. Hay un tipo de cubana honesta y casera que no tiene otra diversión que salir a ver las vidrieras. Al cinematógrafo fue al principio del vitafón. Lo del turno de la peluquería le parece una tontería. Porque ella quisiera seguir lavándose la cabeza con agua de lluvia. De pronto nos asombramos de la cantidad de público que hay en la calle el 20 de Mayo. Y nos preguntamos de dónde habrá salido tanta gente. Son las mujeres cubanas que sólo salen a ver las vidrieras. Que ese día van Prado abajo. Con el trajecito de seda estampada y el miedo de haber dejado la casa sola. Casi nunca pueden llegar a Malecón, porque a una le aprietan los zapatos. Cuando al pobre le aprietan los zapatos nuevos, primero quiere venderlos. Después los mete en la horma. Y por último se los presta unos días a un amigo. El único martirio comparable al de unos zapatos nuevos, es el de una mujer vieja.

Nosotros a la mudada le damos una importancia que en otros países no tiene. Nos cuesta un trabajo enorme dejar una casa. Y otro trabajo más enorme todavía dejar el barrio. Vivir en la Víbora es una cosa que se trasmite de padres a hijos. Hubo un tiempo en que la Víbora tenía pretensiones de sanatorio. Los que venían de la Loma del Mazo traían aire de montañeses con coraje para desafiar las toxinas de la población. Pero después se comprobó que la Víbora no está tan alta como dicen los viboreños. El error vino del trabajo que les costaba a los tranvías subir la loma de la iglesia. Las guaguas han puesto la calzada de Jesús del Monte al mismo nivel de Belascoain. El verdadero viboreño es un optimista que se pasa la vida esperando que tenga mangos la mata del traspatio. Y a la casita con traspatio la llama propiedad con árboles frutales. Pero yo no he conocido todavía al viboreño que se haya arrepentido de serlo. Todos dicen "vivo en la Víbora" o me voy para "La Víbora", con esa sana alegría que experimentamos de chicos cuando empezamos a fumar y aprendemos a echar humo por la nariz.

Cuando ya hemos encontrado casa para mudarnos, entonces hacen falta el mes adelantado y el mes en fondo. Se piensa en el grave error que ha sido el no cultivar el ahorro.

Antes los dueños de casa sólo exigían un fiador. Es decir, para mudarse de casa sólo falta tener un pariente español. El que no tenía un pariente español, podría encontrar por lo menos un español que le bautizara un hijo. Buscar un comerciante español que bautizara al niño, era darle al crío condición de cristiano. Y asegurar un fiador para la casa. Hay que empezar a empaquetar y el hombre se desespera y se marcha. Porque dice que no tiene paciencia para esas cosas. En la mudada al cubano le sale lo que le queda de indio. Y deja que la mujer trabaje sola. ¿Por qué a través de los años hemos guardado tantas cosas que no sirven para nada? Ahora van saliendo. Una figura de yeso que le falta un brazo. Media Venus por accidente. El velo con que se casó una tía. El abrigo de aquel viaje a New York. Un abanico roto. De cuando los soñadores se inspiraban en las varillas. Las muchachas perfumaban el abanico. Y el enamorado escribía unas cuartetas. Muy cursis. La cubana presumía de sonar con gracia el cierre del abanico. Si amor no rimase con dolor, no hubiera tantos poetas. Aparecen cosas de antes de los fonógrafos con bocina. Y después del rigodón. El perrito del fonógrafo no se sabe si huele o si escucha. Está por averiguarse si está junto al aparato porque le gusta la música. O porque pasó otro perro junto al disco y levantó la pata. Mudarse, después de todo, es un recuento cronológico. Lo que más dura en una casa es la mano del mortero. Y el escaparate de la abuela. El escaparate de la abuela es la mole negra que está en el último cuarto. Y a uno le da pena que los agencieros lo saquen de día. Sabemos que a la hora de sacar los muebles habrá en el vecindario una vieja detrás de cada persiana. Como cuando hay boda en la cuadra. Y como cuando hay entierro. Nos aterra también la cama colombina que tenemos escondida para cuando el pariente que vive lejos se queda a dormir en casa. Nos sentimos como descubiertos. Si teníamos ocultos esos tarecos, ¿por qué nos dábamos tanta importancia al saludar cuando veníamos de la oficina? No hay más que una solución. Mudarse por la madrugada. Cuando las viejas de la cuadra se despierten y vayan a abrirle al viandero, ya estará colgado en la ventana el cartel de: "Se alquila. La llave en la bodega".

La primera etapa de mudarse es buscar casa. La segunda empaquetar. Y la tercera es la casa nueva. El primer día no han instalado la luz. El hombre se desespera y vuelve a irse. La señora no encuentra nada. Durante unas horas se vive sensación de gitanos. Todavía queda el recuerdo de los negros y las cuerdas, subiendo el piano que nadie sabe tocar. Los que no sabemos música le hemos perdido el amor al piano desde que pasaron de moda las pianolas. Con aquellos seres idiotas que al tocarla asumían aire de un Lecuona de laboratorio. La pianola es el piano con injerto de bicicleta. Es el arte que se ha ido a los pies. Las perforaciones en el rollo de pianola son los estragos que han hecho las polillas en el papel higiénico. Lentamente vuelve la normalidad. Se ha sacado la vajilla de los cajones. El primer día en la casa nueva nos despertamos más temprano. No se sabe por qué. Al asomarse al balcón nos cae bien la vecina que tiene los ojos negros y vellos en las piernas. Eso si se sabe por qué. Porque la publicidad es base de atracción. En la casa nueva nos parece que hemos rejuvenecido un poco. Pero sentimos la nostalgia del otro barrio. Y de los vecinos viejos. Diríase que nos falta algo. Es la vieja de enfrente que nos acechaba cada día al salir. Y el amigo de al lado. Que nos llamaba por el balcón. Para decirnos que ya iba a empezar la novela del aire.

René Molina le entrega un premio en San Juan, Puerto Rico.

LAS PRIMERIZAS

Novia, esposa y madre son las transformaciones que tienen más importancia en la mujer. La mujer cela cuando es novia. Exige cuando es esposa. Y cuando va a ser madre usa la trampa de los antojos para darle al mal genio una explicación científica. Las señoras toman para si toda la gloria de la procreación. Y creen que si el mundo está poblado, el hombre puso muy poca cosa. Por eso cuando empiezan los vómitos sospechan que algo les ha caído mal. Que es olvidar bastante al esposo para echarle la culpa a las judías del almuerzo. Las primerizas saben que han emprendido un viaje en el que fatalmente han de perder la línea. Y lo menos que puede hacer el marido de castigo, es perder la paciencia. Hay que volverse un poco niñera. Y regresar a los mimos de al principio. Los ginecólogos nos enseñan que todo lo que piden las mujeres durante el embarazo, es la influencia patológica de su estado sobre el sistema nervioso. Así se llega a la enormidad de tener que comprar un frasco de perfume por prescripción facultativa. Y de tener que ir al cine, aunque esa noche den el boxeo por televisión. Aquellas feministas que para reclamar el derecho al sufragio y mejores asientos en el tranvía decían que todos los hombres somos unos sinvergüenzas, no vieron nunca a esos buenos esposos. Que se levantan a media noche para ir a buscar mantecado. Cuando ya falta poco, piden permiso en el trabajo. Y hasta dan recetas para hacer fuerza. Creadores del parto con ensayo general. Almas blancas que en el fondo quisieran que saliera varón. Pero no lo dicen temiendo que salga hembra. Y solucionan el problema jurando que les da lo mismo. Que lo que desean es que dure poco y que sea con felicidad. En el noveno mes hay la paradoja de que la mujer se deforma por delante. Pero luce más fea por detrás. ¡Oh, esas *locutoras* de la televisión que están a punto de ser madres y se empeñan en seguir anunciando jabones hasta la víspera!

* * *

El salón de espera del partero es la antesala de la vida. Entre las clientes hay un intercambio de síntomas. La vanidad de las que ya sienten que se mueve. Se habla de la acidez que sube. Y de la amargura que baja. Sin que falte la encantadora sinceridad de la criolla que confiesa las ganas que tiene de largar el paquete. Porque a la verdad que es una lata. No hay primeriza que no determine no volver por las andadas. Aunque después de olvidar los trámites y los dolores, se anime a buscar la parejita. Que es cultivar el amor con ánimo de coleccionista. Que la coquetería de la mujer va más allá de los zapatos sin tacones y del vestido de maternidad, se comprueba en la consulta del ginecólogo. Todas creen que a las otras se les nota más. Una señora puede agradecer un piropo en la calle. A los ojos. A las piernas. A los labios. A las caderas. Pero no hay piropo más hondamente sentido que aquel que se le dice a una primeriza que ya camina con dificultad de cow-boy que acaba de desmontarse. Tiene hinchazón en los tobillos. Picazón en los pies. Manchas en la piel. Y aparece el amigo galante que le garantiza que no se le nota. La del séptimo mes es una gordura como de bebedor de cerveza. Ya en el octavo se discute el nombre que se le va a poner. En el noveno cuando el matrimonio va al cine, ella al entrar se fija de reojo donde está el servicio de señoras. De repente al gabinete del comadrón llegan los esposos precavidos que quieren tenerlo todo preparado para cuando llegue el momento. El pronto va a ser el padre honesto de cargar la bolsa con la mudita de ropa, los pañuelos, el biberón y la toma de leche. Por un fenómeno de cariño excesivo, se refiere a los trastornos de su mujer como si fuesen trastornos propios. Después de todo, no podemos quejarnos. Porque hasta ahora, a Dios gracias, no hemos sentido fatigas. Yo sé de un caballero de calva absoluta, grandes bigotes, papada, voz gruesa y el orgullo de haber mandado los padrinos tres veces, quien unos días antes de dar a luz su señora, comentó con optimismo:

—Nos hemos hecho una fluoroscopia y parece que la criatura viene bien.

* * *

Hay el padre de película americana, que mientras ella grita, él se impacienta y da zancadas en los pasillos de la clínica. Cree que ya, cuando ha salido la enfermera a buscar algo. Es injusto que se pregunte primero cuánto pesó el hijo, que cómo quedó la madre. La madre es traída a la cama. Todavía muy gorda y bastante pálida. Si es primeriza. pensando que no merece la pena. Y aconsejándole a la hermana soltera que ni se meta. Ya se sabe que la casa va a llenarse de pañales puestos a secar. Y de visitantes que coinciden en que el crío está monísimo. Y en que traen de regalo, o un Pato Pascual envuelto en celofán. O una caja de talco.

Un recién nacido es motivo polémico de a quién se parece. Los familiares de ella creen que ha sacado los ojos de la madre. O cuando menos la frente de un tío. Los familiares de él le ven la boca del padre. Y esperan el talento de ese pariente remoto que se retiró a vivir de las rentas. La verdad es que en las primeras horas de la vida uno no se parece a nadie. El niño nace como muere el viejo. Con arrugas, con poco pelo y sin dientes. Todos los curiosos que meten la cabeza bajo el mosquitero de la cuna terminan diciendo una mentira. La madre quiere tenerlo cerca. El padre no se atreve a cargarlo. Cargar a un niño de pecho es un arte que consiste en coger la cabeza primero. Y ponerse a hablar solo después. ¿Quién quiere al niñito? ¡Pobrecito!... A ver un pucherito. ¿De quién es la trompita esa? Si abre los ojos, creemos que ha sonreído. Y nos ponemos contentos. Porque va a darse con nosotros. Si llora es porque ya le toca.

* * *

Hay ángulos muy criollos en el nacimiento del primer hijo. El azabache para los malos ojos. Y la idea de que nuestro perro es tan inteligente, que se ha puesto celoso. Los cariños que se exhiben en voz alta y como si fuesen trofeos, incitan a la sensiblería. Querer a una madre en silencio, es cosa conmovedora. Querer a una madre para que se entere todo el mundo, es cosa de tango. A ver si me entienden los que convierten cualquier amor casero en espectáculo público. Y los que tienen un gato y lo sacan a orinar para que se emocione el vecindario.

* * *

Por lo mismo que han cambiado las costumbres, ya han desaparecido aquellas madres que parían veinte veces. Sin gas y sin conteo globular. Las sociedades regionales llegaron a tener noventa mil socios. Madre-multígrafos que ya eran amigas íntimas de la comadrona. Antes de las vitaminas. Cuando hasta las damas ricas daban a luz con rapidez de criada de mano. Y se trataba la tripa del ombligo con la divina naturalidad con que se cose un expediente. Hoy la mujer se prepara para el parto como se prepara para el noviazgo. Y como se prepara para el matrimonio. El baby-shower es la *premiere* del alumbramiento. Así la primeriza llega a la mesa de la clínica rodeada de ceremonias que la convierten en heroína de una jornada que después se la cuenta a todo el mundo. Para que sepan lo bien que se portó. Aquí no puede faltar la vieja que elogia las manos del médico. A pesar de que no quería que entrara a ver la operación. Ya el vástago está en la casa. Mama. Llora. Le molesta la luz. Pero nada más. Cuando se le cae la mamadera, chupa la punta de la almohada. Pero ya tiene un chiforrober. Su libro diario comprado en el Ten-Cent. El diario del baby es la teneduría de libros de la primera infancia. Hay un amigo que trae la cámara para retratarlo. Han empezado las visitas de los amigos que se enteraron por casualidad. Todos preguntan, naturalmente, lo que pesó al nacer. Si el padre ha sido un calavera, el primer hijo sirve para que se formalice. Si ha sido un tonto, el recién nacido ha de atarlo más al matrimonio. De todos modos, se le caerá la baba. Y será ese hombre histérico de despertar al médico. Y ponerse contento porque el muchacho expulsó un gas y ensució el pañal. Lo que es muy natural. Pero el padre primerizo considera una precocidad. "Porque a éste sí es verdad que no le va a dar pena nada". Cuando el nene tenga hipo, la abuela reprochará la inexperiencia de la madre. Escupirá una hebra de la frazada y se la pegará al niño en la frente. . .

En Venezuela tirando la primera bola.... y fué «strike».....

LAS COMPARSAS

También en los cabarets latinos llega el momento en que el baile por parejas se deshace en conga de relajo fraternal y tumultuario. Es la apoteosis del embullo tártaro, casi siempre después del segundo show. Las personas serias abandonan las mesas y se añaden a la comparsa improvisada. Los que tutean al folklore no dicen salir, sino botarse. A los caballeros con cargos ejecutivos les estorba la educación y la chaqueta. Las damas vestidas de noche quisieran tener las faldas más cortas, para llevar la moral más alta. Los tímidos se animan a sujetarse a las caderas a la señora desconocida que va delante. Hay matrimonios modernos que se separan para que cada uno eche por su lado. De lo que resulta un divorcio temporal. O la versión musical del divorcio. La conga saca a flote el instinto de arrollar que llevamos dentro. Y realiza el prodigio de que nos pongamos bastante chusmas sin que los demás se ofendan. Será casualidad, pero todos los chusmas bailan bien. Las amigas importantes que de pronto pegan un grito, largan al compañero, sacuden los hombros y suenan los zapatos de raso como si fueran chancletas de palo, son chusmas que lo disimulan hasta que sienten el ruido de unos timbales bien tocados. Que no puede negarse la fascinación de ciertos instrumentos sobre ciertas almas. La debilidad del argentino es el bandoneón con su fuelle de contar penas. Los devotos del jazz clásico, no lo conciben si ese tramo en que se callan los otros músicos, para que el negro de la trompeta se ponga de pie y haga equilibrios en la cuerda floja del pentagrama. Los negros nacen con los labios aplastados y traumáticos, como si Dios los hubiera traído al mundo para tocar la trompeta. La gaita estimula la generosidad, el patriotismo y el apetito de los asturianos en la romería de domingo. Recordemos a aquellos criollos que en la parte dulce del danzón se pegaban con mucho respeto a la mujer y cerraban los ojos, para oír nada más que el piano. Los instrumentos, cuya magia logra que ciertos cubanos se destiñan de los convencionalismos hipócritas, se suelten el pelo y gocen y bailen a gusto, son los bongoes y los timbales. Es un placer irreprimible y aborigen, que va directo de la orquesta a la sangre. Como si dijéramos de los cueros a los glóbulos rojos. En las fiestas inesperadas envidiamos en silencio al amigo simpático y chusma que pide un vaso de ginebra, se queda en mangas de camisa y se pone a tocar el cajón con dedos macizos y virtuosos. Si ese motivito de solar progresa y se vuelve conga de rumberos arrollando en fila, los bailadores no cambiarán esa hora por ninguna otra. Ni vayan a imaginarse ustedes que cambiarían el cajón por un Stradivarius.

Lo peor de la conga de cabaret es el norteamericano de vacaciones que se contagia y sale. Después de estudiarlo, apagar la pipa y consultar la opinión de la esposa de lentes, que temblando de la risa se decide a acompañarlo. A los norteamericanos quizá los ritmos nuestros les lleguen al alma. Pero que se les atoran en la cintura no tiene remedio. El norteamericano agregado a la cola epiléptica y guarachera de una conga, mueve los brazos como muñeco de ventrílocuo y arrastra los zapatos con miedo, como si estuviera aprendiendo a patinar. Por supuesto que la mujer norteamericana se menea más, pero tampoco avanza. Es la rumba sedentaria. Su intromisión en los asuntos internos de la conga tiene más de accidente que de esparcimiento. Es el calambre en una escalera eléctrica. La prisa que exige la conga, los norteamericanos la soportan cuando tienen mucho que hacer. Nosotros, en cambio, sólo nos apuramos así cuando no tenemos que hacer nada.

Los doctores en coreografía descubren que no es lo mismo comparsa que conga. La comparsa es la primitiva rumba de la calle. La rumba de caminar agachado y sacar el pañuelo, que a los cubanos púdicos de antes les daba vergüenza bailar en la casa. Y que Eliseo Grenet arregló e instrumentó en París, creando la verdadera conga de salón. Fue un remedio decoroso para los elementos de alta sociedad que notaban que se le iban los pies detrás de la farola. El gusto a la conga bajo techo tiene maneras muy peculiares de expresarse. En algunos se manifiesta en gritos intermitentes que nada tienen que ver con la diversión ni con el baile en sí. Súbela. Abre, que voy. Hay los que pasan arrollando y se asombran de que su arte tártaro no haya despertado expresiones de asombro. Dime algo... Otros enseñan la dentadura, alzan la cabeza, estiran y encogen los brazos y de pronto se quedan parados para asegurar que, después de eso, se acabó el mundo. Falta por contar los que en pleno delirio de la conga asocian la nostalgia de la Esquina de Toyo al Weather Bureau y gritan agua de lluvia...

Los cubanos que por naturaleza odiamos las antesalas, las colas y las esperas protocolarias, cuando llegaba la época de las comparsas alquilábamos la silla al medio día, para ver el desfile que se iniciaba al entrar la noche. Era la esperanza de fakir isleño que soportaba el sol, el sereno y el rocío. Pero qué profunda emoción, qué criollísima alegría cuando divisábamos la primera comparsa. Prado arriba. Con las farolas, la bulla y la mulatica tiposa que presidía el tumulto, con la sonrisa adornada con un diente de oro. La farola mayor era una obra maestra de hojalatería, comprada en colecta de barrio y bautizada por un concejal. Bailaban los comparseros y con la imaginación bailaba también el pueblo que bordeaba el paseo, que llenaba la tribuna del Municipio y que se asomaba a los balcones. Los cencerros, el cornetín, los gritos y el sudor dejaban las penas nacionales atrás. El tambor de la comparsa es el clinche con un barril de aceitunas. Había comparsas que llevaban delante niños que todavía no habían ido a la escuela. Y detrás llevaban viejos que ya no podían con los pantalones del disfraz. Prueba de que el encanto de esa música va de los pañales a la arteriosclerosis. Pasando por esa juventud que cuando se le presenta la oportunidad, arrolla sin reservas. Porque desengáñese, varón, eso es lo único que uno va a llevarse cuando guarde.

La de las comparsas era la edad cubana en que los chucheros estrenaban trajes, avisando que iban a botar al fresco una rareza. Y las familias de la clase media se quedaban sin cocinera. Con perdón de los anuncios de Goya, tenemos que confesar que desde que nos fuimos de Cuba no hemos vuelto a comer frijoles negros como los que hacía una negra que fatalmente abandonó a la familia para irse con las Bolleras. Porque nosotros somos de los criollos viejos que conservamos achaques caseros que el exilio no ha podido curar. La siesta, la costumbre de dejar el editorial para leerlo en el inodoro y enmendarle la plana a la cocinera, echándole a los frijoles negros un chorrito de aceite. Si a la comparsa de la calle o a la conga de salón les quitamos la música y al terminar le ponemos la ducha, en vez de baile, sería un deporte de héroes. . .

TIPOS QUE YA NO SE USAN

Las horas urgentes y prácticas no les dan mucha importancia a los buenos modales ni al orgullo personal. Hubo tiempos en que la educación y la dignidad ciudadana venían en textos. Había personas que antes de "asistir" a una reunión de cumplimiento, consultaban el Manual de Carreño. Como ahora se acude al horóscopo el día de cerrar un negocio o emprender un viaje. Al caballero que se preciaba de serlo, si lo engañaba la esposa o le daban una bofetada en el Casino, antes de mandar los padrinos revisaban el famoso Código de Honor del Marqués de Cabriñana. Una especie de catálogo hidalgo de las ofensas que justificaban el duelo. Ya apenas se miden las acciones ni las palabras. Es decir, no se usan la etiqueta rigurosa ni los señores empeñados en batirse. A las generaciones nuevas les causan risa las moderaciones pretéritas. El uso correcto de la servilleta era complicado e importante como una signatura académica. La invocación del nombre de Jesús no tenía remedio después del estornudo. Se consideraba un pecado apoyar los codos en la mesa. Para impedir la conversación plebeya con la boca llena, aparecieron las almas delicadas que se metían en la boca nada más que la punta del tenedor. Si la mujer fuma en sociedad como un marinero en la taberna, resulta una idiotez preguntarle si le molesta el humo. En los banquetes no se había inventado esa impertinencia divertidísima de hacer pelotas de migajón para manosearlas durante el discurso. Cuando la familia convocaba a la cena casera, los niños tenían que permanecer tiesos y de pie, hasta que se sentara el papá. Era usual la oración antes de la sopa. Todo eso ha ido caducando. Como desaparecieron también los tipos que con una mano hurgaban en los dientes con el palillo, mientras con la otra describían una pantalla que pretendía ocultar el trámite, de todos modos desagradable.

En esta edad liberal y franca, el invitado a una comida puede abrirse el cuello si le aprieta. Sacarse la chaqueta si hace calor. Zafarse el cinturón si le fastidian los gases. Reírse a carcajadas. Mojar el pan en la salsa. Atacar a mano limpia esa parte del pollo indesprendible y recóndita. El anfitrión le habrá dicho al invitado campechano que podía sentirse como en su propia casa. Y como seguramente hubo prólogo de cocteles, en el instante menos esperado el huésped preguntara, con apuro y confianza, donde está el baño. Al rato regresará más risueño, más comunicativo, más feliz. ¡Qué va! Las penas que pasaban y las ganas que aguantaban los discípulos de Carreño; frías las manos y sin animarse a la confidencia, son sacrificios que también han pasado a la historia de la urbanidad.

Que hoy se desprecian las normas de realidad irrevocable. La gente moderna no niega que lo de antes fuese correcto y hasta sublime. Pero cree que lo de ahora es cómodo, sincero y mejor. Predomina la tendencia a suprimir los deberes que fueron clásicos y sagrados. El saludo es el trámite social más afectado por el triunfo de la mala educación. Aquellas amigas que al encontrarse se deshacían en expresiones de júbilo. Hablando las dos a la vez y sin que pudiera entenderse ninguna. Al abrazarse se plantaban un beso en cada mejilla. El individuo galante que al saludar se descubría y se cuadraba con solemnidad. Había reverencias en la vecindad del descoyuntamiento. Y se pronunciaban las frases de sumisión al sexo bello aprendidas desde la niñez. A los pies de usted. Beso a usted la mano, señora. Lo peor no era que lo anunciara, sino que besaba la mano de verdad. Ya nadie concibe la genuflexión, que era un pasaje de opereta si el autor del saludo llevaba cuello de pajarita, guantes y gafas de cordón. Los únicos que todavía se ponen de verdad a los pies de las damas, son los quiropedistas y los dependientes de peletería. Cruzar las piernas en el hombre era una irreverencia. En las amigas ya era un escándalo digno del chisme, que las alejaba de la religión y las acercaba a la sicalipsis. Los vestidos se usaban largos y sin escotes panorámicos y descriptivos. Pero las muchachas al tomar asiento se abochornaban un poco y le daban a la falda un tironcito púdico hacia abajo. No se había visto nada. Pero era costumbre que se viera menos todavía.

Desterrado ahora por decorativo e inútil, el sombrero tuvo mucho que ver con la compostura ciudadana. Instrumento e índice de la cortesía masculina. Descubrirse era prescripción ineludible en presencia de un entierro. Al pasar frente de una iglesia. Cuando iba una dama en el ascensor. El saludo reverente y algo achulado con un golpe de ala, es otro modal postergado. Han dejado de circular los elegantes que presumían de manejar el bastón con soltura y arte. Iban por las calles como las batuteras en los desfiles. El bastón atenuaba la espera penitente del novio en la esquina. Era signo de mundología colgar el bastón del antebrazo mientras nos deteníamos para presentarle nuestros respetos a la vecina. En los teatros había espectadores que en vez de incurrir en la vulgaridad de silbar o querer romper una butaca, protestaban dando golpes con el bastón en el suelo. La sociedad también ha perdido de vista a los viejos precavidos que nunca salían sin el paraguas. Por si acaso llovía.

Claro que aunque tengamos que habituarnos a las groserías atenuadas por una edad carente de escrúpulos. Quedan todavía vigentes ciertos tipos que quisiéramos que desaparecieran también. Los que suenan la sopa. Los que escupen en el suelo y se imaginan que se reivindican de la salvajada, pisando y esparciendo la saliva con el zapato. Los cautelosos en exceso, que piensan que disminuyen la pena del eructo pidiendo perdón, volteando la cara y llevándose los dedos a la boca. El eructo es un accidente deplorable y humano. Lo peor es subrayarlo con esa ceremonia ridícula, que al contrario de disimularlo, le da publicidad. Los que salpican cuando nos hablan de cerca y nunca nos hablan de lejos. Los que se suenan la nariz y enseguida se ponen a mirar el pañuelo, como si hubiesen dejado allí una obra de arte. El bostezo como testimonio público de aburrimiento. Hay el bostezo descarado, apretando los puños y estirando los brazos. El bostezo tímido, "camouflageado" con una sonrisa. También el bostezo de coloratura, largo y terminado con un cantito.

La quiebra de la urbanidad es obra maldita del progreso. Es decir, es una cuestión demográfica. En las calles congestionadas, la gente no camina, más bien corre. En medio del tránsito en tumulto, ¿quién le cede a una señora la parte de adentro de la acera? En el ómnibus lleno hasta la asfixia, ¿quién cultiva la galantería anacrónica de ofrecerle el asiento de la ventanilla a la pasajera de al lado? Ya no se usan las mujeres convencidas de que caminaban sabroso. Y no quedan peatones con gusto y calma para el piropo ingenioso y ambulante. La prisa, en suma, no deja que seamos gentiles, cumplidos y decentes, como fueron nuestros abuelos.

LOS MENTIROSOS

Hay gente que acude a la mentira para adornar su personalidad. O para animar las conversaciones. Que siendo veraces resultarían vulgares y monótonas. En ese caso la mentira no es pecado, sino ingrediente necesario. El mentiroso simula todo lo que agrada a los demás. El valor personal, la inteligencia, la dignidad, el talento, la gracia. El mentiroso quisiera ser como se pinta él mismo en los cuentos que hace. La mentira inocente es el más viejo y cultivado de los "hobbies". Entre los cubanos hay el tipo pintoresco y frecuente, serio en el trabajo, responsable con la familia, con un concepto inquebrantable de la amistad. Esos amigos verdaderos, que para elogiarlos decimos que no se destiñen. Sin embargo, se vuelven mentirosos para atribuirse gestos de valentía o para hablarnos de las conquistas amorosas. Es el criollo que no cree en fantasmas. Y le dispara la galleta a Sansón. Cultiva hasta la vejez el orgullo de poseer una atracción misteriosa para las mujeres. Don Juan hizo la célebre lista de las víctimas seducidas. Hay el cubano irresistible y cariñoso que va bastante más lejos en su guilladera galante. Y nos lee la lista de las que perdonó. Es decir, la lista de las que no quiso poner en la lista. Ya no había sitio en su corazón para un problema más. La historias de chulería criolla van desde la vieja rica empeñada en que dejara de trabajar. Hasta la querida atormentada que quiso suicidarse. Pasando, desde luego, por la señorita loca por él, deshecha en lágrimas y dispuesta a cualquier cosa.

Los que presumen de no haber faltado nunca a la verdad, son mentirosos honorables. Existen mentiras enaltecedoras y decentes. Existe el arte de mentir. Los embustes villanos del marido que llega tarde, han servido para evitar tragedias domésticas y divorcios. No se pueden celebrar las Bodas de Plata sin haber mentido mucho. Tenemos que mentir cuando una señora tonta nos coloca la pregunta difícil y terrible.

—¿Qué edad me echa usted?

Cuando una mujer pide que le adivinen la edad, se pone a esperar la respuesta con el cuerpo erguido y ensayando una expresión juvenil y pícara. En esas pausas hay gordas que esconden la barriga, suspenden la respiración y se quedan inmóviles, como si fueran a retratarse. Otras se valen de la coacción. Y nos advierten que cuando ellas dicen su verdadera edad, la gente se queda asombrada. Con lo que ya ha preparado el camino para la mentira altruista. En tales trances, la mujer confía más en la educación nuestra que en el aspecto de ella. Nada más complicado que echarle edad a una mujer. Hay que calcular los años que tiene y los que se quita. Pero esa mentira universal y coqueta es pecado del hombre también. Para que nos crean más jóvenes, hemos inventado un sinfín de trampas ingeniosas. Por ejemplo, los amigos que reconocen que alcanzaron las películas mudas. Pero iban al cine con pantalones cortos y de la mano de papá. Los artistas de fama que no acaban de retirarse. Escucharon los aplausos de nuestros abuelos, pero no porque sean viejos, sino porque empezaron de niños. Hay arrugas que no son consecuencia natural de los años, sino culpa maldita de los sufrimientos. Tangos que no escribieron. El embustero más caritativo de la historia fue el que acuñó y puso a circular en todos los continentes y en todos los idiomas la frase hipócrita de: los años no pasan por ti. De repente reencontramos al amigo maltratado hasta la lástima por el calendario. Y todavía juramos que está igual. Y hasta cometemos la frescura de pedirle la receta. Es el perjurio determinado por un sentimiento generoso. Los únicos testimonios de vejez que se exhiben como un triunfo, son la vejez de las pipas, de algunos quesos. Y la que exageran las etiquetas de los vinos.

La mentira enaltece más que la verdad, cuando saludamos a la señorita que se ha puesto más gorda de lo que el novio quisiera. Y le endilgamos la ocurrencia vulgar de que no se ocupe. Que así se ve mejor. Como si la gordura a alguien le quedara bien. En otras épocas los señores de buen gusto las preferían gruesas. Buenas mozas, aptas para el abrazo español. Sin miedo a apretar. Sin sonido de huesos. Se llamaban entraditas en carnes las desdichadas que no habían podido engordar por completo. Ahora privan las flacas, de apetito sacrificado e imagen transparente. Lo que pasa es que influídas por Hollywood, hay muchachas que exageran la moda y sin proponérselo glorifican la anemia. La modelo Twiggy más que una flaca de moda, es un esqueleto con suerte.

Si de pronto suprimiésemos las mentiras propias y rechazáramos con indignación las mentiras ajenas, ocurriría un cataclismo en el universo. El noventa por ciento de las rubias, lo son de mentira. Las platinadas, todas. Los viejos que ocultan las canas con tinturas violentas, por mucho que amen la verdad, llevan en la cabeza una mentira escandalosa. Es falso que hay pelucas tan bien fabricadas, que no se notan. Y dentaduras postizas tan bien hechas, que parecen naturales. La sonrisa con dientes falsos tiene un no sé qué, que sólo engaña a los que por urbanidad se dejan engañar. Los remedios maravillosos para la calva, mentiras también. Hemos tenido que rodear la existencia de mentiras unánimes y necesarias. El amor eterno. Que algún día cobraremos en el cielo los favores que nos quedaron a deber en la tierra. Los ricos arruinados inflan sin respeto a la inteligencia del prójimo el inventario de las fincas, de las casas, de los tesoros perdidos. Hay fotografías retocadas que dejan los rostros ancianos y marchitos como no podría el más eminente de los cirujanos plásticos. La cirugía estética es la chapistería de la medicina. En las fotografías retocadas es el único lugar donde de verdad hay madres que parecen hermanas de sus hijas.

Las propagandas comerciales están plagadas de mentiras útiles. Los trajes que no hay que plancharlos. Los plazos cómodos que causan tantas incomodidades. La casa de campo a veinte minutos de la ciudad. Las máquinas de escribir silenciosas, suenan sin remedio. Las gomas imponchables, se ponchan. El brasier es la mentira que pretende que todas las mujeres tengan un busto macizo y más geométrico que humano. A las flacas el brasier les proporciona un perfil de marquesina. En las gordas es un fraude al público. Y una burla a la ley de gravedad. Donde más se perdona la mentira es en la crónica social, con multitud de caballeros correctos, instituciones altruistas y tanto buffet exquisito. Todas las señoritas pedidas en matrimonio son bellas. Y virtuosos los novios que las piden. En el cementerio son mentirosos los epitafios de las viudas inconsolables que volvieron a casarse. Y tiene que mentir hasta el llanto el amigo que despide el duelo y adorna de virtudes la memoria del difunto. En lo que a nosotros respecta, hemos mentido muchas veces. Y ojalá Dios nos conceda larga vida, para mentir siempre que la mentira sea más agradable y religiosa que la verdad.

EL RASCABUCHEO

Médicamente el rascabucheo puede ser incluído en el grupo de enfermedades tropicales. Que haya viejos con hijos, prestigio social y gafas, que suban a la azotea a esperar que se acueste la vecina, es un mal que lo da el clima. El rascabucheo es una inmoralidad de verano. Como esos trajes ligeritos que permiten que vayamos muy frescos, pero se nos marcan los calzoncillos. El rascabucheador es un impaciente sexual. Que después de todo se conforma con poco. El rascabucheo es la pesca de lo ajeno sin anzuelo. Es un esbozo sin profundidades. Es el proyecto que no se define. La electricidad que no llega nunca a chispa. Antes de ser baby, todos fuimos chispa de dos corrientes que tropezaron. La madre de la novia mientras no se quede dormida, es un aislador. El rascabucheo no fue inventado en Cuba. Vino del extranjero. Pero en forma de ojo de cerradura. O de taladro artero en el tabique. Taponado con un pedazo de papel de periódico. Que pudiera ser un pellizco a un editorial. A un español o a un francés le tapan el agujero de la cerradura y ya no sabe rascabuchear. Están perdidos. De los *yales* para acá, en muchos países no han vuelto a ver en ropa interior a la cocinera de al lado. Con aquellos "bloomers" de antes, que parecían pantalones de gaucho. Los gauchos que cantan son personas trágicas que nos han hecho creer que cuando venga una huelga de adúlteras, se paralizarán las industrias del tango.

Al rascabucheo en Cuba se le dio amplitud de tejado, de parada militar, de tumulto, de cinematógrafo, de ómnibus, de tienda de ropa en sábado por la tarde. Hay que desconfiar de esos clientes con apariencia de hombres serios, que se detienen ante los mostradores, en el tumulto de una liquidación por quiebra. Su gesto de simplicidad y de abandono puede esconder un equilibrio incógnito. Que simulando distracción ante un estampado de maravillas, va acercándose al pecado. Si la señora de adelante siente su juventud aludida por la proximidad y se vuelve indignada, sin quitar la vista del tejido, el rascabucheador le dirá que perdone. Es muy difícil pegarle una bofetada a un caballero que con cara de tonto examina una pieza de cretona para un proyecto de cortina. El rascabucheador es un enfermo que sueña con una mujer desconocida que sea tolerante con las manos ajenas. Como un picaporte. El mozo de un hotel me decía: "Cuando viene un americano a alquilar una habitación, lo primero que hace es ver si tiene ventilación". El español suele preguntar si entra mucha claridad por la mañana. Otros se preocupan por la blandura del colchón. O por la fertilidad de la ducha. Una ducha infecunda es el gotero que nos pone la espalda de papel de lija. El cubano antes de alquilar un cuarto, se va derecho a la ventana. A ver si hay rascabucheo.

Hay una cantera de emociones imprevistas en vivir frente a una casa de huéspedes. Con tantas ventanas abiertas. Y con tanta gente que observa distintas costumbres y distintos horarios. Por eso murió la zarzuela y siguieron viviendo los anteojos de nácar, que servían para que la señora se desilusionara viendo el pegote que la peluca hacía en la frente del actor cómico. Y para que el caballero se ilusionara viéndole el lunar a la tiple de moda. Para disimular la insistencia, al devolverle los prismáticos a la esposa, le decía que el jardín del decorado parecía de verdad. Y elogiaba al escenógrafo. El escenógrafo es un artista que tiene brocha verde para interpretar la primavera. Luego vino el género revisteril. Que es el teatro con lealtad mercantil de sandwich. Ya se sabe que lo más importante es la pierna. Una mujer con traje largo es como un sandwich envuelto. Debe tener buena pierna. Pero nadie lo ve. El triángulo es la conformidad de paladar de dos amigos que se comen un sandwich a medias.

El rascabucheador de azotea es el censor del vecindario. Llega al chequeo perfecto de los vecinos que lo rodean. Sabe de la señorita que se acuesta a las diez. Y de la que llega a las doce. Pisa blando. Como los gatos. Y tiene paciencia de jugador de ajedrez. Un jugador de ajedrez es un ser que pudo ser un gran rascabucheador, pero le dio por la ciencia. El ajedrecista puede sellar tranquilamente la partida de la noche de boda. Para continuarla al día siguiente. Exactamente en el mismo movimiento donde la dejó. El rascabucheo, el ajedrez y el crucigrama, son la estilización de la calma. Cuando viajamos en tren pensamos resolver un crucigrama. Que después dejamos, porque se nos quedó el diccionario en casa. Para que el rascabucheador de azotea empiece a vivir su proceso insano, basta que vea una habitación alumbrada. Y un kimono en una percha. El kimono es la cortina de seda que anuncia el prólogo y el epílogo del amor. El rascabucheador abre los ojos en la oscuridad. Y se agarra al muro. La mujer debe estar al llegar. Mientras tanto, observa la habitación. Es decir, rascabuchea los muebles. En el espejo del escaparate se ve un pedazo de cama. Un ángulo de sábana con pliegues. Una tajada de almohada. En el espejo de la coqueta se ve el espejo del armario. Cuando dos espejos se miran, forman un infinito desfile de lo mismo. Como el talento de las mujeres intelectuales. Y el montuno del son. Un zapato cayó de pie y el compañero acostado, bastante lejos. La sombra de la lámpara se mueve, porque entra brisa. El viento convierte los flecos de la cama en barriga de bailarina de Hawaii. Hay en la pared dos marquitos del Ten-Cent. De esos que compran las mujeres para poner a la Caridad del Cobre. O a James Dean. De un clavo pende un refajo de satín, sujetado por las tiras de los hombros. De repente la mujer llega. El rascabucheador cree que con ansiedad inconfesable. Pero llega con sueño. Se detiene ante el espejo y le da rabia verse un granito. Después vaga por la habitación, como si buscase algo. Siempre cuando nos vamos a acostar, vagamos un momento por la habitación, como si buscásemos algo. Vuelve ante el espejo. Se remira con insistencia. El rascabucheador cree que es un acto de auto-coquetería. Piensa que la mujer va a abrazarse a sí misma. Como un candado. Y espera la mayor perversión. Pero ella se contempla con ese gesto olímpico que tienen las mujeres gordas cuando toman la determinación de no hacer más que una comida al día. ¿A dónde va a parar? Se sienta al borde de la cama y se quita las medias. Las mira a trasluz, para ver si se ha saltado un hilo. De una silla toma un magazine y se desploma a leer. Pero una mosca no la deja. Una mosca no deja nunca que terminemos los cuentos de policía. Por eso la humanidad no ha completado la admiración a Scotland Yard. Espanta la mosca. Pero ahora le pican los pies. Vuelve a dejar la revista y se rasca. Hay que estar enfermo de la mente para ver algo de tentación en una mujer rascándose furiosamente el dedo gordo. Los dedos de los pies de las mujeres son sardinas que siguieron vivas en la lata. El rascabucheador acecha sin moverse. En la oscuridad de la azotea le han salido ojeras. La mujer bosteza, abre los brazos, se levanta y empieza a desnudarse. Pero de pronto se acuerda de algo y apaga la luz. Al día siguiente el rascabucheador se encuentra al amigo que no fue y le dice que lo siente. Porque se perdió el fenómeno.

En los ómnibus operan unos tipos mitad tenorios cursis y mitad rascabucheadores de cara dura. Es el personaje que sube al vehículo con expresión insolente. Tiende una mirada a los asientos. Habiendo muchos vacíos, va a sentarse junto a una mujer. Que por instinto hace un gesto de absorción. Se impregna en ella misma. El recién llegado se sube el pantalón. Para que no le haga rodilleras. Y le da vueltas a la sortija. Para que se vea la chispita. Después de las miradas de reojo por encima del escote, viene la invasión. De los ocho centavos que pagó la señora, el rascabucheador se apodera de cuatro centavos y medio. Si la víctima se sigue encogiendo con resignación, comprenderá el hombre que se trata de una de esas personas tímidas que le tienen miedo al escándalo. Y por tenerle miedo al escándalo, permiten una cosa escandalosa. Cuando ella llega a la casa, alarmada hace el cuento. Y jura que sintió ganas de pegarle un carterazo. Todas las mujeres decentes alguna vez en la vida sintieron deseos de pegarle un carterazo a un atrevido. Las mujeres que no son decentes cuando se sienten molestas, experimentan el propósito de quitarse un zapato. Y algunas veces se lo quitan. Parecen cojas. Pero es que van a defender sus derechos a taconazos. En la guagua hay ese rascabucheador que va de pie en el pasillo. El rascabucheador da un pasito adelante. Este tiene el pretexto de que de atrás lo empujan a él. Pero en las guaguas cubanas, aún los que sienten desprecio por el rascabucheo, tienen que aceptar contactos inesperados. Porque a lo peor en un frenazo en seco, una pobre señora antes de caer se prende como desmayada a las solapas de un pasajero honesto. Dejando la gratitud del roce y el eco de un perfume. En estos casos lo indicado es hablar mal de la compañía y del servicio pésimo que ofrece al público. La señora se queda muy seria. Espíritus femeninos hechos para las grandes fidelidades. Mujeres que nunca quisieran morir. Para no tener que entregar el alma al cielo.

Faltan el rascabucheador de parada militar. Y el de cinematógrafo. Aquél alarga el cuello por encima del hombro de una peatona humilde. Simulando que le emocionan los uniformes militares. Con las botas de brillo y los pechos llenos de reflejos ganados en la paz. Yo admiro a los militares en los desfiles, porque para marchar parejitos no hacen como las segundas tiples malas. Que de reojo miran a las de al lado. El rascabucheador de cine es el clásico. El perfecto. Tiene la perfección de la oscuridad. Que le facilita el atrevimiento y si es necesario, la fuga. Del rascabucheador de cine puede escribirse mucho. En el cine los brazos divisorios de las butacas son el impedimento para que muchos pillos no acaben de aprenderse el manual de anatomía práctico.

El autor y su tabaco.....

LAS CASAS DE EMPEÑO

Las casas de empeño son los únicos museos que tienen un público permanente. Archivo de la miseria de unos. Y de las ganas de divertirse de otros. Con guitarras con polvo y sin cuerdas. Zapatos que dejaron de andar para solucionar un problema. Trajes que no fueron a fiesta para que pudiera ir el dueño. Nada más parecido a la casa de empeños, que la utilería de un teatro. Donde los objetos envejecen por amontonamiento. Y las polillas convierten en menú el respeto que merece la eternidad. Es posible que en la casa de empeño al lado de un ventilador haya un libro de medicina. Se pasa por el filtro del empeñista que tiene un mostrador de ponerle precio al apuro de los demás. Y que va contra la lógica cuando dice que un brillante es viejo. Y contra la religión cuando le cuelga una etiqueta a una imagen de segunda mano. Las vidrieras de las casas de empeño brillan como los pechos de esos militares que no han ido a ninguna guerra. Es necesario ser muy cubano para comprender la tragedia del *picúo* que en un gesto heroico se desprende del sortijón. Y el alarde del negrito del solar que llega y arroja sobre el cristal la percha de tres botones. Y le pregunta al gallego cuánto le pueden dar por eso. El empeñista le da muy poco, porque sabe que es víspera de verbena en todos los jardines. Y el andoba sacrifica la tela. Que es renunciar al plante. Para ir a acabarse la vida en guayabera. Nosotros somos felices con ron malo y con música buena. El dependiente de la casa de empeño no sabe ni le importa por dónde empieza la juventud de la mujer. Pero cuando le llevan un traje a empeñar, mira los pantalones al trasluz. Porque la vida le ha enseñado que el casimir envejece por los fondillos. Y que los que sacan el traje el sábado para volverlo a meter el lunes, han perdido la vergüenza. Pero no quieren perder el traje.

Las casas de empeño en Estados Unidos tienen en la puerta tres bolas. Es que el judío se considera hombre y medio cuando los demás necesitan de su dinero. Los españoles le llaman Monte de Piedad. Para recordar a la madrileña de novio de kermesse y novela corta. Aquellas novias que eran más manolas cuanto más engordaban. Y que curaban el hambre de la familia empeñando el mantón. El mantón es la primavera que termina en flecos. La consecuencia del mantón es el chocolate con churros. Y el personaje del género chico que amaba en cuplet. Casi siempre a la Cirila. Con una madre gorda. Y un padre haragán. Por lo mismo que era flamenco. Es verdad que el cubano tiene bastante de andaluz. Lo que pasa es que le sale cuando tiene necesidad de ir a la casa de empeño. Con la pena y el bulto. Hay el cubano que cuando compra una prenda, piensa en lo que cuesta. Y en lo que le pueden dar de empeño. Existe el elegante que usa reloj-pulsera hasta que a la novia se le antoja ir al cine. Entonces el reloj desaparece. Y él dice que no sabe lo que le pasa, que se ha parado. Y hasta habla mal de Suiza. Después de todo, la capital se ha llenado de relojes eléctricos. La trastienda de la casa de empeño es un pedazo de cada fatiga y de cada mundo. Abrigos que han dejado de dar calor. Neveras que han dejado de dar frío. ¿Cómo ha ido a parar allí el cáliz de una iglesia? Se entra con una dificultad y se sale con una papeleta. Es decir, con otra dificultad. De repente se presenta una criada y deja caer sobre el mostrador un juego de servilletas y le dice al muchacho:

—Dice la señora que le mande uno veinte.

Los refugiados han llenado las casas de empeño de lentes alemanes que han acabado con el prestigio de un peso de la cámara de cajón. Cámaras de retratar un árbol y una novia. Pero nada más. Un técnico en fotografía es un animal de laboratorio. Las cámaras que quedan empeñadas son fuelles que le han dado vacaciones al paisaje. El bandoneón es el fuelle que no le da descanso a nada. Un gaucho es un fotógrafo de estira y encoge. Sin acabar de disparar. El ciudadano de barrio que llega con su apuro a la casa de préstamos, al tiempo que tarda en decir lo que dan, le llama pugilato. Después hay que declarar el domicilio. Y firmar una papeleta. Grande y complicada. Por lo mismo que es española. Y encima poner la cara hipócrita de la seguridad de que uno no quiere perderlo. Cuando el negocio del empeñista consiste en que lo pierda. Claro que las cosas han cambiado mucho y ya todos los que entran a una casa de empeño no llevan en el alma un drama de dinero. Hay también el personaje humilde que de repente se encuentra con el acontecimiento de que lo han nombrado padrino de una boda. Y necesita un frac. No hay padrino de boda que tome el honor tan en serio al grado de comprar un frac que sólo va a usar una vez. En Cuba el frac es un fenómeno transitorio. Es la cámara negra de martirio que se alquila o se presta. Los fracs de las casas de empeño son como esos presos que tienen días de salida. En cualquier momento aparece el padrino de la boda que rescata el frac de la trastienda húmeda y con aroma de naftalina y lo lleva a dar un paseo a través de las arcadas maravillosas de la Marcha Nupcial. Después de la boda, el frac volverá a la casa de empeño. Envuelto en un papel de periódicos. Como el cadáver de un pobre padrino que ya salió de eso.

Todo lo que se empeña está viejo. Y todo lo que se compra en una casa de empeño está como nuevo. El empeñista lo es todo en una sola pieza: garrotero, sastre, peletero, experto en obras de arte. Y es que conociendo bien la miseria del prójimo, ya se conoce lo demás. Medallas de campeones. Maletas que no han viajado. Violines que han largado el puente esperando días mejores. El *banjo* que ya no se usa. El *banjo* es la pandereta con cuerdas. Que asocia la mente a los esclavos del sur. Y a las plantaciones de algodón. Donde el negro es triste como un atardecer. Y los coros de agricultores se pierden en el crepúsculo, lo mismo que oraciones que emigrasen en alas de papel de envolver chocolate. No se sabe cuánto daría un empeñista por un órgano que destile lágrimas de sacristía. El medallón de la abuela. La cuna blanca del niño. El smoking de verano. Que es la versión del odio criollo al smoking de invierno. Da lo mismo. Todo es la quiebra de la voluntad. Porque lo que perdemos, por que ya se venció el plazo, pensamos una vez que íbamos a sacarlo enseguida. Si la fe no tuviese un precio, las casas de empeño no estarían llenas de imágenes. Medallitas de la Caridad que se arrancaron del cuello en un momento crítico. Y que pasaron a adornar la vidriera. Esperando a un creyente con dos pesos de más, para hacerle un regalo a la novia. Las personas salen de la casa de empeño con la cara de cuando se sale de una casa de citas. ¿Nos habrán visto? Dan ganas de arrimarse a las paredes. Sobran las muchedumbres. Estorba la lechería de enfrente. Bajamos la vista. Apretamos el paso. Doblamos en la primera esquina. Y sentimos un poco de asco de nuestra propia timidez. Quisiéramos ser ese caretudo que llega a la casa de empeño, bromea con el dueño, invita al dependiente y se saca los zapatos viejos para ver si hay un par que le sirva. El cubano que tiene el anonimato de la popularidad. Y que llega y se va sin fijarse en los vecinos que lo miran. Es como el sacristán que encendiera un cigarrillo en la vela del Santísimo. Se empeña todo. De la sortija tresillo a la camiseta pull-over. Que en español quiere decir que hay que volverse a peinar. Yo he visto a un abogado gordo entrar a una casa de empeño a buscar un par de zapatos de charol para una conferencia. Y chillaba como si ya estuviese en la conferencia. El mozo del mostrador recibe a los desdichados del barrio. Y va aceptando prendas y dando recibos. El negro del ónix. Las iniciales del anillo de compromiso. Los aretes de la madre. En Cuba los prestamistas se llaman padrino. La casa de empeño es el museo de los personajes sin historia. Y que industrializan la necesidad de un peso. Y han inventado el padrino a contrapelo. Es decir, el padrino que vive del ahijado. Arrancándole pedazos de su amargura. Y dándole pellizcos a sus ansias cristianas de encender el fogón.

En 1943 dando las gracias por el premio recibido del Club Fortuna por el mejor artículo periodístico de Sport de ese año.

LAS CAMISAS DE COLORES

Antes para los criollos el verano era un martirio. Ahora es pretexto para que cada quien se vista o se desvista como le venga en ganas. A medida que crece el amor del cubano a las playas, se agiganta su odio a todo lo que en el indumento sea estético o molesto. Hay gente ingenua que sospecha que el calor de ahora es más intenso que el calor de antes. El calor es el mismo de cuando el saco de alpaca y el chaleco blanco en agosto. Lo que ha cambiado es la moral ciudadana. Que cada vez se preocupa menos del escrúpulo ajeno. Después de todo, un hombre elegante es un pobre esclavo de la idea de halagar a los demás. Aunque para halagarlos tenga que aparecerse en el club con un sombrero de paño. Porque oficialmente ya ha llegado el otoño. El desprecio nacional al qué dirán justifica la plaga de camisitas de sport que se han puesto de moda. De estampados y de estampidos. Chambras para señores. Con diseños inspirados en la fauna, en la flora y hasta en la mitología. Lo seguro es que hay amigos que se presentan como portadas de magazine. Con un escándalo de litografía a cuatro tintas. Camisas de colorines impúdicos. Que tienen la rara virtud de ruborizar, no a quien las usa, sino a quien las ve usar.

Claro que gracias a esas camisas de sport hay viejos serios que parecen jockeys. Las blusas de los jockeys se confeccionan con retazos del Arco Iris. Los espíritus conservadores pensaron que el odio a las tradiciones iba a llegar lejos. Pero no tanto que un padre de familia saliera de vacaciones con una camisa de cretona iluminada con dibujos capaces de conmover al vecindario. Un mamey en la espalda. Un cuerno de abundancia en el pecho. Un racimo de cerezas bajo la axila. Y toda esa euforia primaveral y chillante va dispersa sobre un rojo bravío que ningún otro rojo puede superar. Rojo de labios, de sangre y de fecha de fiesta en el almanaque. Hay camisas de hombres que son como los anuncios de la salsa de tomate. Pueden alegrar el espíritu, pero que lastiman la vista no tiene remedio. Cuando nos descuellamos en homenaje a la guayabera, saltaron los guardianes del buen vestir que en vano apelaron al escrúpulo, a la moral y a la elegancia extrema de nuestros padres y abuelos. Aquella generación llevaba la dignidad de la familia más allá de la epopeya y del salpullido. Se supo después que el sudor nada tiene que ver con el apellido. Así empezó el desdén humano al almidón que atiesa y a la corbata que aprieta. Los puños postizos eran la ortopedia metida en los salones. El personaje elegante, con cuello alto y rígido, pechera dura y puños postizos, que se salían durante la discusión, padecía entonces, como hoy padecen los fracturados que salen del hospital envueltos en yeso. Aquellos cubanos se quedaban en mangas de camisa y el alivio que experimentaban lo mermaba bastante la sospecha de que habían dejado un pedazo de la educación en el perchero.

La guayabera se ha hecho solemne. Y será hasta protocolar, por culpa de las camisitas de sport que se han fugado de los balnearios y se han metido en la ciudad con su germen de esmaltes demagogos. Yo las he visto que sobrecogen el ánimo. Que invitan al grito. De un azul jamás cantado por los poetas. De un negro de papel-carbón y de solapa de smoking. De un verde vegetariano y verdísimo. Camisas de machos que hacen pensar en el tubo de calidoscopio y en las faldas de las gitanas. Rameadas. A listas. Rojas con grandes óvalos blancos. Que les dan a quienes las usan un aire entre gracioso y ridículo de lasca de mortadela. Camisas brillantes, con ramilletes estrepitosos, que en el júbilo de cualquier "week-end" convierten a nuestro vecino en canasta de rosas. Fórmulas evolucionadas de lo estridente. Lo primero que hace falta para usar esas camisas, es aferrarse al *qué más da* y despreocuparse del *qué dirán*. Lo cursi deja de ser cursi para ser moda, cuando cobra fuerza de regla general. Casi todas las grandes modas son cursilerías unánimes. Los timoratos se van animando. Poco a poco. Por supuesto, que hay extremos sagrados e inviolables. Y una vieja no debe incurrir en la trusa bikini. Ni un viejo puede ponerse una camisa color mayonesa, sin que al tiempo que él se divierte, los otros tengan que aguantar la risa. Hay ciertos colores que riñen con cierta edad. Yo no creo en el ejemplo de optimismo del turista anciano que se prende una flor roja en la solapa y baila en el cabaret con júbilo propio de un muchacho de quince. En ese rejuvenecimiento, bastante más que el carácter, influye el whisky. Habría que ver la flor y el hígado a la mañana siguiente.

Un viejo con una camisita de sport no puede perder la tabla un solo instante. En cuanto la pierde y regresa a su propia personalidad, ya deja de ser viejo moderno, para convertirse en papagayo triste. Es como la tristeza del payaso en el camerino. En el teatro antiguo había un truco de carcajada que no fallaba nunca. El actor cómico se quedaba solo en la alcoba y al quitarse los pantalones mostraba a la concurrencia unos calzoncillos que eran como son los dibujos coloreados por los niños. Amarillos, rosados, grises, violetas. La gente se desternillaba sin presumir que como esos calzoncillos en broma, iban a ser, en serio, las camisitas de sport de sus nietos. El jefe de oficina que de lunes a viernes dicta la misma carta, sin dejar de chequear por encima de los lentes la salud subalterna de la mecanógrafa, el sábado se despoja del fastidio de la jefatura y marcha al campo con la mujer y sus hijos. Se trata de un estado de ánimo nuevo. Que pudiera llamarse empepillamiento de fin de semana. Se acuerda entonces de la camisa que un amigo le trajo de Miami. Miami es la ciudad donde los policías andan en camisa y las viejas en short. Y donde comprendemos que sabemos menos inglés del que nos habíamos figurado. Miami difiere de todas las otras ciudades que podamos visitar. Porque en otras ciudades dan ganas de ver teatros, parques, edificios y museos. En Miami dan ganas de ver vidrieras. Cuando la señora vio la camisa que al marido le trajeron de Miami, se acordó de los *cortesitos* de vestidos que a ella le regalaban cuando era soltera. Los niños le preguntaron a papá si iba a tener valor para dispararse eso. Iniciarse en el uso de las camisitas de sport no es cosa fácil para los hombres de cierta categoría. Hay que pensarlo. Al principio da pena. La determinación viene a través de las personas decentes que como si tal cosa van a los espectáculos con modelos que oscilan entre el tablero de damas chinas y la ensalada de frutas. Camisas que estudiaron para sarape. O para cortina del decorado interior de la accesoria de algunas echadoras de barajas.

Antes los colorines endemoniados eran privilegio de la mujer. Lo más subido era el azul o el rojo de las moñas que en tardes de domingo se ponían las muchachas de campo para dar una vueltecita por el pueblo. Ahora la elegancia del hombre se inspira en los palos de las barberías. O en la caja de lápices de colores. Medias a listas de correo aéreo. Pantalones marrón. Chaqueta verde y ajedrezada. Así es el ropero deportivo. Así es la pinta del mamarracho en tecnicolor. La vieja que curiosea desde la persiana de cualquier casa criolla no puede acostumbrarse a la coloración impúdica de las telas puestas a circular. Que Dios la perdone. De la casa de enfrente ve salir a don Antonio con la mujer y la prole. La señora lleva un pijama rojo que le da un aspecto de langosta alegre. Los niños usan pull-overs con rayas. La señorita ha estrenado un slack de un morado que parte el alma. El último en salir es el viejo. El padre de la gente de enfrente, tan fino, tan calvo, tan ceremonioso, tan conocido en sociedad, entra en el automóvil vistiendo una camisa color de rosa, con todas las fichas del juego de dominó desplegadas en el frente y en la espalda. La vieja curiosa se persigna y llama a las hijas:

—Vengan pronto, muchachitas, para que vean la clase de camisa que se ha puesto don Antonio. Yo no sé cómo no le da pena...

En el frontón Mexico. Su deporte favorito fué el JaI AlaI.

LOS TARZANES

Este momento tiene un tipo nuevo: tarzán. Hombre moderno que cultiva el músculo hasta la coquetería y hasta la insolencia. Y ratifica las teorías biológicas de Darwin. Volviendo a ser mono. Pero no mono de rabo y de selva. Mono de al pasar mirarse en las vidrieras de San Rafael y Obispo. Obispo es una calle que ofrecía la dificultad de que era muy estrecha. Y hemos solucionado el problema estrechándola más. Ahora no se sabe si es un patio que ha progresado. O un boulevar venido a menos. De todos modos, se ha inventado el abrazo de una acera a otra. Sin el riesgo del atropellamiento. Obispo es el efecto de enflaquecimiento del amigo que acaba de salir de la gripe. Tarzán es una bonita leyenda que ha degenerado en realidad. Los muchachos quieren parecerse un poco al anuncio de Atlas. Ocultan el vientre. Aguantan la respiración. Y dilatan el pecho. Viven acechando la oportunidad de quedarse en camiseta, para darnos una lección de anatomía. Y sentirnos abochornados de esas barrigas que han sido educadas para la digestión y no para la fotografía. Es mentira que los tarzanes aman. Se dejan amar. Que es distinto. Ellos ponen los omoplatos y la mujer todo lo demás. El de tarzán no es un grito de alcoba. Es un grito de rama. De intemperie. De llamar a las otras fieras a cielo descubierto. Yo creo en la sinceridad del tarzán primitivo. Su desnudez no engaña a nadie. Porque enseña la musculatura. Que es lo único que tiene. Lo malo son los tarzanes de club. Los tarzanes de la capital. Que parecen poetas por la cabeza. Hércules por las espaldas. Señoritas por las caderas. Caminan como escaparates que tuviesen cuerda. A fuerza de anchar ellos, reducen por contraste todo lo demás. Y van como esos grandes automóviles que no pueden doblar en algunas esquinas. Ya se sabe que la vida tiene terribles injusticias. Pero ninguna como la de pasar los dolores del parto. Y que le salga un hijo tarzán...

Es inexplicable como de aquellos criollos de tasajo y siesta han podido salir éstos. No se concibe como del sombrero de jipi y el dril cien ha resultado esa juventud que lleva el talento acumulado en las hombreras. El exceso de deporte afemina de cierto modo al hombre. Y también de cierto modo masculiniza a la mujer. Un muchacho pasado de training, parece que anda en tacones de Luis Quince. Una señorita que bata más records de la cuenta, llega a parecer un amigo de mentira. Que maldice, suda y escupe. Como un amigo de verdad. Hay que buscar un delicioso término medio entre aquella mujer de antes. Que cuando veía una cucaracha se desmayaba. O se subía a una silla. Y ésta de ahora. Que no sabe ser novia. Ni esposa. Ni aún cocinera. Porque está empeñada en nadar los cien metros en un minuto y pico. Que una mujer lo es, puede demostrarlo en menos de un minuto y pico. Si la taxidermia es el arte de conservar los animales muertos, tarzán es la manera de conservar los animales vivos. Ni las segundas tiples andan en el escenario con ese orgullo de tener buen cuerpo que exhiben los tarzanes en las playas. Han estudiado para nadador del Hawaii. Con la melena y el taparrabo. Creen que el mundo ha cesado de girar. Para mirarles entrar y salir del agua. Ofreciéndole al sol el espectáculo magnífico de su belleza. Esclavos de la estética, que viven con la preocupación de saber si la Venus efectivamente no tenía brazos, ¿quién le afeitaba los pelos de los sobacos? Los tarzanes de playas son tarzanes de verano. Elegantes al revés. Porque para serlo, tienen que desnudarse. Y sin ropas poseen ese orgullo de la señora que lleva un traje de noche y camina a pasos breves. Para no pisarse la cola. La trusa corta. Los músculos contraídos. Los muslos tersos y bonitos. Como hermanos siameses a dieta rigurosa de espuma y salitre. De repente aparece un tarzán que echando músculos ha perdido el pelo. Pero se pone uno de esos gorritos de merengue que le dan un aire de remero. Y una gracia atlética. Un tarzán calvo es una sirena monstruosa. Con cuerpo de levantador de pesas. Y cabeza de comerciante retirado. Dejará de ser tarzán cuando empiecen a tocar el himno.

Hay también los tarzanes hipotéticos. Tarzanes que quiebran cuando tienen que quitarse la chaqueta. Para eso están los sastres anatómicos. Que curan la tuberculosis por medio de la guata. Y vencen la anemia equivocándose de talla. Salvan con relleno la distancia que existe entre el sanatorio y el gimnasio. Tarzanes a domicilio. Sastres que nacieron para arquitectos. Pero que fatalmente equivocaron el camino. Y ahora se desquitan haciendo pechos monolíticos. Y espaldas de citarón. Hoy un traje es un problema de geometría. Es un complicado sistema de líneas que deja un agujero para que el cliente asome la cabeza. Es posible parecer tarzán a primera vista. Y ser como esos regalos de broma. Que vamos desenvolviendo y desenvolviendo. Hasta que aparece un muñequito que nos da risa. En mi niñez servía para el hijo la ropa que le quedaba chica al padre. Ahora los padres gordos heredan de los hijos flacos los sacos que a éstos les van quedando pequeños. Es que vivimos una generación de cortadores audaces que quieren enmendarle la plana a Dios. ¡Cuánto ha cambiado la moda masculina!... Viendo a esos tarzanes químicos que le deben la salud al sastre y son como Narcisos modernos que se miran en el lago de la vanidad, yo recuerdo la infancia de años todavía recientes. Cuando pesaba más la gramática que los bíceps. Cuando en el infante podía más la alegría de un sobresaliente, que la táctica de unas mangas cortas para enseñar los "molleros". Y se sentía la blancura del vestido de la primera comunión, a la misma edad en que ahora los tarzanes se quitan los pantalones y se sacan la camiseta para graduarse de estibadores. La arrogancia de la juventud se les subió a la cabeza. Pero se les detuvo en los dorsales. Resultando estudiantes sin libros. Tarzanes sin selvas. Elegantes sin un níquel. Peatones sin almas. Seres a quienes no sabremos comprender. Hasta que venga el nudismo. Y se queden en la biblioteca de sus calzoncillos cortos...

Los tarzanes tienden a un país de seres perfectos, a donde no iremos jamás. El verdadero tarzán fue el que no existió. Los otros en vez de subirse a los árboles y luchar contra las fieras, se contentan meciéndose en los columpios de los clubs con playas. Se cortan las cejas. Se arreglan las uñas. Evitan la carne de puerco. Tienen tanto pelo en la nuca, que parecen conservar la esperanza de algún día hacerse un moño. Siempre hay un rizo estratégico que cae sobre la frente. Esta vez no para darle la razón a Darwin. Sino a Marañón. Un corset imaginario les indica una ruta de gallardía. La imagen poética del talle de palmera, se perfecciona en ellos. Viven no para mirar. Sino para que los miren. Yo les veo por las calles más céntricas, mostrando el pecho, como una proa. Regalando salud. Como la industria que reparte muestras. Algunos lucen más fuertes, porque el "suéter" les queda estrecho. Pero todos coinciden en el odio al amor, al tabaco y a la bebida. No por virtud. Sino por acumulación de músculos. Se cuidan la medida del pecho como sólo una madre vieja puede cuidar una mata de albahaca. Y no hay para ellos un elogio mayor que el del amigo del club que emocionado reconoce:

—¡No te ocupes de eso, fulano es un animal!...

Tarzán es el invento para hacernos conservar la carne y perder la soberanía. Es la negación del criollo viejo que conquistaba a la mujer hablando. Y sabía hacer arroz con pollo. Es que ya hemos perdido la noción del chaleco blanco y de los amigos que se reunían para dar una rumba. El siglo se aleja del fricasé y de las relaciones largas, para acercarse a la fórmula para bajar la barriga. El músculo seco le ha ganado a las ojeras. Para una soltera pesa más el torso desnudo que la cuarteta en la varilla del abanico. El marido debe ser más estatua que pensador. Juan J. Remos ha engordado demasiado para que esta generación pueda comprender su talento. No debemos esforzarnos por rescatar los juegos florales, ni el vals de brinquitos. El romanticismo ha muerto. Una amiga romántica me contaba la reacción de su compañero ante un relato del radio. Era la historia de una pobre obrerita que murió por amor. La planta emisora se encargó de reproducir fielmente todos los sonidos. La protesta. El suspiro. El disparo. El grito de muerte. Era para conmover el alma más fría. Pero aquel hombre moderno, ante el fallecimiento de la desdichada, se limitó a decir:

—Se puso ligeramente fatal...

No hay duda que los tarzanes han llenado la tierra de maldita prosa. Y ya no creemos ni en el tango. A pesar del bandoneón y la bufanda. El suicidio es enfermedad. No pasión. Un tarzán es un catedrático de lo físico. Que aspira llevarse el premio Nobel pegando una bofetada.

EL CHUSMA

Nosotros somos temporeros de lo trágico. Lo más perdurable en Cuba es el choteo. Se comprende la fe nacional en que a la larga todo se arregla entre cubanos. Hemos metido el relajo en un termo. Y creemos que no hay pena en el mundo que merezca que vivamos con gesto de médico de cabecera. Dichoso país que ha arrinconado lo grave. Y que para divertirse necesita siempre una frase de moda. O una pega de moda. Si de niños desarrollamos la malicia, es porque cuando nos dicen algo serio, antes de responder preguntamos si es una pega. Hay criollos que tienen la vanidad de no dejarse pegar. Usted les jura que estalló una guerra, o que se aproxima un cataclismo y la sospecha de que se trate de una pega no les dejará ponerse trágicos. Y es que todavía no han podido olvidar aquello de que Hitler no quería ni paz ni guerra. De nuestra porción de humanidad salen los que andan a caza del consonante. Los virtuosos del dicharacho. La sugerencia a la mujer pretendida no es la declaración que se hace. Sino el drama que se pinta. El amor no entra por el corazón, sino por el coco. Si el Tenorio hubiera sido cubano, hubiese dividido las aventuras en dos grupos. Las que se le cayeron, porque se puso fatal. Y las que se llevó en la golilla.

La palabrería del solar no tiene importancia, por lo mismo que ha llegado a todas partes. En la alta sociedad se habla como en Monte y Pila. Han desaparecido aquellas cubanas de jaqueca y miedo a trabajar en la calle. Que no cruzaban las piernas y medían el pudor por el tamaño del escote. Había vestidos que las viejas llamaban escandalosos. Y las relaciones de amor mostraban un itinerario de decoro, sin esa gran prisa de ahora. O te peinas, o te haces papelillos. El viaje al altar era un viaje sagrado y eterno. Del hogar la señorita debía salir casada o muerta. Verdad que jamás se cansaba de proclamar la mamá de las muchachitas. Por lo mismo la boda era determinación que había que pensarla. De lo que resultaban los novios crónicos. La víspera de la ceremonia la madre aconsejaba a la hija. Y el día de la ceremonia lloraban las dos. Y el padre infundía valor diciendo que era lo más natural. Que iban a ser muy felices. Y que algún día tenía que suceder. Claro que ya esos preámbulos han caído en desuso. Lo que sea pero que sea pronto. Yo asistí a una boda moderna que puede citarse como modelo de esta generación. La madre estaba contentísima. Porque era la última que le quedaba. Todas las otras hermanas ya habían engrampado. La casa estaba llena de amigas que fueron a ver cómo lucía el novio. Y de amigos que querían vivir a la novia con el velo, el temblor y el traje de cola. Lo peor del casamiento no es el casamiento en sí, sino el momento en que los nuevos esposos tienen que fugarse de la fiesta para quedarse solos. Dejando atrás un decorado de júbilo, de ponche y de bocaditos. Hay que pasar por la sala. Es decir, recibir apretones de manos, deseos de ventura. Y hasta chistes alusivos. El novio de esta boda moderna estaba en el último cuarto con la muchacha, ya lista para la retirada. Pero no se atrevía a salir. Qué clase de paquete. El padre de él, que es hombre práctico y franco, se creyó en el deber de intervenir en el asunto. Quiso infundirle valor al tipo que estaba loco por iniciar la luna de miel. Miró el viejo los dieciocho años de la novia, de parte a parte y de arriba abajo. Y satisfecho de la clase de mujer que se llevaba Luisito, le guiñó un ojo y le dio ánimo:

—Dale camino. . .

Como todos maltratamos el idioma, los que hablan mal no se notan. Cualquier muchacha nos confiesa que lo que más le priva del club, es el tiroteo en el bar. Y que el otro día levantó una nota que llegó a su casa que no creía en nadie. En nuestra pequeña vida hay señoras que jaman caló con quile. Sin dejar de ser distinguidas, naturalmente. A la "toilette" le llaman covadonga. Porque la defensa está permitida. El compañero flaco, o viejo, o calvo, está hereje. La mamá está espantada, porque a la niña le ha dado por hablar como hablan los conductores de la ruta 15. Y no se explica dónde lo ha aprendido. Porque en casa nadie. La mamá pertenece a una edad criolla en que la mujer era incapaz de fijarse en la belleza masculina. Ahora con la mayor tranquilidad del mundo se dice que Juan está entero. Y que a Pedro el pobre no hay por dónde entrarle. A la hora del almuerzo la niña apaga la televisión y a gritos se pone a llamar a los hermanos. Vamos, viejos, que hay que entrarle a la papa. Ya tenemos a la familia reunida en torno a la mesa. La mamá confiesa su contrariedad. Se ha enterado de algo terrible.

—¿Saben quién se divorcia?...

El viejo deja de sonar la sopa y observa a la esposa con atención:

—¿Otro divorcio?

—Concepción y Arturo están en los trámites...

La mamá suspira:

—Incompatibilidad... la eterna incompatibilidad.

En eso salta uno de los hijos modernos, que habla con la boca llena y sin soltar la cuchara:

—Seguramente que la sorprendieron fuera de la base...

Puede aceptarse que el criollo es sentimental. Por lo menos en el fondo. Lo que pasa es que interpretamos nuestros dramas íntimos con lenguaje de género bufo. Yo tengo un amigo que ha hecho de su vida un teatro para uso doméstico. Tipo de chinchal de tabaquería que para hacernos el cuento se echa el sombrero sobre la nuca. Y deja de manotear para sujetarse los pantalones. El fenómeno. Se acabó el mundo. La acróbata que se equivoque con él y le pinte una sonrisa, ahí mismo queda. Jura por mi madre santísima. En caso de apuro acude a la tumba de un familiar muerto. Los cubanos pensamos que los cementerios se llenan de cruces para que nos crean las mentiras. Juramos por la salud de los vivos. Y por la ceniza de los muertos. Mi personaje ha limpiado su itinerario de pesadumbres. Haciendo de la alegría una farola de comparsa. Y del corazón un cencerro de conga. Con cinco pesos en el bolsillo está botao... Una sola vez lo vi triste. Fue para contarme la muerte de su padre. Viejo tronco de una familia encuadernada de virtudes. Sostén, orgullo y ejemplo de unos hijos que lo adoraban cordialmente. Mi amigo lo suponía acaudalado de energía, pero aquel día al llegar a la casa notó un movimiento de extraña inquietud. Pechos que querían sollozar. Ojos que habían llorado. Hay en la vida ironías tan amargas, que lo que más se parece al llanto es el catarro. El anciano estaba grave. Todo había sido de repente. El sacerdote debía llegar de un momento a otro. De la habitación salió un hermano que como loco se le colgó al cuello para decirle:

—Alberto, papá guarda...

Las grandes desgracias sugieren ideas vulgares. Nadie sabe lo que tiene hasta que lo pierde. Después de todo es un consuelo llegar a tiempo para verlo todavía con vida. El viejo que desertaba miró a los hijos reunidos en torno a su lecho de muerte. No puede existir sobre la tierra un silencio más hondo. Por fin detuvo la mirada en el mayor de los hermanos y con voz que se apagaba y se iba alejando le dijo:

—Me muero, Alberto... Hazte cargo de la orquesta...

He ahí como un cubano me contó la desdicha más grande de su existencia. Lo admirable del caso es que Alberto, de verdad, se hizo cargo de la orquesta, asumiendo la batuta de padre. Sin serlo.

MUJERES VULGARES

Una señora que tiene más años de los que dice y menos boca de la que se pinta, acaba de confesarme que vive bajo el temblor de que yo vaya a hacerle una Estampa. Mi amiga es una de esas muchachas que consumen la juventud esperando al hombre que acabe de comprenderlas. Al hombre que se fije primero en las ideas y después en las piernas. Pero los que comprenden a las mujeres, por regla casi general se fijan primero en las piernas para después perdonarles las ideas. Que por algo se ha dicho que el hombre es el más inteligente de todos los animales que saben amar. No es frecuente que el talento tenga mucho que ver con el amor. Lo sospecho, porque no he sabido todavía de la señorita que haya tenido su cuarto de hora malo en una biblioteca. Habría otro punto de vista. El de los poetas. Que son los tramposos del romanticismo que pretenden llegar a la parte física del idilio por medio de un pedazo de lago, una tajada de luna, o la acuarela de una puesta de sol. Todo poeta joven es un Pierrot que está desesperado por soltar la mandolina y quedarse en ropa interior. Andan más cerca de la realidad las señoras que por ser bonitas creen que no necesitan tener talento, que los hombres que por filósofos creen que no necesitan bañarse. La invención de la ducha le ha dado el baño categoría de religión. La novia moderna prefiere al hombre que acabe de salir de la espuma y no del Ateneo. Entre el jabón y el arte, se queda con el jabón.

En charla de comadritas una señora deplora:

—No me explico por qué Juan se está aburriendo de mí. . .

Se llega a esa observación cuando ya el pobre Juan está más que aburrido de su mujer. La esposa de Juan es una importante dama que al hablar entorna los ojos y extraña el abanico. Tiene en el busto esa rigidez honorable que sólo se consigue con un corsé caro, o con una buena posición social. Busto de palco en la ópera. Uno de esos bustos de senos apretados que ya quedan para toda la vida en el medallón de la familia. Sus amigos se encantan con ella. Porque es tan interesante. La suya, sin embargo, es una deliciosa cortesía de cuando hay extraños delante. En la intimidad de la casa la ahogan los gases de la digestión. ¿Qué será bueno para expulsarlos? Una mañana Juan contempla a su mujer en ropón de dormir ante el espejo. Detiene la mirada en los útiles residuos de su juventud. Piensa que todavía está bien. El pelo desordenado le da cierta gracia tentadora.

—Elena —le dice con voz dulce. Ella no responde.

—¿Tienes alguna preocupación? —insiste él.

Elena suelta el peine y se sujeta la cabeza con las dos manos de uñas esmaltadas.

—No sé lo que me pasa, Juan —responde al fin...— Hace tres días que no muevo el vientre...

Juan, que pensaba darle un beso, le dio un colagogo. Y le recomendó que después de tomarlo se acostara un cuarto de hora del lado derecho...

Hay mujeres que hablan de sus enfermedades con aire de quien hace alarde de cultura. Y creen que pueden proclamar el odio a la carne de puerco sin perder la femineidad. A una señorita muy elegante le oí decir:

—Hoy como frijoles negros, aunque mañana reviente...

Atroces amigas que han aprendido algo de medicina en su propio organismo. Y consideran un tema sentimental la confesión de que tienen el colon caído. El primero que notó la conveniencia del matrimonio con una cama para él y otra para ella, debió ser víctima de la ardentía después de los garbanzos. Existe una mujer ideal que a pesar de la proximidad, oculta la fisiología. Cuando va al "water" abre la cartera como si fuese a sacar el crayón de labios. Mujer sin digestión lenta. Sin prisa para explicar por qué, de repente, se le ha descompuesto un poco el cutis. Con la mayoría de las mujeres cuando tenemos confianza se sufre la misma desilusión que con la muñeca cuando se saca de la caja. Y se comprende que las piernas parecen una cosa de ortopedia. Y los cabellos una cosa de estropajo. Levantarle la bonita falta de rizos a una muñeca, es recibir de niño una desilusión de hombre...

Para el escritor la mujer es un tema que nunca se agota, por lo mismo que nunca se entiende. Es una asignatura sin punto y aparte. Es un camino sin horizonte. Cuando nos convencemos de que todas las mujeres son distintas, nos desquitamos diciendo que todas las mujeres son iguales. Los que pretenden estudiar a las mujeres, pagan la pretensión convirtiéndose en filósofos. Los que pretenden estudiar a una sola mujer, pagan la consagración convirtiéndose en maridos. El amor es una calamidad que de todos modos conduce a la filosofía o al matrimonio. Es decir, a la resignación o al disparate. Conquistar a una mujer es vencerla, para empezar a agotarla. Se sueña con una esposa que siga teniendo amenidad de novia. El matrimonio es una batalla que se gana y por ganarla, da derecho al mal humor. En el matrimonio feliz, como en el baile bien bailado, hay uno que lleva y otro que se deja llevar. Las mujeres que llevan terminan aburriendo. Como la pesca con vara. El ajedrez. Y la Gaceta Oficial.

Vean cómo conocí a la señorita que tiembla bajo el temor de que yo le haga una Estampa. Llevaba uno de esos sombreritos que no acaban de entrar en la cabeza. Uno de esos sombreritos que usan los borrachos para esperar el año y las mujeres cuando se casa una vecina. Tenía tantas pulseras como cualquier gitana. En una de esas pulseras, al lado de una cafetera minúscula, colgaba una moneda de a diez centavos y enseguida un cesta de jai-alai, un tibor y un saxofón de níquel cromo. Con sus ojos definitivamente negros y sus dientes definitivamente blancos, escuchaba en un café el cuento que le hacía el caballero que la acompañaba. Debía ser algo muy grave, porque ella hacía grandes gestos, pero sin responder ni una sola palabra. Cuando más, se aventuraba a un movimiento de cabeza. Muy ligero. Como el que está jugando a la brisca y coge el as. El hombre había hablado tanto, que yo tenía deseos de oírla a ella. El era un cubano aparatoso, un poco trigueño y bastante chusma. De muecas y manoteo. Cuando terminó, echó su silla hacia atrás y le preguntó:

—¿Qué te parece Raquel?...

—Le ronca el clarinete —contestó ella bastante indignada.

Raquel no es fea y tiene los ojos negros como la solapa de un smoking y el velo de una viuda. Pero es una de esas mujeres que para demostrarle al hombre que tienen confienza en él, le piden unas píldoras para el estreñimiento...

LA PERSONA DECENTE

Hay tres tipos criollos que han convertido sus derrotas en simpatía piadosa: el padre de familia, el buen muchacho y la persona decente. Que es gusto muy nuestro elevar la infelicidad a la categoría de símbolo ciudadano. Y considerar la decencia como argumento supremo para redactar una carta de recomendación. Se llama carta de recomendación la que damos a un amigo a quien estamos obligados a servir. Para que se la entregue a un tercero que no tiene por qué servirlo. Existen los que practican la homeopatía de la recomendación. Escribiendo aquello de "te presento al portador", en una tarjeta de visita. La tarjeta de visita es la dosis mínima para salir del paso. A los que no han sido nada y de repente sienten que empiezan a ser algo, lo primero que se les ocurre es hacerse una tarjeta de visita. Cartulina en que los doctores nuevos se anuncian en preventivos. Como las ventas por balance y los cinematógrafos. Claro que los tiempos han cambiado. Antes las tarjetas sólo las usaban los caballeros ofendidos que querían batirse. Y andaban por el mundo buscando a quien tenían que enviarle la tarjeta. Ahora las dan los que no quieren que olvidemos el número del teléfono. De todos modos, la tarjeta de visita es la publicidad por la libre. Y mano a mano. Cuando nos dan una tarjeta de visita y no podemos responder con otra, experimentamos esa pena honda del que juega tute y tiene que confesar que no lleva triunfos. El tute es invención legítima de los españoles. Que creen que la maldición puede practicarse por pareja. Y que la baraja nueva debe oler a queso. Ya se ha quedado atrás la sospecha de que el fervor a la baraja es cosa de hombres.

Las esposas que cultivan la canasta reivindican, justifican y hasta glorifican al esposo malo que se pasa la noche en vela en una partida de poker. Lo que sucede es que la mujer es tan inteligente, que le da al vicio y al abandono transitorio del hogar categoría de compromiso social. Y hasta se retrata mientras provoca un colapso en la economía doméstica. La igualdad que las mujeres pidieron en vano en aquellas campañas emprendidas por los clubs femeninos, la han obtenido a través de la canasta. Que ha creado al marido que tiene que esperar y encima pagar las pérdidas.

En Cuba se ha establecido la categoría de persona decente. Ser persona decente no es una convicción que se tiene. Sino un cartel que se disfruta. Los valientes, los cultos y los ricos no tienen más que demostrarlo una vez. Para que se lo creamos siempre. El de persona decente es una especie de doctorado concedido por la sociedad. Es como la coletilla perdonadora de deficiencias. Talón de Aquiles de los atenuantes. Que lo mismo sirve para llegar al matrimonio sin tener dinero. Que para ocupar un alto cargo sin tener conocimiento. Se entiende por alto cargo el que además de sueldo tiene eso que el criollo le llama busquita. Porque dirán lo que quieran, pero Fulano es una persona decente. Y ya se puede, llegar a una vejez honorable por un camino de insignificancias que merecen respeto.

Aunque no sea precisamente por ideal, de repente merece la pena ser persona decente por negocio. En los clubs de ricos hay pobres que se sostienen porque todo lo encuentran bien. No pueden quitarse el saco cuando hace calor. Ni renunciar a la corbata. Aunque el cuello cerrado en verano sea un simulacro de suicidio. Y una asfixia simbólica. Ahora cuando vemos a un ciudadano con sombrero ya se sabe que es esclavo del qué dirán. O sospechoso de calvo. La persona decente es un fenómeno de contraste. Hace falta al lado un indecente para que se note. Que la forma tiene que ver mucho en el asunto, es cosa que no puede discutirse. Entre el que da una limosna refunfuñando y el que no da la limosna, pero improvisa un editorial señalando la conveniencia de más patriotismo y más asilos, la persona decente es el segundo. Cuando queremos elogiar a un amigo sin personalidad y sin historia, decimos que es una persona decente. Moralmente lo habremos jubilado. Aunque lo hayamos colocado al borde de la condecoración y del banquete. El banquete es una solemnidad convertida en dos zonas. La mesa presidencial. Con ganas de fotografía. Y la otra mesa, con ganas de que alguien tire el primer pedazo de pan. Mientras el relajo sea una palabra matriz, habrá menores de edad de sesenta años. Y oradores de quince. La literatura también tiene sus personas decentes. Que acaso no sepan escribir. Que nadie los conoce. Que nadie los lee. Pero que se presentan con la camisa planchada. Los zapatos con lustre. Y las cuartillas limpias. Con ideas como recién sacadas de la tintorería. Reverentes de las letras que llegan a la fama por un truco de cordialidad. Como todos los maitres y algunos ministros. Un día los premian en un certamen oficial. Y nos alegramos. Porque ya era hora que se tomara en cuenta a las personas decentes.

Es mentira que el que hizo la ley inventó la trampa. Lo cierto es que los abogados estudiaron la ley para acomodar la trampa. Para que un país tenga sus cárceles llenas, es necesario que su dictadura sea muy fuerte. O sus abogados muy malos. El fiscal es un propósito cristalizado al revés. Porque aprendió con ánimo de defender y acusa. Lo que más se parece a un fiscal bueno es un médico malo. La de Derecho es la única profesión sin elementos que triunfen con el solo galardón de ser personas decentes. Las equivocaciones de los cirujanos decentes tienen siempre una explicación científica. Porque la medicina es una especie de comercio y de sacerdocio. Después de la muerte lo que se usa es el luto. Y no la investigación. Pifiar en medicina es el entrenamiento sistemático para llegar a tener ojo clínico. Los médicos malos sospechan que la guía de teléfonos está llena de conejos de India. Y hacen "shadow-boxing" con los clientes.

Hasta que atinan y son miembros de cualquier facultad de París. Que es la capital del mundo que ha enviado a la América más medicinas, más perfumes y más enfermedades. Para los americanos Francia sería una cosa verdaderamente adorable si la penicilina hubiera llegado con cuarenta años de anticipación. Cuando había café-cantantes, tiro al blanco y zonas de tolerancia. Y los muchachos que por primera vez se ponían los pantalones largos, ya no podían olvidarse nunca. Que hay los amigos y también hay las víctimas de la cultura francesa.

Las personas decentes son las que todavía dan el asiento de la ventanilla. Preguntan si molesta el humo. Recogen con aire caballeresco el pañuelo del suelo. Y es que no saben los pobres que la creencia de que las damas deben pasar primero, fue verdad urbana hasta que llegaron los ómnibus. Pero ya ese es un mal mayor. Como el pariente cesante. Y la amiga que recita. Lo peor de la recitadora es que dice los versos y hay que soportarla como si los hubiera escrito. Cuando yo era niño, una emoción igual venía en los papeles de envolver caramelos. Papel pegajoso de azúcar y de cuartetas. Que después de todo era una fórmula de humorismo sutil. Porque el niño chupaba el dulce. Y el perro lamía la inspiración. Los caricaturistas de almanaque han abusado de la estampa del perro y el hueso. Pero a ninguno se le ha ocurrido el placer de un rato tendido bajo la mesa de trabajo de un discípulo de Nervo. Hay los empleados que durante muchos años han estado ensayando ser personas decentes. Y lo han conseguido. A fuerza de llegar todos los días a la misma hora. Nadie sabe qué es lo que han hecho. Pero ya son jefes con un buró grande. Una cosecha de teléfonos. Y una secretaria particular. Que sustenta que el mundo empieza en el "muy señor mío". Y termina en el "de ustedes atentos y seguros servidores". Para saber si la secretaria es efectivamente particular, hay que conocer la edad de la esposa del jefe.

Hay también las personas decentes del vicio. Que se matan, pero con orden. Yo tengo un amigo que combate los excesos. Ataca los abusos. Cree que el veneno está bien. Pero si se dosifica. Orgulloso me decía: "Yo tomo mi ginebrita en ayunas. Mi tacita de café y mi tabaco después de cada comida. Mi copita de coñac para el aburrimiento. Mi vermouth para abrir el apetito. Mi whisky y soda antes de acostarme. Mi amigo es una persona decente. Que se está intoxicando metódicamente. Persona decente no es el que paga una deuda en silencio y sin alardes. Sino el que quisiera pagarla y vemos como sufre. Ni el que se casa enseguida. Sino el que quisiera casarse y de modo honorable lo va dejando de un año para otro. Hasta que pueda hacerlo de acuerdo con sus escrúpulos de persona decente. En cualquier negocio resulta muy duro dejar cesante a una persona decente. Ni ponerle los muebles en la calle. Ni mandarle al abogado el contrato del televisor comprado a plazos cómodos. Para llevarse diez meses de alquiler en Cuba, es necesario ser persona muy decente.

GENTE "PICUA"

Hace tiempo pretendí un ensayo sobre los "picúos". Pero ¿es que en una sola crónica puede hacerse un análisis de todo lo "picúo" que hay en nosotros? Gran número de cubanos siempre está cerca de ponerse "picúo". Es un riesgo nacional y casi biológico. Evitarlo en nuestro ambiente, es una manera de ser educado. Debía organizarse la pedagogía contra lo cursi. Oímos decir: "fulano es muy bueno, pero es muy "picúo". Y también: "¡qué lástima que nuestro amigo sea tan "picúo", con el talento que tiene!". Somos "picúos" cuando extremamos cualquier sentimiento. Lo mismo de simpatía. Que de odio. Que de patriotismo. Llegamos a acostumbrarnos al amigo que nos quiere más de la cuenta, como nos acostumbramos al traje a rayas que al principio no nos gustaba. O al perfume violento de la mujer que nos ama. Hay mujeres que no tienen personalidad y pretenden que las recordemos por el perfume. El hastío de lo igual, hace que nos olvidemos de una mujer. La mujer tiene uniformidad de menú de casa de huéspedes. La sirena fue creación de un Dios que quiso darle a ella el recurso de la variedad. Haciéndola mitad señora y mitad pez. Así cuando el marido se cansaba de la carne, tenía pescado a mano sin ir a buscarlo a la calle. ¿Dónde está el sector de nuestro breve mundo en que no haya nunca un brote de picuísmo? No es muy extraño, por eso, que se haya pretendido elevar a problema de cancillerías el incidente de unas cien histéricas y un varón de micrófono. Que para evitar que sus admiradoras le sigan arrancando los botones, a estas horas debe estar usando cierre de zip. Sin que por eso tenga que ofenderse ninguna patria. Porque en ese caso el zip es una versión metálica del instinto de conservación. Y no será la bandera mía la que vaya tan abajo. La mujer que persigue a un cantante para llenarle las solapas de rouge y estrujarle en la vía pública y que mientras lo está escuchando en la radio junta las manos sobre el corazón y voltea los ojos en blanco, es una "picúa" de último grado. Susceptible a cambiar el sexo por un tango. Y envenenarse para después quedarse viva. Dejándole una carta al señor juez. Diciéndole que no culpe a nadie de su muerte. Y otra carta a la madre, pidiéndole que la perdone. Todos los suicidas coinciden en la vulgaridad de ese género epistolar. A esa muchacha cualquier amiga, por ignorancia, podrá preguntarle que cuándo va a sentar cabeza. Pero si la ve un médico, le recomienda que se case. Con lo que queda científicamente demostrado que para el caso clínico, da lo mismo Tito Guízar que cualquier joven guaguero de la ruta 15. Y que, sin darnos cuenta, nos pusimos ligeramente "picúos" saliendo como mosqueteros con espadas de papel de chocolate al rescate del honor de la mujer cubana. Que está por encima de esas pequeñas cosas, engrandecidas por la parte de aldeanos que todavía llevamos dentro!

Al "picúo" se le puede hacer un análisis por el alma. Basta con dejarle que se emocione elogiando lo hacendosa que es su novia. La pobrecita sabe hacer de todo. Y como mujer honrada es así. Y el "picúo" hace una pequeña circunferencia, uniendo las puntas del pulgar y del índice. Esas novias que bordan pañuelos y saben hacer platicos de postre, después de esposas sacan con un gancho las espinillas de las orejas. Y se les llega a querer como a una madre. Antes de llegar al matrimonio, se pelearon varias veces. Pero se reconciliaban cuando iban a devolver las cartas. Al "picúo" también se le puede hacer el diagnóstico por la manera de vestir. Aunque quiera favorecerlo el mejor sastre y use las mejores telas, siempre tendrá ese no sé qué inocultable, que suena a prima de violín mal tocado. El manoteo del "picúo" es único. Como es único su afecto, pronto a todos los sacrificios. Porque es amigo de los amigos. Y con él si es verdad que no hay problema. A la primera ocasión nos dirá lo que le cuesta la ropa interior. Que siempre usa calzoncillos de hilo. Y nos enseñará un pedazo, de un tironcito. Y que cuando no se baña, le parece que le falta algo. Acercándose, como invitándonos a oler. A pesar de la influencia de los americanos, todavía en Cuba hay elegantes de barrios que se dejan abierta la camisa. Para que se les vea la camiseta rosada, con el monograma y la botonadura de oro. Hay el "picúo" de barrio, ya casi desaparecido, que llama a sus amigos silbando en una esquina. El auténtico chusma de Jesús María, que cuando tiene bronca se mete en el bolsillo dos botellas. Y que lleva en el forro del sombrero de paja, de alas muy anchas, un espejito. O la fotografía de una mujer desnuda. Fotografía pornográfica, como para la pared del cuarto de un soltero. Pero que adquiere categoría de cuadro artístico, para el álbum de la familia, si además de la señora sin ropa se ven un crepúsculo y una laguna.

En las academias de baile quedan tipos con la nuca afeitada. La cara llena de polvo. Como las viejas cuando salen de compras. Y los barberos cuando están enamorando a una vecina. Zapatos de puntera cursi, igual que los adornos de nácar de una mandolina. Camisa almidonada. Y alfiler de corbata, de brillantes. Antes de empezar el danzón, se abotonan el saco, se separan un poco, sonríen para que se les vea la orificación y se miran un momento los pies. ¡Qué cariñosos somos los cubanos! Entonces envuelven a la compañera en el abrazo respetuoso del danzón de ayer. Danzón que fue hecho para bailarlo delante de la futura suegra. O del directivo del Centro. Que es la misma moral congelada de la futura suegra. Pero con smoking que huele a bencina y distintivo en la solapa. El directivo, después de todo, es un ser admirable que trata de impedir que los novios gasten los cartuchos de ilusión que después van a necesitar en el matrimonio. El matrimonio cada día va teniendo menos interés. Porque el noviazgo está siendo un libro que se lee casi hasta el final. A esto los moralistas le llaman descaro. Y los jóvenes le llaman practicismo de los tiempos. Existen muchachas tan prácticas, que todavía no se han casado y ya el novio se las sabe de memoria. Como los límites de Cuba. Se aman con ahínco de estudiantes que no quieren que los suspendan en fisiología. Y se cuentan los huesos. Para repasar la asignatura. A algunas mujeres les sucede lo que a esas canciones populares. Que se gastan en seguida, porque se tocan mucho. En un balneario conocí a una señora moderna y libre. Pero honrada. Parecía una Venus redimida por la espuma del mar. Siempre al salir del agua proclamaba su moral. Decía que su pasado era tan diáfano, que no tenía de qué arrepentirse. Y que su presente es tan limpio, que nada tiene que ocultar. En realidad casi nada ocultaba. Porque se le había encogido la trusa. No se puede tener moral de lana y trusa de algodón.

La supresión de todo lo "picúo" aumentaría el standard de nuestra cultura. En las comedias del radio hay mujeres burladas por un villano que llevan cinco meses llorando sin parar. Y ya en el segundo episodio, cuando se enteraron que Julián tenía otra, dijeron que el dolor era superior a sus fuerzas. En los diarios persisten las notas reseñando la fiesta en casa de nuestro particular amigo. El correcto y fino caballero. Entre los concurrentes, un grupo de distinguidas damitas. De la mejor sociedad. Pétalos perfumados de un florido jardín. Y el terrible suelto de gratitud al médico que operó de apendicitis al vecino del cronista. Donde nunca faltan las frases hechas de "galeno eminente" y "gloria de la cirugía". Cuando el enfermo va a que le cambie el plan, le pregunta si vio el periódico. Hay fotografías de actos públicos que emanan un picuísmo absoluto. Con la sonrisa fingida del personaje. Y la satisfacción de salir de los que le rodean. Uno se hace el distraído mientras preparan la plancha y se pone a conversar con el de al lado. Para quedar más interesante. Otro ha puesto la cabeza como cuando los fotógrafos de paño negro y pajarito. En esos grupos, ante la cámara, se revela la imbecilidad humana. No falta el tipo tímido que por pena se fue alejando y hubo que llamarle a última hora. Viene con la vista caída y se añade con miedo. Y el fresco a quien querían darle la mala en el "figurao". Pero se fastidiaron. Porque se ha ido al fondo del grupo, se ha puesto en puntillas, asomando la cabeza por encima de los demás. Con ese gesto de vanidad idiota de cuando estamos contentos, porque creemos que el sombrero nos queda bien.

La visión de las cosas "picúas" nos persigue continuamente. El chofer "picúo" lo demuestra al adornar el automóvil. Con tantos foquitos de colores, que parece una verbena que anda. Con banderas y objetos de níquel. Los hay tan cursis, que además llevan en la pizarra de los controles la fotografía de la novia. Con los ojos bonitos y el pelo largo. Cuando las mujeres que tienen el pelo largo se lavan la cabeza, en la casa hay tanto movimiento como si la familia estuviese de mudada. No debe olvidarse al "picúo" que le pone al auto fotutos extraños. Para que se asomen las muchachas del barrio. Es el mismo tenorio que cuando ve por la calle a una mujer sola, le pasa despacio por al lado y le pregunta si quiere que la lleve. Para las señoras que andan solas, eran tiempos más respetuosos los de los coches de caballos. Que fueron perdiendo la dignidad cuando llegaron los primeros automóviles. Y las madres les recomendaban a los niños que tuviesen mucho cuidado al cruzar la calle. Entonces había cuellos duros, con botón de metal, que al ponerse saltaba y no aparecía más. Los americanos, inventando el cuello blando, acabaron con la grotesca escena del marido en calzoncillos buscando el botón que cayó debajo de la cama.

El que se empeña en ser amigo íntimo de la familia fácilmente se pone "picúo". Cogiéndose para sí nuestras penas. Y nuestras alegrías. El día del santo sale con la bandeja. El día del entierro despide el duelo. Hoy muertos fatales. La tumba sirve para que un imbécil, que ha practicado oratoria y declamación en las juntas de alguna sociedad, la convierta en tribuna para demostrar su facilidad de palabra. Y después los parientes lo utilizan en los juramentos, para que les crean las mentiras. A los mentirosos que ya han perdido el crédito, les conviene un muerto reciente, para tener por quien jurar. Los que despiden duelos son los rematadores de la virtud. Parece que utilizan el cadáver para solicitar el ingreso en la política. Hay muertos de los que no se puede decir nada. Porque no han hecho en vida otra cosa que ocupar un renglón en la guía de teléfonos. Pero el orador se afecta. Se pone trágico. Como los poetas cuando leen sus propios versos. Y habla del creador de un hogar honrado. Modelo de padre. Amigo ejemplar. Que queda para siempre bajo estos pinos del camposanto. A los deudos se les aguan los ojos. Otra vez. Cuando el orador termina, como no se le puede felicitar como en los mítines, algunos amigos se le acercan y con disimulo le dicen que ha estado muy bien. En todos los entierros hay uno que fue en tranvía y está buscando quien lo quiera traer para La Habana en máquina. Y otro que aprovecha que ya está allí, para tirarle un vistazo al panteón de la familia. Que es acercarse con un poco de escepticismo a los que han de ser sus vecinos en la posteridad. Donde muchos médicos guardan sus errores. Y donde la prosa de algunos epitafios nos demuestra que se puede ser "picúo" aún más allá de la tumba...

DESPEDIR EL DUELO

Yo no puedo ver los entierros sin tomar la gran parte que tienen de hipocresía humana. Claro que esto no debe decirse. Porque se molestan los parientes del muerto. Que son precisamente contra los que no va la cosa. Lo ridículo de los entierros estriba en que ya todos sabemos hasta dónde llega el dolor de los amigos. Los que tienen la medida sincera de su pena, se van quedando atrás en el cortejo. Pero hay los atroces amigos que se adueñan de la pérdida, como si fuera propia. Son los que regresan del camposanto diciéndole a todo el mundo "acabamos de enterrar a Juan". Y se quedan tranquilos. Porque se empolvaron los zapatos en la caminata. Cogieron sol. Cargaron un pedazo del féretro con un pedazo de hombro. Y lloraron como un paraguas puesto a secar. Los paraguas han caído en desuso, siendo tan importantes como son. Hay que culpar a los que cometieron la cursilería de poner las iniciales en el puño de nácar. El paraguas es un bastón con sotana. Ha sido porción del equipo del señor notario que iba a abrir el testamento. Y del padrino del duelo por una cuestión personal resuelta sin duelo. Lo de menos es que vaya a llover. Lo peor es que con el mutis del paraguas ya nadie cree en los caballeros ofendidos. Aquellos caballeros que resolvían al amanecer el encono del adulterio. A veinte pasos y avanzando. Para después reconciliarse con un abrazo. De viejos murieron sin saberlo. Pero los duelistas son los precursores del triángulo amoroso. Hoy se llega al triángulo ahorrando el madrugón, el juez de campo, el estuche de las pistolas y el botiquín. Que vuelvan los paraguas. Aunque parezca que el mundo se ha llenado de amantes de Luisa Fernanda.

El entierro empieza a la hora de sacar la caja. Cuando aparece el amigo inteligente que quiere distraer a la viuda. Y cuando el que viene solo en su automóvil busca al tipo inevitable que no tiene en qué ir. En el cementerio se ven pequeños grupos que no se separan nunca. No les une la impresión del sepelio. Son conocidos que han ido en el mismo auto y temen perderse y tener que regresar en tranvía. Se les nota avanzar detrás de la carroza fúnebre. Como hermanitos que al salir del colegio se sujetan al cruzar una calle de tránsito. ¿No falta ninguno? Y se miran con cierta complacencia. Los empleados de la funeraria quitan el tendido con idéntica rapidez con que quita el mantel el camarero de restaurante, para sacudir los residuos de un "table d-hote". Cuando nos damos cuenta, ya se están llevando la caja. Escena que tiene mucho de trágica. Pero bastante de aire complicado de mudada. De cuando brazos laboriosos y caras que sudan se aferran a un mueble pesado. Hay muertos de desdicha que no caben en el recodo de la escalera. Y es necesario bajarlos como un piano. Con sogas y gritos de ¡cuidado! Porque amenazan arrancar una cornisa. Debe ser enorme ver cómo se llevan al compañero de toda una vida como si fuera un chiforrober.

El tiempo ha modernizado los entierros, pero nada más que en su parte mecánica. Lo humano sigue igual. Faltan los caballos con sus grandes penachos que eran adornos de espantar moscas. Y los zacatecas. Que se uniformaban con incrustaciones de torero, pedacitos de domador de circo, aplicaciones de lacayo de guantes blancos y tajadas de Luis XV. Las pompas fúnebres se han puesto a ritmo con la época. Exhiben ataúdes preciosos en sus vidrieras. Tienen automóviles inmensos y llenos de brillo. Con radio y micrófono para despedir el duelo. Que reconozcan los que tienen arteriosclerosis que no es posible dar más facilidades. Ya apenas circulan aquellos vehículos pequeños y blancos, de enterrar niños, que eran como hoy son los expendios de mantecado. La expresión del acompañamiento no ha cambiado. Desde que en 1850 hubo que hacer un cementerio en Atarés, porque el de Espada estaba lleno y no podía recibir más víctimas del cólera morbo asiático, las caras de los que asisten son idénticas. En los dos primeros coches lloriquean. En el tercero asumen una contrariedad semejante a la de cuando llamamos a información y la señorita nos dice que busquemos en la parte blanca de la guía. En los otros coches hablan de negocios. Y en los últimos hacen chistes. El entierro es una culebra que lleva lágrimas en la cabeza y carcajadas en la cola. A su paso las personas educadas se van descubriendo. Como si saludaran a una señora todavía joven. O como si estuviesen escuchando el himno. Cuando escuchan el himno los soldados se cuadran y parecen tan militares como los botones de los cines.

La entrada del cementerio es un paseo de flores. Por las aceras hay mujeres de luto averiguando a cómo está la docena. ¡Grande y maravillosa primavera, que lo mismo concuerda con una novia, con una muchacha que cumple los quince, que con un muerto de angina de pecho!. . . En las coronas que se envían al velorio hay flores amarillas. Y cintas moradas con letras de oro. Para que conste que hemos quedado bien con los deudos. ¿Por qué no te habrás muerto antes? —piensan los dueños de jardines cuando al pie de la esquela aparece la advertencia de "no se admiten coronas". La ancha calle que conduce al pórtico, es un mercado de pétalos y de mármoles. Dentro están la quietud del campanario, la amargura gástrica de los pinos y los pasos blandos de las madres que van a cambiarle el agua al jarrón. El sol del cementerio es más sol que el de otras partes. Es más sol todavía que el de las playas. Oxida las rejas. Borra los epitafios. Derrite la virtud de la viuda que se inclina en un ensayo de oración. Lo único más triste que el atardecer en el cementerio, es la bandurria del guajiro. Y que me perdonen los redactores de la página mercantil. Los que viven cerca del cementerio se han acercado poco a poco a la eternidad. Engañándose a sí mismos se han ido familiarizando con el silencio, la soledad, la brisa que silba entre las ramas frescas. Y el sereno que deplora que no sea verdad que los muertos salen. Porque a veces se aburre y quisiera jugar a la brisca.

Al llegar el entierro al cementerio, al que fue por cumplir le asaltan dos dudas ¿Le cantarán responso? ¿Despedirán el duelo? El responso lo canta un barítono que parado junto al órgano todavía no ha podido reponerse de la pena que le dio haber fracasado en la zarzuela. El está allí, soplando un latín que no entiende. Pero soñó con los aplausos y las exclamaciones de ¡bravo! en el segundo acto del *Puñao de Rosas*. El discurso fúnebre está a cargo de uno de esos amigos de la casa que tienen facilidad de palabra. Empieza diciendo que es la persona menos indicada. Porque le asalta un gran dolor que no sabe describir. Conoció al extinto. Que fue su compañero en las aulas de la escuela. La vida les separó, por distintos rumbos. Pero siguió con amor sus triunfos y sus virtudes. Fue padre ejemplar. Ciudadano modelo. No le sorprendió que se haya abierto paso. Extendiendo las mangas del saco sobre un montón de tierra, parece un espanta-pájaros que cuida una cosecha de huesos. Arremete contra la parca que deja sin apoyo un hogar, modelo de abnegación y de cariño. Una vieja que fue al entierro nadie sabe cómo, llora a lágrima viva. Los negros sepultureros, que esperan que se acabe el discurso, no lloran, sudan. El orador no sabe cómo continuar y hace una pausa que acompaña con un gesto que revela que la emoción le embarga. Dice que talmente parece que la naturaleza ha querido sumarse al duelo. Y alude la belleza del cielo y la transparencia del sol. Sospecha lo incierto del destino de los grandes hombres y se da un puñetazo en el pecho para afirmar que no merece la pena. Va a ser breve. No caben expansiones líricas cuando la tierra va a tragarse un afecto, tronchando prematuramente una existencia forjada en los moldes de todas las virtudes. El horizonte se destiñe de la tarde. Y en la casa queda una viuda que está perdida si no tiene una pensión. Un capital. O menos de treinta años. Porque la aflicción de los amigos empieza en el velorio y termina en el entierro. Con la última paletada de tierra. La última flor. Y la última cursilería del discurso sobre la tumba recién abierta...

LOS CIRCOS

Nosotros en el invierno no siempre tenemos un poco de frío. Pero siempre tenemos un poco de circo. El circo en Cuba es un accidente de calendario. El circo llega siempre con el invierno que no llega nunca. Cuando guardamos el traje de crash, se vacían las playas de muslos sin pudor y al remover la ropa vieja saltan en el baúl las bolas de naftalina. Cuando al mueble de la ruleta del Casino le caen cucarachas, el groupier escamotea la de marfil y echa a rodar una bola de naftalina y los apostadores no se dan cuenta. El circo es el fracaso del deporte que quiso ser teatro. Y del teatro que quiso ser deporte. Los acróbatas que no se entrenan y se maquillan, ni acaban de ser artistas, ni acaban de ser atletas. Se les cae el pelo y se les pican los dientes sin haber logrado ni el gesto, ni el record. Si las señoritas del "field-day" saltasen obstáculos con música de platillos y bombardino, el deporte sería circo. Si en la otra punta de la cuerda floja un directivo esperase al equilibrista para entregarle un trofeo de esos que son de plata nada más que el día de la competencia, el circo sería deporte. El circo tiene una gran tristeza humana, porque así nos lo han hecho creer los escritores cursis. La tristeza oculta del "clown" no puede ser por un dolor de estómago. Como es la tristeza oculta del muchacho que maneja el elevador. Por lo menos tiene que ser porque ha salido a trabajar dejando a la madre con peritonitis. Entendemos por buen "clown", el que deja de reír en la pista para ir a llorar al camerino. El "clown" pintado no puede llorar. Porque aunque llore, la boca que se pintó se sigue riendo. Ya los payasos no tienen gracia. Las señoras les han robado y han puesto de moda sus sombreros de hacer reír. Llevando con frecuencia a la esposa al cine, llegamos a cansarnos de Polidor. Los niños son los únicos que no creen en la tristeza del circo. Los mayores cuando entramos al circo nos ponemos tristes. Porque nos acordamos de la infancia. Cuando el ruido de la matineé nos sonaba a hora de recreo. La tristeza del circo no radica en el circo. La traemos de la calle los que ya tenemos en la fe de bautismo el remiendo que nos han echado los años...

Más que el circo, yo amo los preparativos del circo. El tarugo vestido de paño de billar que atesa los aparatos un poco abochornado, porque puede haber un amigo en la tertulia. El carro de propaganda, que sale por las calles con músicos uniformados como domadores. La alegre cartulina que colocan en el espejo del café. Con litografía de maromeros, subidos unos sobre otros y todos sobre el hermano mayor. Que es el sótano humano del rascacielos a sueldo. La litografía, por la atracción y por la variación de colores, es el vehículo más efectivo de publicidad. Fueron los norteamericanos los que lo comprendieron primero... Con una buena litografía, se puede convencer a un pueblo, lo mismo para que tome jugo de tomate que para que vaya a la guerra. Los magazines de los Estados Unidos tienen una página que dan ganas de comer. Las puntas de espárragos parecen de verdad. Esta generación no comprenderá bien el momento histórico que vivimos, hasta que esas colosales litografías de anunciar conservas se pongan también al servicio de las democracias. Hay una litografía que nos lleva al circo. Donde al llegar nos dan un programa tan grande como el del Tenorio. Cuando nos acomodamos en la butaca, sentimos la nostalgia del circo primitivo. El que montaba la carpa en un placer. Y tenía a la puerta un negro con un megáfono, para invitar a los transeúntes. Los pillos se colaban, levantándole al circo las faldas de lona. Por decoro artístico se rechaza el espectáculo de circo en un gran teatro. No hay derecho a que en el mismo escenario donde Caruso cantó "Aída", un fakir casi mahometano quiera hacernos creer que de veras se ha tragado una espada. Los maridos burlados deben sentir envidia por el artista del circo que coloca a su mujer ante una tabla y le hace una silueta de puñales. Porque en cualquier momento puede convertir un crimen pasional en accidente del trabajo.

Hay más alma en el circo de campo que en el de la capital. En el programa del circo de campo se anuncia la asistencia del señor alcalde. Los músicos primero tocan afuera y a la hora de empezar entran. Con sus metales brillosos y sus carrillos cansados de resoplar. El que toca el bombardino se deja abrazar por un monstruo dorado. Los que tienen en casa una mujer muy gorda, toman en el amor un curso de bombardino. El circo de campo lleva una pareja de bailadores de rumba. Y un cubano que come candela. El comecandela, cuando en la tranquilidad de su hogar no tiene apetito, llama a la esposa y le dice: "Laura, guárdame esta llamita en la nevera". Casi siempre los comecandela son desgraciados que se han cansado de comer frío.

Si no fuera por el circo, nunca veríamos muchos japoneses juntos. Muchos chinos juntos los vemos en los cables de la guerra. Y en el tren de lavado. Para las gentes incultas, los chinos y los japoneses sólo se diferencian en el odio que se tienen. Detrás de cada maroma que hace la troupe oriental, debía aparecer el mismo rótulo que hay en las tazas de porcelana: "Made in Japan". Los japoneses son grandes en la industria de juguetes, en la diplomacia y en el circo. Tres frivolidades que se parecen. Hay niños que nunca acaban de admirar las grandezas del Japón, porque contra todos los adelantos de la juguetería, cuando más se han divertido ha sido cuando las madres los han dejado jugar en el patio con un palo de escoba y un tibor. El circo suele traer unos japoneses como hechos en series. Maromeros de fábrica. Todos saltan a la vez, todos caen al mismo tiempo, todos abren los brazos al unísono. Son como quisieran ser las segundas tiples. La madre de circo de estos acróbatas japoneses, da a luz a gusto. Porque sabe que la comadrona ha llevado una malla. La malla del circo es la póliza de seguridad de los artistas que llegan a viejos sin acabar de estrellarse contra el matrimonio que mastica pastillas de café y leche en la platea. Al caminar sobre el bastidor de la cama, todos vivimos un instante de saltimbanqui que ha caído en la malla.

El jefe de pista es el introductor de ministros con un frac de segunda mano. Ya es una profesión venida a menos. La han echado a perder los maestros de ceremonias de la radio. Que le conceden importancia y gravedad de poema al anuncio de unas píldoras para el estreñimiento. El jefe de pista tiene la obligación de no entender bien el chiste del payaso. Para que el payaso explique bien su chiste. Entonces él se ríe. Y se ríen los chicos, porque se rió el jefe de pista. Y se ríen los padres, porque se rieron los chicos. Y porque se rieron todos, entonces le da risa al payaso. Es como una carcajada fingida en un cuarto de espejos. Que se prolonga en un abismo de azogue. La expresión de tragedia en un cuarto de espejos, es cuando el jefe de pista se sujeta a las solapas de raso para pedirle al público silencio, porque el menor ruido puede costarle la vida al trapecista. El número peligroso se hace a redoble de tambor. Que saca más ruido que todos los espectadores juntos. El jefe de pista debe ser como eran los galanes de Vilches. Pero con sueldo de tarugo de los que se llevan al terminar la función una tajada de la jaula de los leones.

El circo es un resumen desordenado de casi todo lo que tiene la vida. Es un desfile de contradicciones. El prestidigitador que agarra varios juegos de naipes, los baraja, los corta en el aire, hace de las figuras de cartón un abanico gigantesco y termina encontrando el as de corazón rojo en el bolsillo de un viejo de gafas, a lo mejor después pierde el sueldo a la brisca con el tonto que tiene unos perritos amaestrados. No es cierto que el caballo gordo de la amazona más gorda todavía baile un vals antiguo. Al andar despacio, siempre hay un tiempo de vals viejo en la parte de atrás de todos los caballos gordos. Y de todas las amazonas gordas. Los que lo duden, que vayan a un picadero y cuando se desmonte una señora saludable, sin llamar la atención se pongan a silbar el Danubio Azul.

Poco ha variado el circo a través de los tiempos. La foca sigue con sus bigotes Fuller y con el equilibrio de la pelota de colores. Sólo el grano crecido en la punta de la nariz puede mejorar el equilibrio perfecto de la foca con la pelota. Las focas se parecen a algunos escritores modernos en que se aplauden ellas mismas. El número lo presenta un capitán de marina que debe haber ganado los galones a fuerza de oler a marisco. No ha desaparecido aún la generación de malabaristas que llenan el vacío de aros, en una locura geométrica. Los ceros de metal se elevan sobre sus cabezas en número considerable. Es como el sueño de verano de un pitcher de base-ball. Cuando terminan, ensartan los aros en un brazo, dándole a la manga del saco un aire de palo de cortina. Y viene el acto de las perchas. Los perchas son los manubrios de una bicicleta sobre el cuello esmaltado de una jirafa blanca. Por la barra trepa un caballero que parece que va a cambiar un bombillo fundido. Pero en lo alto se detiene. Como si les estuviese mirando los ombligos a los ángeles de la guarda que hay en el techo de los teatros. El circo tiene en su elenco a una mujer que fue bella y que sale en un mallot color de rosa. Siempre es bastante vieja. Y bastante extranjera. Si fuese checoslovaca, mejor. Al despojarse de un batín de seda le ponen el reflector y gira para que le vean el cuerpo que tuvo. Después se cuelga de la dentadura y a los acordes de una música que parece que viene de muy lejos, se va elevando lentamente. Hay que sentir admiración por esta señora en cuya vida no puede haber tortícolis, ni nueces duras de abrir. Suspendida parece una lámpara. Sin más luces que el brillo de sus ojos y el esmalte de las uñas. En el circo hay un momento en que la representación nos parece demasiado larga. Pero todavía falta el ciclista que va desarmando la bicicleta y arrojándola en pedazos. Como para demostrarnos lo que llevan de más los mensajeros del cable. Y faltan el salto de la muerte, metido en un saco de patatas. Y el número de los leones. El domador ostenta el traje lleno de aplicaciones de oro y de borlas en forma de campanillas. Trae en el uniforme el tinte glorioso de tantas leyendas de la selva. Pero este domador debe haberse hecho hombre valiente en riñas de café, porque apenas entra en la jaula agarra una silla. Con los primeros disparos al aire, el público empieza a levantarse. Del circo salimos con una pierna dormida. Como cuando nos bajamos del sillón de la barbería. . . El año que viene será lo mismo. Pero ya se nos habrá olvidado. Y volveremos al circo.

COMPRAR A PLAZOS

El sistema de ventas a plazos ha alterado la economía de las familias. Antes a plazos sólo se compraban las máquinas de coser. Hoy todo se paga a plazos. De la comadrona, a la funeraria. Cabeza y cola de la vida. Los dueños de funeraria son seres que ocultan el dolor que les da tener que poner el anuncio de pompas fúnebres debajo de la esquela mortuoria. Los servicios de entierros han dejado de ser impresionantes. Desde que desaparecieron los caballos con grandes penachos. Y los zacatecas, cuyas casacas son mangas estrechas como la funda del salchichón y faldones de protocolo, nos parecía haberlas visto en otra parte. Había sido en el último acto de "El rey que rabió". Comprar a plazos es fraccionar el sueldo en pedacitos de amarguras. Conseguir que los pobres se acostumbren a deber como deben los ricos. Tener de todo y no tener nada. Gozar de un crédito que nos desacredita cuando toca el cobrador y le decimos que tiene que volver. Porque la señora no está. ¡Pobres cobradores de radios que siempre van, sabiendo que tienen que volver! Para hacer un hábito de comprar cosas a plazos, no hay más que empezar. Casi siempre se empieza por un juego de comedor. Que cuando es nuevo, no es de uno. Y que cuando ya es de uno, dan ganas de cambiarlo por otro. Para pagarlo a plazos, naturalmente.

Lo que más asusta es firmar el primer contrato. Con tanta letra menuda y tan larga prosa. Que todos miran. Pero nadie lee. Como los artículos de fondo. Y la Gaceta Oficial. No se sabe qué es peor. Si ir a la cárcel. O tener que leerse todo aquello. Y se estampa la firma. Aunque con el encogimiento epidérmico del bañista que antes de lanzarse al agua mete la punta del pie. No es nada más que la primera impresión. Y ya seguirá comprando a plazos. El radio. La nevera eléctrica. Las lámparas. El automóvil. Pagar la prima de una póliza de seguros, es comprar a plazos la felicidad de los herederos. La póliza de seguro es la herencia de los que no tienen herencia que dejar. El ahorro de los que no han querido ahorrar. Asegurarse la vida es la infinita amargura de comprender que para valer algo, hay que morirse. Es lógico que sean los hijos los que garanticen la vejez de los padres. El espíritu de algunos seguros, es la paradoja de que sean los padres los que garanticen la vejez de los hijos. En el repertorio de recursos del buen agente de seguros, hay un momento en que al verse fracasado parece decir: "yo quisiera que usted se muriese para que se convenciera de la seriedad de nuestra compañía". Pero para convencernos de la seriedad de las compañías de seguros, no hacen falta los muertos. Bastan los fuegos. Parte del prestigio mercantil de los ingleses les vino por los incendios de la América. Esos incendios de noche. En que por fortuna, el sereno estaba solo. Comprar a plazos es tener una cosa sin poseerla. Como el hijo adoptivo. Los hijos, como los pasteles de cumpleaños, deben ser hechos en casa.

El arraigo de las ventas a plazos es una invitación al matrimonio. Porque los novios saben que pueden poner casa. Y les hablan a los amigos de la tranquilidad que es saber que se vive en la casa de uno. Que en realidad es la casa de nadie. Porque todo se está pagando en partículas. A fin de mes la aldaba es manoseada por el ácido úrico de un ejército de cobradores. La recién casada lo conoce por la forma de tocar. Debe ser el del radio. Debe ser el del juego de cuarto. Antes del matrimonio existe el rito de ir la familia de la muchacha a ver el juego de cuarto. Que ya está separado. La hermanita soltera dice que qué cosa más linda. La madre abre una puerta del armario. Como si pensara encontrar algo dentro. El novio habla de otro que era un poco más caro. Pero no le gustaba el color. Y pone esa cara de bobo de los que cantan en un orfeón a boca cerrada. La novia decente antes de la boda siente un poco de pudor al acercarse al juego de cuarto, que todavía huele a madera nueva. Si acaso, al pasar, por encima del hombro y distraídamente mira la cama, con una mirada que es un anticipo espiritual. Hay viejas que al ir a la mueblería a ver el juego de cuarto que ya está separado, se ponen sentimentales y dicen que ahora lo único que falta es que lo disfruten con felicidad. Esas muchachas que con la hermanita menor vemos detenidas ante las vidrieras de las mueblerías, pertenecen al grupo feliz de las que piensan casarse. El grosero rótulo de "VENDIDO", que aparece sobre la cama tendida sin una arruga e iluminada por la luz pálida de una lamparita de alcoba, debe hacerles el mismo efecto desagradable de cuando llegamos al cabaret y al acercarnos a una mesa vacía, leemos en una cartulina que está reservada. La ropa interior, los pijamas y el juego de cuarto, son cosas que a muchas personas les duele tener de buena calidad y que casi nadie se entere. El hombre que está cansado de la mujer propia y siente respeto por las mujeres ajenas, ¿para qué quiere un pijama de seda? Para estrenarlo tiene que esperar un gripazo. Cuando los compañeros de oficina vienen a visitarlo.

No hay problema mayor que el del hombre pobre que quiere casarse y poner una casa. Se casa y la pone. Pero al cabo del año todavía falta algo. Siempre falta algo. Y lo que no falta, se debe. Que es peor. No es extrañable la manía de muchos matrimonios jóvenes de llevarse del café un platico, el cenicero, el estuche de los palillos. De recuerdo. O porque están haciendo colección. Los dependientes de restaurantes no pierden de vista a las personas decentes que son coleccionistas de cucharillas. Coleccionar de verdad es fomentar la recría de la paciencia. Hay quienes experimentan un placer morboso coleccionando lapiceros. Otros coleccionan encendedores automáticos. Existen los que conservan en casa el orgullo de un museo de relojes. Todas son fórmulas de cultivar la paciencia. Como el ajedrez, la filatelia, la pesca, la caza, la novia honrada, los crucigramas y la esperanza de un empleo en el gobierno. El dominó es la idiotez numerada. Los jugadores de dominó se dividen en dos. Los que hablan y los que lo juegan callados. Pero todos se parecen en la creencia de que soltar el doble nueve es un acto de piratería. El dominó es un simulacro de ciencia. Los que cuentan las fichas al vuelo, los que calculan las que duermen y las que le quedan al contrario. Generalmente son baraganes que nacieron para tenedores de libros. Para ser buen jugador de dominó, se requiere una virtud. Tener buena memoria. Y un vicio. No tener nada que hacer. El pescador es un acumulador de bostezos con salitre. El sacador de crucigramas llegará a ser culto, si le alcanzan las letras. Para ser cazador, hay que tener una mujer muy buena, o muy mala. Porque sólo por amor o por adulterio se puede esperar al marido tanto tiempo.

La locura de las ventas a plazos la alcanza el radio. Los que dicen "la radio", son gentes bien educadas que le han levantado las enaguas al aparato receptor. Y les consta que es la radio. El radio es lo único que jamás se compra al contado. Si se comprara al contado, podríamos dormir la mañana. Pero no podemos, porque lo más fácil es sacar un radio a plazos. Cuando no se puede de sala, se saca de mesa de noche. Invariablemente creemos que el radio del vecino suena más que el nuestro. Y nos ponemos bravos. Lo terrible son las comedias. Donde siempre Sol Pinelli está llorando. Y los maestros de ceremonia. Que son los jefes de pista del circo del aire. El maestro de ceremonias hace el elogio del artista que presenta, con miras a lucirse él. Es dudable que el radio sea un vehículo de arte. Es más bien la vitamina B de las histéricas que se creen virtuosas del entendimiento. Cuando vino la televisión, no tuvieron que ir a los estudios a ver de cerca el macho que canta. Sólo entonces pudieron engañarnos. En nombre del arte. He oído a algunas señoritas decir, mientras se exprimen los dedos y se muerden los labios:

"¡Qué lástima que Pedro Vargas sea tan gordo!" Y a otras les he oído deplorar, con las manos unidas sobre el corazón a trote largo: "¡Qué pena que Chucho Martínez Gil sea manquito!" Que es lo mismo que dicen los imbéciles que ven en la Venus una hembra y no una obra de arte. Lo más gracioso que tiene el radio son los anuncios. Por lo mismo que es lo que pretenden hacer en serio. Mitad danzón y mitad crema de afeitar. Es la genialidad de la incongruencia. El oyente sigue con placer la mermelada de una melodía pegajosa:

Amor, amor, amor. . .
nació de mí, nació de ti. . . .
de la esperanza. . ."

Y cuando en el radio-escucha han brotado las ganas de tararear junto al receptor, se corta la música, se provoca un silencio y una voz áspera y bárbara dice:

"Sí, señora, brotó del alma. . .

Pero usted debe curar el mal aliento con las píldoras del doctor García. . . De venta en todas las boticas". . .

Comprar a plazos es martirizar la vida. Empezar en la amabilidad del vendedor. Y terminar en la circular en que nos amenazan con pasar el asunto a manos del abogado de la Compañía. El comerciante nos habla de unos plazos cómodos. Que después nos infieren tantas incomodidades. Nos volvemos prestidigitadores de nuestro propio sueldo. Y queriendo quedar bien con todo el mundo, no quedamos bien con nadie. Creyendo que ya lo tenemos todo, resulta que un día todo empiezan a llevárselo y no tenemos nada. . .

El balón de oxígeno del hospital es la muerte a plazos.

EL BANQUETE HOMENAJE

Es muy difícil fugarse de esos amigos emocionados que nos quieren organizar un homenaje. Para celebrar en Cuba un homenaje, lo que menos hace falta es el motivo. Basta que haya una comisión organizadora. En las comisiones organizadoras siempre hay un miembro que no ha colocado ningún cubierto. Pero a última hora se desquita y queda bien, porque consigue la cerveza gratis. En nuestra sociedad existe la casta de amigos que consiguen la cerveza gratis. En las fiestecitas de familia alcanza el ponche para todos los invitados, gracias al barril de cerveza. Que después de tan anunciado, se aparece echando espuma nada más. Otro de los organizadores consigue la Banda Municipal. La Banda Municipal sirve para que el Alcalde no vaya a muchos actos. El homenajeado con cierto orgullo nos dice: "No viene el Alcalde, pero manda la Banda". El homenaje puede ser por un ascenso en el empleo. O por un descenso en el empleo. Porque para los amigos los fracasos son producto de la obra de enemigos emboscados. Y para esos casos está el homenaje de desagravio. Se triunfe o se fracase, de todos modos hay que oír los discursos de los que nos quieren más de la cuenta. Los oradores de banquetes son rematadores de la virtud en pública subasta. El segundo orador nos elogiará más que el primero. Y ya al tercer orador no le quedará otro camino que afirmar, después de decir que va a ser breve, que si no mereciésemos ese homenaje por nuestro talento, lo mereceríamos por haber constituído un hogar cubano, modelo de virtudes. Menos mal que no quisimos llevar a la vieja. Porque de emoción se hubiese echado a llorar, por la parte que le toca. Gran cosa es que a los banquetes y a los entierros no dejen ir a las mujeres de la familia. El alma femenina es demasiado blanda para resistir la elocuencia de los que hacen el panegírico sobre una tumba, o sobre un pudín diplomático.

Existe el tipo de viejo amigo que presume de haber estado en todos los momentos solemnes de nuestra vida. Cuando nos entregaron el título de Bachiller, que tanto trabajo nos costó y que nunca nos sirvió para nada. Fue un cubierto en la comida de despedida de soltero. Y testigo en la boda. Y testigo de importancia. Porque fue ese testigo útil que en el altar presta la pluma fuente para que firmen los demás. No faltó al bautizo del nene. Y se puso bravo porque no pudo hablar cuando nos ofrecieron el homenaje. Amigo de espigón para despedirse. De abrazo de velorio. De mesa de banquete. Podremos de repente perderlo de vista, pero regresará a tiempo para poner una sonrisa en nuestra última alegría y una lágrima en nuestra última pena. Adivinamos en su cariño un deseo como de que nos enfermemos de gravedad. Para demostrarnos la clase de amigo que es, pasándose tres días sin dormir.

Aquí, donde no se organiza nada, se ha organizado el negocio de los banquete-homenajes. El banquete no es honor, sino negocio, cuando hay un tonto que se lo cree y un vivo que quiere buscarse unos cuantos pesos. El homenajeado se pone como un pavo real para ir recibiendo a los amigos que vienen a honrarlo. Los espíritus precavidos tiran una vistazo a los platos con las tarjetas con los nombres. No vaya a ser cosa que al lado les hayan puesto a un "pesao". El sacrificio de concurrir al banquete de un amigo llega al heroismo cuando nos han sentado junto a un "pesao" o junto a un desconocido. El "pesao" hace chistes. Y hay que reírse. Y con el desconocido hay que ser gentil. Volver al primer año de la gentileza. En el primer año de la gentileza nos preocupa la comodidad de los que nos rodean. Y no nos atrevemos a coger el muslo de pollo con los dedos. Uno piensa lo bien que estaría con dos amigos simpáticos en una fonda de chinos. Los únicos banquetes que son gratos son esos que se improvisan, porque han llegado al restaurante más amigos simpáticos y hay que juntar dos mesas. Los banquetes improvisados tienen el encanto de que falta en ellos el hombre indicado para hablar. Lo peor es que él lo sabe y viene preparado. Se entiende por el hombre indicado para hablar, el que en el banquete-homenaje a un empleado que se ha quedado miope llevando los libros de un comercio, termina con una cita de Emerson. Si ve que los oyentes no se han impresionado y siguen encorvados sobre la masa de pargo con tintura de mayonesa, entonces apelará a Platón. Con los menús de los banquetes nos pasa como con las mujeres vulgares. Que después de lo que hemos visto, ya sabemos lo que viene. En los banquetes yo nunca he podido comer ensalada. Porque el camarero me pone una a cada lado y nunca sé cuál es la mía.

El banquete es un excelente laboratorio para experimentar la humildad de los hombres. Los hay que por pena se sientan donde nadie pueda verlos. Los hay que olfatean un sitio en la mesa de la presidencia. Y cuando viene el fotógrafo, alargan el cuello, como si la inmortalidad estuviese en un pedazo de cartulina. En el banquete creemos al principio que la fotografía que han tomado es para un periódico. Pero lo creemos nada más hasta que vuelve el muchacho vendiendo las copias. Entonces nos contentamos con comprar una para que nos vean en casa. En la fotografía de los banquetes se plasma la idiotez humana. Unos salen riéndose. Masticando otros. Algunos simulan que charlan con el vecino. Todos sabían que los estaban retratando. Los fotógrafos de los banquetes revelan y secan tan pronto, que uno sospecha que tienen el cuarto oscuro en el inodoro del mismo restaurante.

El banquete-homenaje nos fastidia la noche, porque cuando termina, ya es demasiado tarde para ir a un cine. Que sería una recompensa. Y es demasiado temprano para volver a casa. Que es una lata. Nos quedamos un rato vagando por las calles. Sin saber dónde arrojar el cartón del menú con las firmas de los comensales. La cortesía nos ha convertido en el más tonto de los coleccionistas de autógrafos. Porque hemos coleccionado autógrafos de otros coleccionistas de autógrafos. Además de los García que ya conocíamos, nos han metido otros en el bolsillo. Todavía llevamos el recuerdo del instante en que el homenajeado se abotonó el saco y se puso de pie para dar las gracias. Y de la timidez con que dejamos caer una moneda en la bandeja de los camareros. Al repartir los tabacos, los que no fuman piensan en los amigos que fuman.

Entre nosotros los homenajes han perdido importancia. Los periódicos terrestres ya habían organizado muchos. Y ahora vienen la radio y la televisión y organizan muchos más. No se explica uno cómo en un país que ha progresado tan poco, hay tantos homenajes. La materia de homenaje está en cualquier parte. Un Juan salido nadie sabe de dónde que anuncia dos veces sin equivocarse la salsa de tomate, puede ser objeto de un homenaje de carácter nacional. Se le envolverá en una aureola de adhesiones. De la política. De la industria. Del comercio. Y a lo mejor aparece el criollo que sugiere que le regalen una casita para la vieja. Porque eso sí, nosotros somos muy sentimentales. Sin dejar de ser, de vez en cuando, un poco "picúos".

LOS REFRANES

En realidad pensamos menos de lo que parece. Gracias a las frases hechas, para cada circunstancia encontramos una idea en conserva. Ocurrencia como sacada de una gaveta. Hay genios que lo son por herencia histórica. Panfletarios de clisé. Eruditos que viven en estado de refrán. Los refranes son la latería del idioma. O la cultura pre-fabricada. Antes de que los portugueses enlataran las sardinas gallegas, ya los árabes habían surtido al mundo de proverbios. Que lo mismo sirven para cuando la mujer se aburre. Que para cuando el marido llega tarde en la noche. Los filósofos son proveedores de pensamientos que a lo peor florecen en la apertura de los tribunales. Al empezar el curso. O en el banquete-homenaje. Los banquete-homenajes son un catálogo de oradores previstos. Hay el orador que va a ser breve. Que comprende que no es el indicado. Y que la emoción lo embarga. También el que explica el motivo del acto en breves frases. El que nada tiene que añadir a lo dicho por el orador anterior. Y el que no encuentra frases con que expresar. El orador malo debe aburrir como el ajedrecista bueno. El juego de ajedrez sería el mayor silencio entre dos, si no fuera por el matrimonio viejo que va al cine. Muchos refranes son la inmortalidad de una tontería. Usar refranes es vestir la palabra con ropa hecha. Ningún pueblo más refranero que el español. Sus adagios sirven para justificar el mal y para premiar el bien. Es cuestión de voltearlos. No hay mal que dure cien años es un pretexto racial para seguir sufriendo.

Si Juan madruga, es porque Dios lo ayuda. Si Pedro se queda otro rato en la cama, es porque no por mucho madrugar amanece más temprano. Lo que hay que reconocerles a los españoles es que en la América perdieron las colonias. Pero dejaron los refranes.

La vulgaridad no se nota por lo que tiene de común. Todos adoptamos posturas conocidas en trances determinados. Del amigo que no ha hecho carrera ni ha tenido suerte, decimos que es un buen hijo. Por la misma razón que es un buen muchacho el oficinista con muchos años y sigue siendo el correcto joven el que aspira a la mano de la culta y distinguida señorita. Y siempre tiene que embarcarse el que vende un juego de cuarto en los anuncios económicos. Es eterno el suelto en la crónica social avisando que los Pérez no reciben por el duelo reciente. En Cuba el dolor simulado sirve para evitar las fiestas y para no concurrir a los juicios. Los Pérez se han ahorrado el buffet y el fastidio. Todavía quedan cronistas de pueblos que del compromiso amoroso publican primero las iniciales. Como si hubiesen tomado la noticia en la marca de la ropa interior de los enamorados. Después prometen despejar la incógnita. Es el reseñador de salones todavía con alma de cuando las moñas azul y punzó. El fonógrafo de bocina. La copita de vino dulce. Y los pic-nics por parejas. Las señoras tenían más fe en el corset que en la dieta. Y usaban aquellas pamelas atroces que ahora vuelven a usarse. Las familias criollas pensaban que para que el bautizo quedara bien, había que adornar tanto a los caballos como al niño. Hay tipos preconcebidos. Cosas que se reproducen. Ideas que las vemos venir. Sentiríamos que nos faltara algo si de pronto nos quitaran a los amigos que se aprendieron de memoria a Martí, para no perder una discusión en la lechería. Ya lo dijo el Apóstol.

Lugares comunes: la madre inconsolable, el acaudalado comerciante, las vacaciones merecidas, el aguacero torrencial, los puntos sobre las íes, la viuda atribulada. La tribulación de la viuda casi siempre está en relación directa con la edad de la viuda. El corresponsal de provincia no concibe el crimen sin añadir que ha causado consternación. Que la sociedad protesta. Y que las autoridades investigan. El médico es eminente. El buffet exquisito. El juez incorruptible. El abogado sagaz. El revolucionario conocido. La esposa fiel. Los adjetivos de hoy podrán usarse mañana. Porque aunque cambien los personajes, nuestra conformidad será la misma. Siempre en cualquier rincón del periódico aparece el título de "feliz operación". Porque hubo necesidad de intervenir de apuro a la hija del querido compañero. El cirujano no cobró nada. Le dio tres puntos. Y encima le regaló el apéndice en un frasco de alcohol. Leemos ahora lo que leíamos cuando éramos chicos. El herido que murió al ser colocado en la mesa de operaciones. El asesino celoso que volvió el arma contra sí. El rumor tomado de fuente que nos merece entero crédito. Y la mejoría dentro de la gravedad. Luego aparece la nota hablando de la enfermedad larga y penosa. Y del sensible fallecimiento, después de haberse agotado todos los recursos de la ciencia. Hay también las mentiras convertidas en frases hechas. Es decir, las mentiras hereditarias. Que madre e hija parecen hermanas. Que los años no pasan por ti. Que al perro no le falta más que hablar. Que los dientes postizos parecen naturales. Es cuento convertido en tradición piadosa eso de que la cara es reflejo del alma. La cara es reflejo del hígado. Fatalmente.

El regalo también se ha convertido en lugar común. Creo que me han entendido las cubanas que se aparecen el día de cumpleaños con un *cortecito* de vestido. Y la advertencia de que es una bobería. Pero para que vean que se acuerda. La congestión de la calle de Muralla se debe a las criollas que se deciden a salir, porque tienen que regalar un *cortecito* de vestido. Casi siempre estampado. Ya se sabe que el amigo que va a Miami nos trae un encendedor. Y el que va al Cobre a pagar una promesa, nos trae una piedra brillante. Como el cálculo renal del árbol de navidad. El velorio y el cementerio son canteras de lugares comunes. Al dar el pésame todos nos parecemos. No se sabe quien fue el primero que dijo que sentía mucho la novedad. De todos modos, fue el creador de una escuela. Como el amigo que llega espantado y nos dice lo que estaba haciendo cuando le dieron la noticia. Apelamos al no merece la pena. Como si fuera un descubrimiento. Y al no somos nada. Como si fuéramos algo. En los velorios cubanos se descubre que el café desvela menos de lo que advierten los médicos. Y al sueño de la viuda se le llama recostarse un ratico. No se concibe el velorio sin el picúo que lo soñó. Y todavía se eriza. Y sin la tía vieja que se acoge al consuelo de que no le faltó nada. Como no se concibe una reunión de compañeros sin el amigo de para no hacerte el cuento largo.

También abundan en los velorios los que de todos modos encuentran un motivo de conformidad. Si tardó en morir y sufrió mucho, dicen que menos mal: Que al cabo descansó. Si murió enseguida y sufrió poco, observan que después de todo ha sido mejor. Hace siglos que en las esquelas aparece la oración de ha fallecido y dispuesto su entierro. Y muchas generaciones han leído la nota de sentido pésame. En que se alude al personaje que murió rodeado del cariño de sus familiares. Eso sin contar al vecino exagerado que se empeña en sufrir más que los deudos. Y el idiota que está viendo el féretro, las velas, las flores y el llanto. Y todavía insiste en que le parece imposible. La frase hecha triunfa, porque no nos acostumbramos a ser obreros del pensamiento. Pensamos lo que otros pensaron. Decimos lo que otros dijeron. La artista que se va, lleva un contrato ventajoso. Las instituciones tienen que ser cívicas. Las viejas devotas. El abismo insondable. El calor sofocante. Menos mal que ya el amor no se declara por carta y por eso desaparecieron los enamorados de "desde el primer momento que la vi". Pero quedan las interviús en que siempre hubo una pausa. Y el inoportuno que al ver que los novios no acaban de casarse, pregunta cuándo se van a comer esos dulces. Los que preguntan cuándo se van a comer esos dulces, no lo hacen para ayudarla a ella. Sino para apurarlo a él... A veces el matrimonio es el lugar común que convierte a la novia en cocinera. Y al novio en jefe de familia. Que tiene el privilegio de despertarse de mal humor. Y reducir la ilusión a rutina de cuando en cuando. Que es hacer con el idilio frituras cotidianas. Y recursos de refrán.

LAS BODAS

Los divorcios no han disminuído los matrimonios. Los han aumentado. Con lo que sí pueden terminar los divorcios, es con el amor eterno. Que significa siempre el mismo hombre y siempre la misma mujer. Lo igual, prolongado hasta el infinito. El amor eterno es un cuarto de espejos. Primero divierte, después marea y por último no sabe uno por dónde va a salir. La boda y el velorio tienen semejanzas que arrugan el ánimo. La ropa negra. El olor de las flores. El llanto con hipo de la madre de ella. La cara solemne del padre de él. El padre del novio cree que se trata de una prueba de valor espiritual. Y simula una serenidad heroica. El padrino con el frac que no volverá a ponerse, es como un ataúd de lujo que se incorporara para oír mejor los gemidos del órgano. Los apretones de manos de la boda parecen más de pésame que de congratulación. Siempre hay señoritas que no pierden un detalle. Para cuando les toque a ellas. Y una vieja que dice que ahora lo único que falta es que sean felices. No se diferencian gran cosa las bodas de hoy de las de antes. Faltan apenas los novios que llevaban grandes bigotes y guantes blancos. Los invitados que llegaban a la iglesia en coches de caballos. Y las madres que aconsejaban a la hija la víspera. Como las tres viudas de "La Corte de Faraón". De todos modos, la mujer, por pura y romántica que sea, tiene que comprender que por algún camino el amor llega al contorsionismo. Los creadores del género de revistas no inventaron el desnudo femenino. Le pusieron música.

En la casa hay agitación porque la muchacha va a casarse. Por fin. Aunque la Universidad siga produciendo doctoras, todavía la mejor carrera de la mujer es el matrimonio. Es decir, que el hombre pague los gastos. Entre la señorita que haya aprobado Derecho Romano y la que sepa guisar, debe elegirse para esposa la que tenga el cuerpo más bonito. Después de demostrar que es bella, a la mujer le cuesta poco trabajo que le crean todo lo demás. De la virtud a la inteligencia. Para que al hombre le crean todo lo demás, debe demostrar que es rico. Es tan difícil que se case un hombre pobre, como una mujer fea. Cuando de un novio se dice que es un mal partido, no se refieren al honor, sino al sueldo. La categoría de buen muchacho no alcanza nunca al empleado público, que puede quedar cesante de un momento a otro. Los tenedores de libros que llevan muchos años en el mismo comercio, son buenos muchachos. Cuya garantía no consiste en el tiempo que han trabajado, sino el tiempo que van a trabajar. Junto con la declaración de amor, le entregan a la muchacha un certificado de buena conducta. Y empiezan las relaciones. La madre está contentísima. Porque no hay madre capaz de pensar que un tenedor de libros venga con malas intenciones. La novia se lo ha contado a todo el mundo. Para despertar la envidia de las amigas, se hace más enamorada de lo que está. Porque Raúl es tan cariñoso con ella. Las amigas solteras le pagan la rabia que les da examinando a Raúl como hombre. Y murmurando que no lo quisieran ni coronado de oro. Con esos pelos en las orejas. Y esas espinillas en la nariz. Los clásicos nos han contado incomparables pruebas de pasión. Amantes que han llegado a la locura, o a la muerte. Ilusión perfecta, más allá del bien y del mal, es la de la mujer que añade a los momentos del idilio el extraño deleite de exprimirnos una espinilla. Eso es amor.

Con las manos agarradas, los enamorados toman un curso de manicure o de adivinadores del porvenir. Las novias, las manicuristas y las quirománticas nos cogen las manos con resultados diferentes. Las quirománticas las ensucian. Las manicuristas las limpian. Las novias las sudan. Las relaciones largas son un intercambio de ácido úrico. Y de tonterías que hay que decir. Cuando no hay conversación, se inventa un celo. Entonces riñen. Para reconciliarse y volver a reñir. Los novios felices son los que pelean siempre. Los matrimonios felices, los que no pelean nunca. Hay viejos que nos dicen que en cuarenta años no han tenido con la esposa, ni un sí, ni un no. Que es conseguir la dicha por la vía de la unanimidad y el aburrimiento. El hombre serio que lleva relaciones, un día fija la fecha para la boda. Ella vuelve a contárselo a todo el mundo. Las vecinas como una novedad juran que se alegran. Porque se lo merece. Es buena y hasta parece que lo quiere. Entre las que vienen a felicitarla, hay una que pregunta si ya el novio empezó a dar para la habitación. La novia que se está habilitando, deja un poco de ser novia para convertirse en un avance de ama de casa. Ella no sabía lo que era eso. Hace una semana que no para. Menos mal que la está ayudando la hermana soltera. Como a los hombres no les gusta regatear, tiene que comprarlo todo. A las mujeres en las tiendas no les preocupa el precio que marca, sino al que ellas puedan sacarlo. Para la rebaja apelan a todo. A la perseverancia y a la coquetería. El dependiente de sedería ya quisiera que la mujer que tiene en casa fuese con él tan cariñosa como la ajena que viene a comprarle metro y medio de tafetán. Y arrugando la boca le pide por Dios que no sea malo. La mujer le llama detalle a la esplendidez de quien la enamora. Pero cuando empieza a darle para la habilitación, mira el dinero como si fuera propio. Y se indigna diciendo que los hombres no saben comprar. La locería, la mantelería, las toallas, la ropa de cama. Es para volverse loca. . .

Divorciarse es cuestión de horas y casarse es problema de meses. La novia ya lo tiene todo. Pero sólo enseña la ropa interior. El deshabillé. Y las zapatillas de pluma. Mejor dicho, enseña el equipo de la luna de miel. Para que las amistades se imaginen lo que no ha de verse. No hay alma cándida que siga pensando bien después de ver un pedazo de seda color de rosa con adorno de puntillas. El traje de novia, con el velo y los azahares, es el símbolo de la última comunión. La señorita humilde que al fin va a casarse, quiere que lo sepan todos. Que se convenzan que es verdad. No se ha quedado solterona. Que desfilen por la casa que piensan poner. Que admiren el juego de cuarto, con su cama ancha y su lamparita de mesa de noche. Esas lamparitas que, por dar poca luz, no sirven ni para escribir ni para leer. Los que tienen en la casa baño de colores, consideran un alarde de buen gusto llevarnos a ver el inodoro. Los ricos nuevos piensan que un bidet debe conmovernos igual que una obra de arte. El sitio de admiración de los palacios modernos no está en las bibliotecas sino en los servicios. Hay quien dice "tengo un baño de azulejos", como el que tiene una tela de Ticiano. Como esos climas maravillosos, en los que no ha llovido jamás.

La boda civil ha perdido su austeridad por la sencillez de las notarías. Los novios lucen niños que juegan a que se están casando. El notario parece un amigo que a veces es calvo y siempre usa lentes. Mientras revisa los papeles, hace un chiste. La novia no lo oye. Los testigos se ríen fingiendo. Cuando se termina aquello, están casados de verdad. Pero no quieren creerlo y cada uno se va por su lado. Sin ceremonias. Sin etiqueta. Sin viejas que den la carrerita para arreglarle a la muchacha un pliegue del vestido. Una notaría con los burós planos, el portero con sueño y las mamparas tristes, es una sacristía sin olor a incienso. La mujer para considerarse esposa, necesita más. El traje de cola. Que tiene que ponérselo toda la familia. El velo que nunca acaba de quedarle bien. La pobre madre le pide que no se desespere. Pero siempre hay una tía con paciencia que a fuerza de no haberse casado tiene experiencia en estas cosas. Ya es tarde. Se acabaron las contemplaciones. Los azahares. El ramo nupcial. La gente está esperando. Al padrino le molesta el cuello de pajarita. Y a la mamá, que hasta entonces estuvo rabiando, empiezan a humedecérsele los ojos. Aquí aparece la vecina dramática que le dice que piense en la satisfacción de ver salir a la hija casada...

La iglesia está iluminada como si fuera un solo bombillo. El novio ya ha oído las frases malintencionadas de los amigos. Tiene el susto del que va a casarse y encima la emoción del que ha estrenado un smoking. Cuando estrenamos un traje, al pasar nos vamos mirando en las vidrieras. ¿Cuántos pobres se han hecho un smoking para no ponérselo más?... El capuchón para el baile de máscaras y el frac para el padrino de la boda, no se tienen, se alquilan. Pasan terribles minutos y la novia y el padrino no llegan. Se siente al cabo un murmullo de agitación. Ya. Ante el templo se detiene un "limousine" con luces y flores. Alquilado como el frac del padrino. La novia se apea temblando. Lleva el ramo entre las manos, como el jugador nuevo que ha cogido "full" de ases. Unas niñas vestidas de moteras le sujetan la cola. El público que se ha reunido frente a la entrada de la iglesia —pillos, criadas, graciosos del barrio— juzga a la novia con verdadera libertad de pensamiento. Si es fea, se asombra. Si es bonita, le da envidia. Algún tonto hace la gracia diciendo en alta voz quién fuera ella. En el templo hay señoras que la ven pasar desde una hilera de asientos y corren más adelante, para contemplarla otra vez. Está divina. Todas las novias en la iglesia están divinas. La señorita va volteando la cabeza a un lado y otro y sonríe sin ganas. Tiembla como una paloma mojada. El novio para demostrar que está sereno, va reconociendo a sus amigos. Cuando se deja atrás todo eso: el público, el órgano, la Epístola de San Pablo, los curiosos de la calle, hay que ir a la casa y esperar que la novia se cambie de traje. Aparece con un vestido sencillo, un maletín y un sombrero que le queda muy mal. Detrás vienen unos "pesaos" echándole puñados de arroz. Como cuando sale un entierro, en el último cuarto las personas de la intimidad calman a la madre. Ella se pone triste. El va a consolarla. Pero tienen que echarse a reír, porque unos amigos simpáticos ataron al automóvil unas latas que al arrancar sacaron un estrépito enorme... Ha comenzado la luna de miel. Ha empezado el matrimonio. Que es lo que más cansa. Después de los bailes rusos y las conferencias sobre economía internacional. Yo no creo en el amor de Adán y Eva. Porque a Eva no le quedaba más remedio que escoger a Adán. Y a Adán no le quedaba otro camino que liarse con Eva...

EL TANGO

Sin darnos cuenta el tango se ha ido quedando atrás. Fue ayer mismo. Pero parece que hace un siglo que los argentinos llegaron a Europa con los bandoneones llenos de arrugas. Y el alma llena de cantos de adulterio. Era la venganza de Buenos Aires. Que pagaba en forma de tríos de bufandas y polainas la invasión de inmigrantes italianos. Era mentira que mandaban argentinos. Se devolvían italianos. Que descubrieron el truco de conquistar a la mujer ajena hablando mal de la propia. Con lo que otros pueblos hacen divorcios, ellos hicieron música de hipnotizar colegialas. Consolar esposos burlados. Y practicar en las solteronas que lo bailan un desmayo de cortina de terciopelo. El tango de salón tiene una vuelta solemne, lenta, pronunciada. En la que es posible que el caballero meta todo el pie, sin meter la pata. Ella cierra los ojos. Como si estuviese escuchando un solo de violín. El termina el paso y vuelve a separarse. Para que conste que todo ha sido en nombre del arte. El tango de salón no debe terminarse, sin que la pareja de repente se parta en dos. Como un libro que se abre por cualquier página. Así caminan un poco. Con las cabezas unidas. Pero mirándose a las punteras de los zapatos. En la tarima de la orquesta hay unos gauchos. Que tienen gana de que aquello termine. Para vestirse de paisanos. El gaucho es una ilusión compuesta por unos botines de charol. Unos pantalones que son como los bloomers de la abuela. La faja acribillada de tachuelas. La blusa de ese raso que pierde el brillo por las axilas. Y el sombrero de paño con alas que acaban de pasar un aguacero. Esos sombreros que llevan los peones camineros. Y las jamaiquinas que van al mercado. El espantapájaros que abre los brazos sobre el terreno recién arado, es un gaucho venido a mal. Un letrista de tangos es un marido venido a bien. Porque supo convertir la infidelidad en mercancía de mostrador. Los puntos blancos y negros que llenan el pentagrama de un tango, son lágrimas del esposo que llegó media hora antes. Y encontró la almohada tibia, y la sábana revuelta. Y la pebeta sin sangre en los ojos. Y sin rouge en la boca. Hay que ser muy poco pampero para no sumar los gastos del mes. Recordar que la conoció en un conventillo. Llenarse de cólera. Y meterle mano al bandoneón. Porque no todos los músicos tienen la suerte de los músicos nuestros. Que de cualquier tontería hacen una guaracha para que los muchachos se diviertan. Y hasta olviden lo del sorteo para ir a la guerra. Dile a Catalina que te compre un guayo.

Lo terrible del tango no es quien lo canta. Sino quien lo escucha. El tango se puede pasar como industria de contarle a todo el mundo lo que ha sucedido en casa. Las estrellas del cine que se divorcian dos y tres veces al año. son tangos que no les ha dado la gana de escribir. Cuando el drama de un adulterio se llora para adentro, resulta el suicidio. O la neurastenia. Cuando se llora para afuera, entonces resulta el tango. Que es convertir una tragedia íntima en espectáculo público. Para que las histéricas palpiten como gallinas con frío. Y los esposos que todavía no lo saben, se compadezcan de los que ya se han enterado. El tango bailado con la esposa legítima da sueño. Es una canción de cuna. La proximidad de carnes debe ser parecida a la de los hermanos siameses. No importa que la orquesta sea buena. Ni que se usen esos perfumes de París que ya no llegan. Para que me entiendan bien los que deploran la catástrofe histórica de Francia a través del agua de Colonia. Hay también el llamado tango arrabalero. Danza apache de los argentinos. Que tiene un poco de calistenia. Y bastante de masoquismo. Se puede llevar el compás a bofetada limpia. Sobra el smoking. Y el cuello de pajarita. El hombre al bailar adquiere el aire teatral del domador de fieras. Estruja el talle de la compañera, como el que desconfía de la blandura del papel higiénico. De un empellón la mete debajo de una mesa. Para después sacarla con nobleza de quien protege a un náufrago. Y siguen danzando como si tal cosa. Claro que hay señoras que no sirven para estos castigos. Pero es porque les estorba el traje de noche. Y los zapatos de grandes tacones. El tango es la mentira de que el hombre ama como sólo sabe amar la mujer. Con pérdida del pudor. Y de la familia. Y del pasado. Huyendo de Dios. Para acercarse al tango. Y a la tinta rápida. El pacto suicida es la delicia de morirse a dos voces. Primo y segundo. El hombre juega al amor. Como el que juega a las damas. Soñando llegar a la otra orilla. Paso a paso. En puntillas. Para montarse encima de otro peón. Y entonces ejercer en el tablero la dictadura de las grandes zancadas. Comiéndose todo lo que se encuentre por delante. Los autores de tangos les llaman arrabal, a lo que nosotros le llamamos barrio de Jesús María. Con la miseria de cuatro en la misma habitación. Y la mulata que es tentadora. Porque no usa corsé. Ni sostén. Y al pasar les va despertando los sentidos. Y abriendo los ojos a los que se han sentado en un quicio. Esperando un terminal. O un empleo en el Gobierno. De todos modos el criollo es un filósofo que está esperando algo. Por lo menos está esperando lo que va a pasar aquí. Pero de Estrada Palma a la millonésima, aquí no ha pasado nada. Los repartos se han llenado de residencias. Con pantry y baños de colores. La ciudad se extiende. Como un gordo que se afloja el cinturón. Y no tenemos oportunidad de ponernos tristes. Ni de volvernos filósofos. Cuando más hondas son las penas, encendemos el aparato de radio y se nos olvida lo de los impuestos. Porque nos llega al alma eso de dile a Catalina que te compre un guayo...

Nunca hubiéramos odiado el tango, si no fuera por el amigo que canta tangos. Para seguir cantando tangos, se abriga la garganta, contra un catarro futuro que por desgracia nunca acaba de llegar. Se forja un país de percantas. Y de milongas "pa" recordarte. Apela a esos dos recursos de los poetas cursis que son la bebida y la madre. El tango es un embudo que se tupió cuando se murió Gardel. Después fueron apareciendo los trovadores de lechería. Buenos Aires envió a París los italianos que le sobraban. El tango es lo que queda de la tarantela después de la digestión de los rabiolis. Una digestión sin siesta española. Sin resignación inglesa. Sin divorcio americano. Y en lugar de resultar el crimen. El silencio. O la mesada. Resulta el tango. Con suspiro de fuelles. Asma de cordajes. Y versos de poetas con ansias de firmar cheques. El tango es un fervor que recibimos, sin podernos explicar cómo la misma raza que lo hizo ahora está falsificando el jamón gallego. Nosotros, descendientes de españoles, cuando en el matrimonio nos va mal, devolvemos la señora a casa. Como un paquete de botica. No hay madre, por mala que sea, que no admita devoluciones. Aunque después resulte difícil colocar una novia de segunda mano. El cubano canta tango por contagio. Su estilo es otro. Tiende al "relajo". Ya para el criollo pasaron para siempre los tiempos del adiós lucero de mis noches. El montuno ha asesinado las largas canciones con argumento de un soldado al pie de la ventana. Los pregones empiezan con una fruta y terminan con un me voy me voy. Que nunca acaba de irse. Los músicos cubanos son los únicos que le han hecho caso a la teoría de sembrar para comer. Hemos hecho agricultura en los hilos del pentagrama. Les hemos cantado a todos los frutos menores, sin cultivar ninguno. Del maní a la malanga amarilla. Poniendo en ridículo a Pestonit. Matamoros hizo un injerto de camarones y mamoncillos. Y ahora ¿qué nos importan los candidatos a la presidencia? Si todo el censo electoral se ha puesto de acuerdo. Para decirle a Catalina que te compre un guayo.

LOS BORRACHOS

Un borracho suele ser un cuerdo que ha querido enloquecer un poco para divertirse. Los locos se divierten a expensas de los cuerdos que tienen que soportarla. Cuando el amigo borracho nos invita a tomar y pedimos un refresco, acabamos de recibirnos de loqueros. Lo mejor en esos casos es emborracharse también. Para soltar la camisa de fuerza y quitarle las enaguas a la pena que nos daba. Todo lo que aparentemente el borracho pierde con el licor, lo tenía perdido ya. La vergüenza inclusive. Lo único que el borracho pierde de veras es el equilibrio. Y las ganas de volver a casa. El peor de todos los borrachos es el que nos abraza, nos escupe al hablar de cerca y encima no nos deja ir. El borracho de clinche. El terrible borracho de yo soy tu amigo. La amistad del borracho es adherente y el desprendimiento doloroso. Como arrancarse una postilla. Junto al borracho que profesa el látigo de la amistad, siempre hay una pobre víctima que accede a tomar la última. Pero el amigo ebrio le recuerda que no se dice la última. Sino la penúltima. Porque la última la toman los que van a morirse. Más que chiste y más que superstición, es un pretexto para seguir bebiendo. Aquellos que se emborrachan en los bares son pensadores en voz alta, El alcohol les inflama las reservas de la sinceridad. Y de la esplendidez. Y de la valentía. No se puede creer en la sinceridad del borracho, por lo mismo que la dignidad no viene en botellas. Ni se puede creer tampoco en su esplendidez. Porque es frecuente que lo que gasta en bebida, lo quita del diario de la familia. Ni debe tampoco creerse en su valor, porque después de quererse fajar con todo el mundo, acaba invitando al policía de la posta. Y diciéndole que no hay problema. Porque él es una persona decente. Y para convencerlo, le dice quien es. En Cuba todos somos alguien. Todos tenemos influencia para cerrar el café donde han querido cobrarnos de más. Por lo menos pensamos mandarle un inspector amigo para que vea los servicios sanitarios. Que es cuando el criollo se pone bravo y dice que ahora van a saber quien es él. No hay cubano que alguna vez no haya pensado cerrar un establecimiento. O quitar una multa en un Juzgado Correccional. Si no fuera por esos estallidos del carácter, se nos olvidaría que somos personas influyentes. Con un amigo político a quien nunca hemos molestado. Y un pariente que sale con el juez, de pesquería. O que juega al dominó con el secretario. El Juez Correccional puede ser un estado de ánimo. Es lo más humano que tiene la ley. Por eso se equivoca. En algunos juzgados los curiosos esperan que empiecen los juicios, para adivinar como ha de ser la sesión. Nada más fiel al cálculo previo que un pitcher bueno y un juez malo. Sólo hay que ver cómo empiezan.

Existe el borracho de la calle. La bufa ambulante. La que convierte al esposo que vuelve tarde en recuerdo de Chaplin. El traspiés en la acera y el vómito junto al farol. Un borracho vomitando es un forzudo empeñado en jorobar un poste. Hay que mirar al suelo, porque la madrugada da vueltas. Los marcos de las ventanas van pasando por la mente. Como ideas cuadradas. El cielo parece de opereta. La luna es una tajada de monóculo. La niña sentimental que sale del cabaret ve una ventana iluminada en la madrugada y teme que sea un enfermo que sufre. El amigo irónico sospecha que puede ser una escena de amor. A lo peor es un panadero que se está levantando. Yo nunca he visto una madrugada sin un gato. El borracho no puede entrar, porque con la punta del llavín no acaba de encontrar el ombligo de la cerradura. Será fantasía imperdonable, pero a veces pensamos que a la madrugada criolla le hace falta el sereno español. Con el farol, los bigotes y los botines en que envolvía los callos. Nadie supo nunca por qué aquellos serenos le cantaban la hora a un vecindario que estaba durmiendo. La madrugada de hoy no tiene encanto. Una madrugada con serenos que se afeitan y muchachas que han salido de los salones de baile y están esperando la guagua. El alcohol es el argumento para perder el recato que casi nunca se tiene. Y para simular lo que difícilmente se posee. Un borracho pobre pagando tomas puede parecer rico. Un borracho cobarde echando plantes parecerá valiente. En nuestros bailes públicos nada más temerario que un *picúo* lleno de coñac. Si en la fiesta hay una bronca, mejor. Entonces al *picúo* tienen que aguantarlos los amigos. Y darle coba para que deje eso. Contra todos se revuelve, pidiendo que le dejen arreglar el asunto entre hombres. De repente otro, todavía más *picúo,* se pone dramático para chillar. Forcejeando los dos amigos se abrazan y recuerdan que se quieren como hermanos. Y se van a tomar otra copa. Lo más ridículo que hay en nuestra vida son los "dos fajaos". Pero más ridículo todavía son los dos que no pueden fajarse. Porque entre ruegos los sujetan intermediarios que siempre salen con la ropa sucia y la respiración alterada. Lo mejor para que comiencen a entrar en razones dos que quieren fajarse, es que los suelten. Porque resulta que la verdad es que no quieren fajarse. Esas broncas entre chusmas empezaron a perder su sabor delicioso desde que desaparecieron los sombreros de paja. ¡Oh, aquella galleta cubana que rompía el ala del pajilla y atraía como por encanto el tumulto de almas apaciguadoras!... "Dejen eso, caballeros".

Existe el tipo peligroso cuando toma una copa. En el barrio lo respetan. Porque saben que echa cuando llega la hora. Responde a los problemas suyos y a los problemas de los del grupo. Pero no le gusta hablar de guapería. Sería una inmodestia. Es el borracho que vive advirtiendo que no vayan a equivocarse con él. Después de estas broncas cubanas a uno de los que pelearon le ruegan que se vaya. Para evitar. Pero no se puede ir, porque en la confusión no recuerda a quien le dio a aguantar el saco. Hay quienes para fajarse se quitan el saco, el anillo y el reloj-pulsera. Que es lo mismo que hay que hacer para sentarse a escribir un editorial sobre economía política. El alcohol en exceso aleja lo femenino. Una mujer muy borracha no huele a mujer. Huele a amigo que está celebrando el santo.

Junto a la mujer muy borracha, hay un cenicero lleno de colillas. Y un montón de ideas viejas y vulgares. Que el whisky hace nuevas y originales. Lo malo es que la bebida dé por la filosofía. Una mujer hueca filosofando tiene un parangón con la gaita. Elocuencia de aire que sale. Un pensamiento fuerte puede hasta despeinarnos. En el club aparece la niña insolente que ya tiene el vicio del "high-ball" y de los cigarrillos americanos. Es una enciclopedia de frases hechas. "¿Casarme yo?" "¡Qué va!"... "Amo la libertad". "Estoy muy bien así". "Al hombre mejor, que lo ahorquen"... Una especie de gripe espiritual. Otro "whisky and soda". Más humo. La tráquea se está empapelando de nicotina. Los que quieran dejar el cigarro, que presencien la autopsia de un chino. Es igual que si desnudaran una chimenea. La simpatía a veces es un problema de voluntad. Los hombres feos, ante la necesidad de agradar, se hacen simpáticos. Ordenan tres gracias y las van colocando. Para compensar la fealdad. Casi todos los bizcos son cariñosos. Las mujeres bonitas suelen ser tontas. Porque no tienen nada que compensar. Esta es la edad de las muchachas que piden "highballs" y se despiertan peleando con la vieja, porque no aparece el frasco de la sal de frutas.

LA ABUELA

La abuela es la vejez adorable que siempre mira hacia atrás. La vejez es ridícula cuando se oculta. Como en la solterona. Y es tierna cuando se exhibe. Como en la abuela. Con los zapatos de tacones muy bajos. Porque lo que le resta de vida es un camino de adoquines. Medallón de familia, de la cintura para arriba. Con las arrugas que son. Y el busto que fue. De la cintura para abajo, la falda negra y larga. Como sotana de predicar un pasado mejor. Hay la eterna abuela cubana. Que sigue viviendo, a pesar de que primero dijo que la iban a matar los disgustos de los hijos. Y después los disgustos de los nietos. Toda abuela es un alma superviviente de los faroles que rompimos. De los suspensos que nos dieron. Y de los triunfos que no pudimos alcanzar. Pero de todos modos, la abuela espera la oportunidad de una fecha para decirnos que ya puede morir satisfecha. Porque no tiene queja de los suyos. Y así consigue el milagro de hacernos llorar cualquier día de fiesta. En la casa sus pisadas son blandas. Su habitación es la última. Su armario viejo, enorme y para ella sola. Mundo con cerradura de timbre, donde nadie puede andar. El velo de la boda. Las fotografías de cuando las señoritas se retrataban mirando a la cámara y tocando una mandolina. Y los caballeros leyendo un diario. Con botines altos, pantalones estrechos, la leontina y el mostacho retorcido. La abuela lo ha ido perdiendo todo. Los hijos que se casaron. Los nietos que van a las playas. Le queda su gran escaparate de cornisa. Donde las cucarachas se comen los bordes de casi un siglo y se han aclimatado a las bolitas de naftalina. La abuela cree en su tiempo.

Pero duda de éste. En que los bailes aproximan los cuerpos que sudan. Los deportes eliminan las ropas. Y hay personajes que han llegado a la sociedad. Y sin dejar de sentir nostalgia del siló y de las chancletas de palo. Y clubs que son como tribus de personas decentes. Donde las mujeres tienen esa sinceridad de los bebedores de whisky. Y el señor traduce en amabilidad sugerente la admiración que siente por la esposa del compañero de oficina. Que es bonita. Pero que luce mejor cuando se pone de pie. La mujer, por necia que sea, siempre sabe cuándo luce mejor. De ahí las que se ríen sin tener ganas. Las que se levantan por gusto. Y las que les echan la culpa a la temperatura. Para abrir los ojos. Grandes como almendras. Y negros como zapatos de etiqueta.

Hay la abuela todavía bastante joven. Que lo es por la prisa que tuvo la hija. ¡Y miren que ella se lo dijo! Sostiene un equilibrio entre el nieto que empieza y el amor que acaba. La vejez definitiva es admirable. Porque ya las canas no se tiñen. Y los pelos de las orejas no importan. La alegría de la juventud ajena despierta felicidad y no envidia. Yo me quedo con el abuelo de bastón y mal genio. El que sale a dar un paseo al sol. Que anuncia la lluvia por medio del reumatismo. El abuelo que condena al pepillo y suena la sopa. Su vejez es la niñez invertida, de caérsele los dientes, comprar caramelos y cuidar un canario. Se acuesta temprano y vuelve al parque. El principio de la vida se parece mucho al final. Lo trágico para él, es el abuelo prematuro. Yo les he visto en las academias de baile. En las verbenas. Viejos que bailan bien, aunque bailan bastante a la antigua. Con el cariño al ritmo y al ladrillo. Se acercan a la compañera, como si le estuvieran diciendo un secreto. La charanga ha muerto y ellos siguen. Con la paradita. El cuento de que hace mucho calor. Y el compás de dos por cuatro. De repente se aventuran a una vuelta rápida. Sujetando a la muchacha por el talle y sonriendo. Para que aprendan los muchachos nuevos que no conocen. Experimentarán el deleite de una condecoración si al terminar se le acerca un amigo para decirle que todavía le dan. El verdadero criollo es un delicioso optimista que piensa que nunca ha muerto ni para el danzón ni para el base-ball. El danzón de mucha flauta. Y mucho sacar el pañuelo. El dril cien. El pie chiquito. Y en la melodía cerrar un poco los ojos. Para tener un despertar de agua de Colonia, ruido de timbalero y el orgullo por los curiosos que están mirando. Da rabia que después hayan llegado los "chucheros" sacudiendo a la compañera como si fuera una alfombra. Dándole patadas al vacío. Agarrándose a las paredes. Y retorciéndose en el montuno, como títeres con pelada renovación. Ya queda poco de aquel cubano de antes que llevaba el compás y cultivaba la barriga. Y era devoto de la fiestecita entre amigos. Cocinando él. Conservador, o liberal. Habana, o Almendares. Tenía una queridita que colocaba en el gobierno y una receta para el arroz con pollo. El cubano que cuando quería proteger a una muchacha pobre, le ponía los dientes y la enseñaba a divertirse. Para dejarla al alcance de todos. Como la onda larga. Las épocas han cambiado mucho. El amor, poco más o menos, se ha convertido en un pacto de dando y dando. Antes las madres tenían quince hijos. Ahora no quieren tener ninguno. Ya no dan contra de caramelos en las boticas. Ni los mozos de la peletería van a domicilio. Ni los vecinos se asoman al balcón para tirarle dinero al organillero. Ya la coquetería femenina no puede provocar un duelo entre caballeros de levita. Con cuello almidonado, corbatín, sombrero de copa y dos padrinos. Que iban al campo del honor con el botiquín y el estuche de dos pistolas como las del Tenorio. Regresaban reconciliados. Y quedándose con la mujer *el más* joven. O el más rico. Como siempre. Pero encantados ambos de haber cumplido con los códigos de honor. Eran días más dignos. Era posible que el burlador de la honra de un amigo, además de burlar la honra, saliese de debajo de la cama, buscando los pantalones, para ir a una sala de armas a aprender cómo se hace una herida de siete puntos. Se podía perder la mujer y la vida. Hoy lo más que se puede perder es la mujer. Pero se *evita* el madrugón. Y el suelto en los periódicos de cuestión personal resuelta. Con la ridícula añadidura de que revisando *unas armas* resultó herido el mismo infeliz que al llegar antes de tiempo a su casa encontró a la señora pálida y la sábana revuelta... El duelo a muerte pertenece a la edad de las serenatas. Los novios llevaban la ronda de instrumentos de cuerdas y cintas. Porque ya se conocía el balde de agua lanzado desde un balcón. Pero se ignoraba la agresión de arma blanca de la trompetilla. Que rasga la madrugada y es como un relámpago que se convierte en rayo al llegar a los oídos del poeta. Las fiestas de este momento están llenas de viejos que ocultan que son padres y son abuelos. Se divierten. Enamoran. Pero ya tienen la presión demasiado alta para el montuno y para la carne de puerco. Todavía se defienden. Porque les queda la coba de la barbería. Y el teclado de Romeu. Que es el divino mecanógrafo del piano. Que recuerda el quitrín. El centén. El velorio con taburetes. Las cubanas de bata y abanico. Que no salían nunca. Los peinados de caracoles. Las familias que llegaban al teatro media hora antes. Los elegantes en coches de caballos por el Prado. Las noches de retreta. La taza de chocolate después de la zarzuela en "Albisu". El danzón infinito. Con "parán-pán-pán" y abanico. Obispo y Muralla, a decir de los historiadores, que siempre están equivocados, monopolizaban la atención de la moda femenina. Y todavía no había sportsmen con camisas por fuera. Y las crónicas sociales no publicaban la fotografía de la señorita que cumple quince años. Otra vez.

He hablado con una abuela que conoció cubanos que vieron la inauguración del ferrocarril de La Habana. Era un tren que parecía un avance del tranvía. Un "Cerro-Aduana" con chimenea. O cosa así. La primera vez que levantó vapor y empezó a andar muy despacio, el público que invadió la estación se creía en un sueño, las jaulas comenzaron a moverse entre cisco, humo y temblores. Era verdad. Por las ventanillas se asomaban pañuelos nerviosos, en signos de un adiós como el que parte para un viaje de aventura. Lo que entonces era un cohete, andaba cinco leguas por hora. "Cuidado" —gritaban algunas madres que se quedaban en el andén. El camino de hierro llegaba a Bejucal. Pero con más emoción todavía con que Lindbergh llegó a Francia. El suelo fue rociado con lágrimas de veremos lo que sale de ahí. El ingeniero de la obra, un norteamericano, salió en los periódicos con aire de triunfo y las dos manos en los bolsillos. El tren pasaba por los terrenos de la Ciénega y el viaducto del Río Almendares, asustando a los niños y espantando el ganado. El pasaje no podía admirar la belleza del campo. Porque llevaba el corazón en la garganta y sentía el temor de los grandes precursores. Palmas y bohíos se iban quedando atrás, como testigos de aquello. Cuando en La Habana se supo que la carroza llegó al final de la vía, en la capital hubo gritos, aplausos y brindis. Mi vieja amiga, que escuchó aquellos relatos ingenuos y que ha visto las transformaciones que han sucedido, no sabe la pobre a qué edad pertenece. A la del minué. O a la de las trusas cortas. Cuando se fue quedando sin juventud, aparecieron las pecadoras que fumaban cigarrillos egipcios y enseñaban una liga. Aquellas vampiresas de pelo rubio como viruta de sacapunta. Decían que eran mujeres malas. Bellezas de cabaret. De folletín. De arruinar banqueros y deshonrar marqueses. Pero ahora resulta que las muchachas decentes fuman igual y enseñan más. Y la abuela, con esa ancianidad de cuando ya no crecen las uñas, ni hace falta el corsé, se consuela mirando hacia atrás. Y se refugia en su polvo de cascarilla. Su olor a ropa limpia. Sus lentes que le dan un aire de empleada de la oficina central de correos. Y el temor de que este año sea el último. Aunque le queden muchos más. Yendo al cine con la nieta. Y cuidando el libro de misa.

Hay también la abuela que tiene un nieto prodigio. Que canta. O recita. O lo que es peor: que recita y canta. Entonces la abuela en su admiración es más exagerada que la madre. Para eso es madre dos veces. Un coro de colegio le parece una sinfónica. Y una estrofa dicha sobre una silla, la prepotencia del gesto y de la declamación. La alegría del primer nieto debe tener semejanza con la alegría del primer hijo. Todo es felicidad. Desde el llanto al orine. Y llega el momento en que en la madre que todavía no sabe atar el pañal, se despierta un celo cursi y casero. Porque el niño se da más con la abuela. Y la abuela, en nombre de la experiencia de tantas noches sin dormir y de tantos partos gritando, se convierte en médico. En nurse. En madre. Y cree que son de muerte los dolores del primer diente. Y le cuelga un azabache para los ojos de la vecina que lo celebra demasiado. Cuando no se es padre, se piensa en la inutilidad de tantos azabaches en niños que son feos. Pero que se ponen más aún cuando rompen a llorar. Y es como si con los gemidos de una gaita en una noche de tormenta, el demonio hubiera hecho una canción de cuna.

JUGAR TERMINALES

Aún en los momentos más trágicos existe la posibilidad de que el cubano sea feliz. Este es un país que se indigna y se ríe en seguida. Porque está amasado con la esperanza de coger un terminal. Solo hay una cosa en el mundo comparable a la cara del criollo que ha acertado un número. La del español que canta las cuarenta. Lo malo no es que el español cante las cuarenta. Sino que lo anuncia con un manotazo en la mesa. Lo mejor del terminal que se gana, no es el dinero. Sino la explicación. Hay quienes siguen un número, como se sigue a una señora por San Rafael. Y quienes se suscriben a una cifra, como a un periódico. Porque es mentira que ya no quedan hombres de convicción. Otros cultivan los terminales por cálculo. Son los pillos que apuntan el 24. Porque está al caer. Lo innegable es que se trata de una institución nacional. Que tiene una punta en el kindergarten. Y la otra en el asilo de ancianos. Numeramos a los amigos. Como jockeys y mozos de cabaret. Y ya no nos importa lo que son. Sino de qué se dan. Es posible tener una familia honorable. Un negocio próspero. Un renglón en el directorio social. Y hasta alguna que otra consideración. Y darse de tiñosa. Una dama importante me ha dicho:

—Será casualidad, pero cada vez que viene la viuda del doctor, disparan la jicotea en Jalisco. . .

Es paradójico que el cubano que hace tiempo no cree en las realidades, siga confiando en los sueños. Hemos perdido la fe en la primera zafra sin llegar a encontrar la segunda. Lo que no tiene remedio es que en materia de terminales hemos progresado. Empezamos con los 36 números de la charada. El frontón lo alargó a cien. Y el Gobierno a mil. Gracias a esto, hay frigidaires en algunos solares. Y el punto puede vivir un día como vive el banquero siempre. El apuntador de terminales es un tipo de semblanza. Es una de las maneras de enriquecerse sin llegar a la política. Y de fabricar sin sacarse la lotería. Sobre una mesa larga, la cosecha de teléfonos que recogen los sueños del vecindario. El banquero fuerte llega a tener tanto cartel como cualquier hombre público. El solitario en el dedo meñique. La querida joven. Y la esposa vieja que es una santa, porque sabe empadronar las listas. Y sufre la pobrecita cuando se aproxima el día de San Lázaro. Y entra ese 17 que da miedo verlo. Por regla general el banquero engorda. Y la señora legítima se enferma de los nervios. Por el susto del día del sorteo. La mujer honrada nació para la emoción del real corrido. Y nada más. Es un error llevar la esposa a los espectáculos de apuestas. Porque cada cantidad que pierde el marido, ella está pensando lo que con ese dinero sería capaz de hacer si la dejan en una tienda. El banquero de terminales es en nuestra vida uno de los tramos cortos que existen entre la cuna humilde y el chalet con jardín, pantry, garaje y baño de colores. Uno de esos chalets hechos para gentes ricas. Pero que cuando se anuncian en venta, se dicen las rutas de guaguas que pasan cerca. Empieza con la jugada de calderilla. Y se comprende que ha triunfado cuando al capitán le dice "capi" y las hijas van al club a jugar tennis, nadar "cross", bailar "swing". Y hacer rabiar con la chaquetilla de listas a la "pepilla" "guillada", que se ha pasado todo el verano con el mismo pijama...

No es extraño que cuando el cubano se ve en un apuro en vez de pensar en hacer un negocio, piense en hacer una rifa. La esperanza es lo último que se pierde. Al empleado público que le falla la Caja Postal, le queda el garrotero. O cuando menos, el reloj pulsera. Rifar es distribuir el dolor propio entre cien amigos. Ahora han aparecido las cadenas. Que es jugar con la amistad a la dobladilla. Para quedar bien, hay que dar y encima salir pidiendo. La cadena es la limosna con ramal. Es el favor con planilla de solicitud de empleo en una entidad bancaria. Se piensa en lo terrible de romper la cadena. Debemos perseguirnos los unos a los otros, con criterio de sarampión. Por fin hemos hecho trabajar a los empleados de las sucursales de correos. Yo estoy encadenado. Inevitablemente.

No puede evitarse la influencia de los terminales. En Cuba después de la sacudida del luto, lo indicado es jugar el 64. Y si sale y no lo cogemos, nos lo censurarán como un error imperdonable. Porque se estaba cayendo de la mata. Desde niños se vive esa enseñanza. Acaso parezca ridículo recordar que la infancia de los que hoy somos grandes, fue otra. Se aprendían los ríos de Oriente antes que los bichos de la charada. (Los banqueros debían reunirse y hacerle justicia a la gallina prieta (37) que hace muchos años que está esperando turno para entrar). De mi niñez no recuerdo ninguna incidencia para ir con un níquel a la vidriera de la esquina. Las medias largas que se rompían por las rodillas. La vela con un lazo blanco de la Primera Comunión. El problema del peinado. Con la raya que me hacía la madre. La cicatriz de la pedrada que me dio un amigo. Y el remolino de nacimiento. No hay en el mundo entero pomada suficiente para peinar al muchacho que todavía no ha aprobado el ingreso en el Instituto. No pasa una hora sin que aparezca el mechón con libertad de pensamiento. Peinar a un niño que no ha vivido nada, es todavía más difícil que despeinar a una mujer que ha vivido mucho. Vestir a una mujer es el mayor derecho para poder desvestirla. Hoy los estudiantes pequeños hacen un alto en los teoremas para escuchar el sorteo de Beneficencia. Con el ruido de las bolas en el bombo. Como sueños que se apuran por salir. El silencio estratégico del locutor. Y el timbre de voz raquítica del infante de la Beneficencia. Después un caballero competente rectifica y nos dice que la primera bola ha correspondido al número 555. Vuelve el murmullo sordo. Y en ese instante reina una ansiedad respetuosa en toda la Isla. Las estaciones de radio que se odian, se ponen de acuerdo para transmitir en cadena. No hay comedia que se siga. Ni agudo de cantante que merezca la pena. Ni editorial que importe. Un anunciador con entonación de argentino "pampero", advierte que es el último chance de la noche... Las viejas que zurcen detienen la aguja. Los viejos que leen abandonan el periódico. Los novios dejan de besarse. Hay un "picúo" que da un "berrinche". Porque por mi madre santísima que lo pensaba jugar.

Mi amigo es un carácter rígido. Es uno de esos seres que odian la carne de puerco, el divorcio y las canciones de Agustín Lara. Todavía no ha preparado su automóvil para carburante. Cree que la ORPA son unas iniciales de ropa interior. Tiene puntos de vista rigurosos sobre las mujeres que matan y sobre los parqueadores de autos. Es original su criterio acerca de la belleza femenina. Hay algo peor que una señorita que tenga las piernas muy flacas. La que tenga las piernas muy gordas. El juego de macetas en el balcón. O los dos bolos que quedan parados. Como pomos de leche con elefantiasis. De regreso de una fiesta con su coche modelo 1937, lo detuvo una perseguidora, por llevar el farol de atrás apagado. Se apeó uno y se quedaron los otros mirando desde el interior del carro. Sacó la cartera y esperó la ceremonia. A los pocos minutos otros agentes le reportaron la misma infracción... enseguida unos terceros. Mi amigo, que estudió leyes para dedicarse al comercio y que dejó el comercio para dedicarse al periodismo, considera que no se puede condenar tres veces por la misma falta. Cuando llegó a la redacción estaba pálido de ira. Yo le imaginaba al borde del estallido. A poca distancia del suelto de cívica protesta. Al periodista las multas que más le indignan son las propias. Y los baches que más rabia le dan son los de la cuadra de su casa. La expresión de mi amigo oscilaba entre el editorial y la audiencia para contárselo al jefe. Cuando se decidió a hablar me preguntó:

—¿Qué número es policía?

Fue aquel día que salió el cero cincuenta. Y mi compañero, de carácter tan rígido, de conclusiones severas, comprendió que aún en los momentos más trágicos existe la posibilidad de que el cubano sea feliz. Y ponga esa cara que sólo es comparable con la del asturiano que canta los cuarenta. . .

DON JUAN TENORIO

En Cuba las estaciones del año no se revelan en el clima, sino en las vidrieras de los comercios. De pronto abrimos el periódico y el anuncio de una firma mercantil nos avisa que ha llegado el otoño. La emoción de que el invierno se aproxima puede llegarnos por cualquier parte. Llovizna o estornudo. Las viejas presagian los grandes peligros de los cambios de tiempo. Todavía hay sol de playa. Los árboles no han mudado las hojas. Para la amiga que tiene guardada una capa de pieles y quiere sacarla, todo lo que no sea calor africano se parece un poco al invierno. Las oficinistas pobres piensan con melancolía en la conveniencia de un traje sastre. La mujer con traje sastre por detrás parece un escocés. Y por delante otro escocés que ha escondido la gaita en el pecho... Noviembre es el mes de los Tenorios y la gripe. Los que difícilmente se animan a salir de casa, una vez al año van a ver el Tenorio. Y lo comparan con los de antes. Despectivamente, claro está. Cuando daban grandes programas con versos y cruces. Y las damas de sociedad iban a palco, no a ver, sino a que las vieran. El Tenorio es un dramón que de niño da miedo. Y de viejo recuerda la niñez. Es la obra predilecta de los que tienen el espíritu administrado por el calendario. Seres de tradición, que lloran en Semana Santa. Se emborrachan en Nochebuena. No duermen el Día de Reyes. Y de todos modos se divierten en los carnavales. Con los Tenorios les llega la hora de asustarse y marchan con la esposa al teatro. En cuya platea los calvos parecen más calvos y las joyas buenas brillan como si fueran falsas. El Tenorio es increíble, por lo mismo que es sevillano.

El tiempo se ha ido encargando de ridiculizar algunas instituciones venerables. Como los duelos a muerte, los discursos, la ópera y el Tenorio. Hoy los maridos burlados no se baten. Se divorcian. La oratoria ha perdido aquel gesto de prepotencia, con el latiguillo y el grito de bravo. La ópera fue muy llorada por los caballeros que querían seguir, usando frac y sombrero de copa. Prendas que sólo saben llevar con cierto gusto los ricos viejos y los ilusionistas de circo. El Tenorio como pieza teatral se ha hecho inocente casi de golpe. Su éxito se ha debido a que fue escrita para una raza que apuesta al amor como si las mujeres fuesen naipes, o caballos de carreras. Si don Juan y don Luis hubieran sido norteamericanos, la cosa hubiese terminado en la cita en la hostería del Laurel como sportsmen. Porque don Juan ganó 72 por 56. Traía el record bien escrito. Desde la princesa real a la hija de un pescador. Hoy tantas conquistas no hay buen español que se atreva a hacerlas, si no está al corriente en el recibo de la Quinta. Lo que más subyuga del Tenorio, no es el Tenorio. Son los hidalgos que visten como máscaras. Los personajes envueltos en penumbra. Los mármoles que hablan en la escena del cementerio. Brígida fue la primera chaperona que llevó una muchacha inocente a la finca de un hombre rico. El miedo de cuando fuimos a una sesión de espiritismo, renace en el acto de la cena. La silla vacía del Comendador. Y su vaso de vino. Hasta los martillazos de los tramoyistas armando una puerta parecen mensajes del más allá. Por lo demás, la de don Juan es la historia tan frecuente de quien mata, roba y viola. Y al cabo muere rico, purificado y satisfecho. Porque a las cabañas bajé. Y a los palacios subí.

En nuestra vida de ahora don Juan no hubiera sido un conquistador, sino un romántico verraco. Pagaba el derecho a llegar a la mujer como un dependiente de comercio un sábado por la noche. Poseía los dos grandes secretos para dominar a la mujer: la poesía y el dinero. Allí donde la fallaban los versos, le metía mano a la bolsa. Es decir, a la prosa. En su estadística falta la explicación sincera de las que cayeron por un soneto, o por un par de zapatos. Casi todas las señoras que tienen el corazón duro, tienen los pies blandos. Don Juan fue un amante fanfarrón que se anunciaba con un cartel a la puerta de su casa. Como cualquier especialista en vías urinarias. "Aquí está don Juan Tenorio para quien quiera algo de él". Con doña Inés tuvo un fracaso. Porque después de la tremenda coba del sofá con la ayuda del Guadalquivir y el estribillo de no es verdad paloma mía, en vez de volverse a desmayar, la novicia se sujetó el alma con las dos manos temblorosas y exigió:

—A mi padre hemos de ver.

Y para hablar con el viejo, igual que el empleado que viene con buenas intenciones, no hacían falta el soborno a Brígida, la carta escrita como para leerla con una bandurria en los kioskos de la playa, ni el cuento del incendio del convento. Don Juan ante doña Inés, más que de villano, tuvo de novio decente que ya está dispuesto a comprar el juego de cuarto. Podría escribirse un nuevo Tenorio. Avisando Ciutti que llega el Comendador. Con un notario, en vez de con gente armada.

El Tenorio como atracción de taquilla ha muerto, sin morir ninguno de sus personajes. Todos perduran, aunque con otros trajes. Doña Inés es la señorita sensiblera que cree que le va a dar algo. Hoy la veríamos en la escalera estrecha de la CMQ buscando autógrafos. Hubiera llorado a Gardel y reñido con su compañera de celda por defender a Tito Guízar. Sin dejar de ser cristiana, hubiese sentido lástima por la barriga de Pedro Vargas. ¡Tan bonito que canta!... Don Luis es un símbolo del hombre equivocado. Para ganar la apuesta, se fue a Alemania que es un país de ir a buscar químicos y no mujeres para una lista. Don Juan marchó a Italia. Los dos personajes del Tenorio presentían el Eje. El Tenorio es ese amigo paluchero que nos habla de que ha tenido muchas mujeres, pero en la vida real no tiene ninguna. El único llavín que se le vio en toda la obra se lo compró a plazos a

Lucía. Cien doblas de entrada y el resto al volver a las diez a casa de doña Ana de Pantoja. El Comendador es la figura eterna del padre que piensa que tener una hija hermosa le autoriza a ser valiente y altanero. Yo creo que más que le llevaran la hija, le dolía que don Juan lo tratara de tú. De rodillas. Y a tus pies. Don Diego es el padre rico del niño que no hace caso. El capitán Centellas es un pobre diablo que legó a la historia un sombrero que después fue muy usado por las señoras para fastidiar al espectador de atrás en el cinematógrafo.

Algún escritor dijo que el nombre de don Juan Tenorio ha sido partido en dos pedazos por las generaciones siguientes. Cada mitad para el entendimiento popular tiene un significado distinto. Un don Juan significa un poder de seducción invencible. Un tenorio es un picaflor hueco y transitorio. Liba sin perdurar. Se deja amar sin quedarse. No da tiempo al hogar, ni al hijo, ni a la cocina de gas, ni a las bodas de plata. Es más que un figurín de esquina y menos que un caballo semental. Tarzán fue creado para convivir con los monos, pero les interesa a las niñas de club. Decía aquel humorista que don Juan no tiene que moverse. Las mujeres giran en torno de él. Tenorio gira en torno de las mujeres. Teniéndolas a todas, sin tener a ninguna... No es lo mismo seducir a las mujeres, que seducir a ciertas mujeres. Las señoritas que al agacharse se tapan el escote y al sentarse se traban el vestido, son presas de don Juan. Las que se impresionan por seis pies y pico de estatura, o por una onda del peinado, son renglones para el record del Tenorio. Porque hubo y hay mujeres así, es inmortal don José Zorrilla. Y fueron tantas máscaras en 1545 a la hostería de Laurel. Don Juan Tenorio es una obra fantástica e irreal, que sólo tiene de humana que empieza en un carnaval y acaba en un cementerio. Donde las estatuas charlan como viejas de visita y don Juan ve pasar su propio entierro. Con la caja de terciopelo negro, los caballos con grandes penachos y los cantos funerales que de niños nos daban tanto miedo, que aquella noche teníamos que dormir sobre un pedazo de hule...

JUZGADOS CORRECCIONALES
(Premio Justo de Lara de 1942)

El juez correccional es una categoría entre sagrada y omnipotente. Si a veces es más omnipotente que sagrada, la culpa no la tiene el juez. Sino los amigos del juez. En Cuba existen tipos que se hacen populares por útiles. Nadie sabe cómo se llaman. Ni cómo se apellidan. Son amigos de un juez. Y van a hablarle del caso cuando salgan de pesquería. O de caza. O cuando estén jugando al dominó. El dominó es el verdadero pasatiempo de la democracia. Porque es la mejor distancia que existe entre el "bruja" que lo juega bien y el personaje influyente que lo juega mal y necesita un compañero. El juzgado correccional es la Ley que se lava la cara de prisa y madruga. Porque tiene mucho que hacer. Y que deshacer. No hay humildad más grande que la del acusado cuando baja la cabeza y dice: "señor juez". Temor diluído en respeto. De quien sabe que el señor juez se levanta temprano. Que es levantarse de mal humor. Y que tiene que comprender, en un momento, el mal y el bien de los humanos. Que no se comprenden en toda una vida. Que es hacer justicia por inspiración. El juzgado correccional tiene aire de teatrito de pueblo. Las localidades. El apuntador, que es el secretario dándole lectura al acta. Y el privilegio que tienen los amigos de pasar al interior del escenario. Las oficinas de los juzgados correccionales son la Ley entre bastidores. El telón de fondo del Código. En las oficinas de los juzgados siempre hay un abogado hablando por teléfono. Y una vieja cosiendo expedientes. Se llama abogado joven al que estudió para sacar para la calle a grandes asesinos.

Pero que tiene la desgracia de que sus clientes son pobres delincuentes que no pasan de la infracción por llevar un farol apagado. Y cuando más de la bofetada en el café. Si no fuera por el disfraz de capuchón para el baile del "Nacional", en Cuba habría abogados que no hubiesen experimentado nunca la satisfacción íntima de vestir la toga...

En los juzgados correccionales no se acaban las "broncas" del solar. Se reproducen en nombre de la Ley. Y los insultos que se dijeron, vuelven a decirse. Las mujeres que tienen bronca en el solar quieren evitar que el marido tenga que fajarse y se desgracie. Y para evitar que el marido fajándose vaya a desgraciarse, se fajan ellas. Casi siempre porque le quitaron la batea del lavadero. O porque le pegaron a uno de los hijos. Y eso sí que no. Hay la señora pobre que lleva ante la barra del Correccional a todos los hijos. Los va colocando en fila para que el señor juez los vea y se enternezca. Porque así comprende lo que ella tiene que luchar en la vida. La mayorcita se quedó cuidando al recién nacido. Todos los críos se parecen. En los ojos negros y en las rodillas sucias. También negras. ¿Por qué tendrán tantos hijos los matrimonios que viven en la miseria? Hay pobres que dicen que buscando la hembrita han tenido siete varones. Y padres que dicen que buscando el varoncito han tenido siete hembras. Si la mujer es bonita no se le puede creer. Porque ha sido por otra cosa. Un parto tiene algo de azar y de ruleta. Si llegan a apostar a la dobladilla se hacen ricos. Los disgustos entre hombres se arreglan generalmente antes de ir frente al juez. Para eso cerca de cada juzgado hay una lechería. Donde los interesados hacen un ensayo general del juicio. Entre tazas de café que paga el ofendido. Las mujeres no se reconcilian nunca. Pero hay una razón poderosa. Un tirón de pelos duele más que una galleta.

Un juzgado correccional es una hermandad de almas en expectación. Porque están aguardando que las llamen. En voz alta. Para que todo el mundo sepa que andan en líos con la justicia. Es entonces cuando resulta una lata ser persona decente. Nadie se abochorna más en un juzgado correccional que la mujer de la vida. Porque la mujer conocida por pública para ser inmoral le estorba el público que de pies a cabeza la mira en los juzgados. Como averiguando qué le habrá pasado. Faltan espíritus de bastante filosofía para mirar a otro sitio, comprendiendo que se trata de un simple accidente del trabajo. Como el albañil que se cae del andamio. Y como el apuntador de terminales con amigdalitis, que no puede tragarse la lista. La del juez correccional es una carrera de mundología que no se aprende en la Universidad. Sino en la calle. Acaso los mejores jueces son aquellos a quienes no les pueden hacer cuentos los borrachos. Porque ellos cuando acaban toman sus copas. Ni se les puede engañar en cuestiones de amor. Porque saben lo que es tener una querida. Ni en asuntos de rifa. Porque sueñan y juegan su numerito. La mejor forma de conocer la Ley, es virándola al revés. Y mirándola al trasluz. Como los fondillos del traje de casimir que no nos poníamos desde el invierno pasado. Los jueces que manejan su propio automóvil saben lo que es ir al cine y tener que parquear a tres cuadras de distancia. Y cómo brillan los ojos que se asoman por cada ventana de las perseguidoras, buscando pilotos apagados. Yo quiero caer siempre en manos de un juez que haya sido un poco pecador. El juez que antes fue un poco pecador, llega al estrado como llega al matrimonio la esposa que antes fue amante. Legítimando y formalizando lo ilegítimo y lo informal. Para darle al fin ilusión y apariencia de comienzo. No hay dos jueces que actúen de manera semejante. Hay el juez que escucha, condena o absuelve sin mirar a los acusados, ni a los testigos. Si no fuera árbitro correccional, sería mecanógrafo al tacto. De vez en cuando cierra los ojos. Como si durmiese. O como si le diese al Código una interpretación de gallinita ciega. El juez nacido para maestro normal, es el que explica los motivos de sus fallos. Haciendo de la sala un aula sobre la que flota su gesto. Más pedagógico que jurídico. Es el juez capaz de comprender a la señora que viene porque la quieren hacer mudar. Y no tiene dónde meter el perrito. Trae el perrito, que aprieta entre sus brazos mientras hace los descargos. El juez joven adopta en los interrogatorios arrogancia de primer actor. Quiere demostrar que para ser buen juez no hace falta ser calvo, ni corto de vista, ni un poco reumático. Con la mano en la barbilla estudia el caso y los rostros. Mientras junto a él su secretario pone esa cara del que va a tener que llamar a la esposa para decirle que no lo espere a almorzar. Hay también el juez que busca la frase de efecto. Para impresionar, o para hacer reír al auditorio. Armisén dictando condenas escribió un anecdotario. En el cual lo principal era la anécdota. Y lo menos principal era el caso. Pero la gente se reía. Y los juicios no morían en el polvo y en las telarañas de los archivos. Circulaban por los "clubs", por los cafés, por las tertulias. Como esos cuentos que ya conocemos y que por educación tenemos que escuchar hasta el final. Para después reírnos sin tener ganas.

Cuando llegamos a un juzgado correccional se nos acerca el personaje que promete arreglarnos el asunto. Nos dice que con ese juez no tiene problemas. No sabemos si es procurador. O abogado. Por lo menos empuja la mampara. Que ya en Cuba es una carrera. Se está un rato dentro y regresa sin haber hablado con el juez. Pero nos garantiza que está haciendo lo posible. A pesar de que la cosa está fea. Para ganarse bien el derecho a "picarnos" si salimos bien, nos enseña de memoria lo que tenemos que decir. Y lo que tenemos que dejar de decir. Agentes del truco que engordan como las recién casadas y que con el sudor de la frente pudren la badana del sombrero. Después de sufrido el madrugón y celebrado el juicio, aparece siempre el amigo que nos dice que por qué no se lo dijimos. Después del juicio y de la multa, nos encontramos a los que fueron compañeros de colegio del juez. Y a los que con el juez, de chiquitos jugaron a la pelota. Y recuerdan el apodo que le habían puesto. Y lo bravo que se ponía cuando lo "relajeaban" porque se le había caído un "fly". Terminan diciéndonos que no seamos tontos. Y que cuando tengamos otro caso les avisemos. Si es verdad que nuestros jueces correccionales jugaron tanto al "base-ball" cuando eran niños, no me explico cómo en vez de abogados no salieron peloteros.

El prototipo del cubano que hace alarde de virtud y de vida limpia, es aquel que cada vez que tiene oportunidad asegura que nunca ha ido a un juzgado correccional. Son los mejores antecedentes penales de la infelicidad. Cuando se va por primera vez a un juzgado correccional, se siente la conciencia oprimida. Como si nos la hubieran podado con las tijeras de un jardinero. El policía que lleva los expedientes y chilla los nombres, nos parece más policía que los otros. Aunque es menos policía que los otros, porque le falta la posta, con la bodega de la esquina y sonar el palo contra el contén de la acera. Aterra ver cómo se confunden en los mismos bancos la mujer que fue recogida a media noche y que ha llegado sin dormir, porque nadie le puso la fianza y la madre desdichada que trae al hijo que le rompió la vidriera al chino. Están revueltas, en nombre de la Ley. También en nombre de la Ley, sufren la misma espera el ratero al que le da lo mismo estar dentro que fuera, que el "chauffeur" que ha tenido que perder la mañana porque se le fundió un bombillito. En el salón se padece la inquietud propia y la inquietud de los otros. Gritos que llenan la casa repiten nombres y apellidos. Los interesados enrojecen un poco, sienten el corazón más de prisa y caminan hacia la barra. El miedo a una contradicción enfría las manos. Hay un espacio con rótulo que dice: "Para los abogados". Pero no hay ninguno. Deben haber tenido la suerte de encontrar un empleo en el gobierno. Las dos partes hablan con sumisión y repiten el rosario de "no, señor juez". Porque ante el juez por instinto de salvación, todos queremos parecer más humildes de lo que somos. Cuando nos absuelven, abandonamos el local sin mirar a los que nos miran. Y prometiéndonos hacer todo lo posible por no volver más. Los que quedan atrás nos dan tristeza. Porque pensamos que tienen menos influencia que nosotros y que los van a condenar a todos. Del juzgado se sale con el alma blanca. Como la camisa del abuelo cuando le dicen que se arregle porque vienen visitas.

UNA VENGANZA EXTRAÑA
(Cuento criollo)

Roberto apoyaba la frente en los dos puños cerrados por la ira. Como hacen los maridos burlados. Y los tenedores de libros cuando no pueden cuadrar el balance. Aquella realidad aún le parecía un sueño. La niña rubia, exangüe, sentimental, espigada y bonita igual que una muñeca de $5.90, le había sido infiel. El la sacó de la casa de sus padres, libertándola de un fin inevitablemente prostituído. Tomar una muchacha inocente de querida, es prostituirla para uso particular. El la enseñó a ponerse vestidos modernos, a esmaltarse las uñas, le pagó un maestro que le abriese los ojos a la enseñanza primaria. Y, por último, le montó un piso con nevera eléctrica, una negra vieja para que no tuviese miedo de quedarse sola por la noche y un radio de doble onda. Lo malo fue el radio de doble onda.

Si la frágil y juvenil amante de Roberto no podía pagarle todo aquello con legítimo amor, al menos que premiara su generosidad y su sacrificio con un poco de gratitud. Roberto recordaba la escena que le angustiaba el alma y que le alteraba la vida y ¡todavía se resistía a creerlo!... La había sorprendido rodeando con sus brazos de ninfa el cuello del cantante de moda. El monarca del danzonete. El tenor de la voz de seda china. El se dejaba querer. Como los cantantes de moda cuando encuentran una tonta. Y ella le hablaba en voz muy dulce y muy baja y en su charla de chiquilla deliciosa, hacía largas pausas para besarle la boca...

Su mente con fiebre de 40 le aislaba de la fantasía. Y le presentaba el cuadro desnudo de atenuantes. La traición había sido horrible. Un hombre de vergüenza con aquella desgracia íntima, sólo podía hacer dos cosas. Un crimen. O un tango. Primero advirtió Roberto que ella todas las tardes escuchaba, de tres a cuatro, el programa en que, entre uno y otro danzonete, un locutor de voz de zinc oxidado casi le exigía al público que se siguiera lavando la cara con jabón de Castilla. Después encontró en un rinconcito del armario de Rosa una fotografía del Monarca de las melodías criollas, con el sello en rouge de un beso impreso sobre la nariz retocada del artista. Abiertos los ojos, temblorosas sus manos, más de prisa su corazón, volteó la cartulina para ver si la fotografía estaba dedicada. En un rótulo de letra de imprenta se leía:

"Si usted sigue mal del estómago, es porque le da la gana".

Roberto, sin dejar de sentir ira, sintió un poco de asco. "¡Qué clase de país el nuestro —pensó— que coge al tenor de la voz de seda china para anunciar unas pastillas para el estreñimiento!..."

Pero el descubrimiento de la fotografía maldita avivó sus sospechas. La huella del beso en la nariz retocada del artista. No había duda. Rosa lo engañaba. Por lo menos, Rosa pensaba engañarlo. Sus celos y su cólera aumentaron cuando al responder al teléfono en repetidas ocasiones, una nerviosa voz de hombre le preguntaba si era la bodega de la esquina. Cuando el amante llama por teléfono a la mujer y sale el marido, pregunta siempre si es la bodega de la esquina. Eso no falla. Hago la revelación consciente de que las *pecadoras no me lo perdonarán nunca*. El descubrimiento podrá tener para algunas señoras el aspecto odioso de una delación. Pero esposa habrá que le conceda la importancia de un elevado sacerdocio.

¿Después?... Roberto no quería recordarlo. Rosa empezó a idear hábiles pretextos de mujer para poder salir por las tardes. No era necesaria una imaginación de Scotland Yard para comprobar que jamás realizaba esas salidas de 3 a 4, cuando el cantante de moda estaba adherido al micrófono transmitiendo los célebres sesenta minutos del jabón de Castilla...

Una tarde Roberto se decidió a violar sus propios escrúpulos y aventuróse a obtener la total confirmación de sus sospechas. Siguió a Rosa, que había salido a cambiar un refajo que le quedaba pequeño. Desconfiad de las mujeres que piden muchos turnos en la peluquería y de las que tienen que volver a la tienda a devolver lo que compraron el día anterior. La vio detenerse en una esquina, acercarse a un joven de peinado Renovación, y penetrar ambos en un automóvil cerrado, que fue engullido por las congestión de tránsito del Día de Reyes. Roberto recordó entonces que era voz popular que el Monarca del danzonete, forzado por su popularidad, había tenido que amueblar una "garconiere". Una especie de dispensario para histéricas. Era un gratísimo refugio contra las multitudes que le asediaban. Allí concedía autógrafos sin el grave inconveniente de los tumultos. El acecho siguiente fue más preciso y fue también más doloroso. A través de la puerta entreabierta de un reservado de restaurante, vio Roberto a Rosa sentada en las rodillas del trovador, haciéndole golosas caricias en el bigote. Un bigote tan curioso, tan menudo, tan bonito, que no parecía arreglado por un barbero, sino obra paciente de los presos. ¡Y no necesitó más!... Sólo tenía dos caminos: el tango o el crimen. Roberto pudo matarla a ella, asesinarlo a él. Como en los dramas que idealizan y divulgan los repórters de policía. Volviendo luego el arma contra sí. Que es lo que hacen los pobres protagonistas del drama de cada mañana. Pero todo eso le pareció en extremo vulgar. Además le horrorizaba pensar en el suceso del día de la C. M. Q. Unos gritos de mujer, unos disparos, un hipo de muerte, y el frenazo de una perseguidora. Y así se divertiría todo el mundo con lo que significaba la ruina total de su amor y de su vida. Con el corazón hipertrofiado por la traición y la cabeza caída ligeramente sobre el pecho, Roberto se dirigió a la barra más próxima y se reclinó sobre el mostrador y le pidió al cantinero un laguer chico...

Padecía en heroico silencio, el desplome del mundo en su alma enferma. El los hubiera matado a los dos y hubiese vuelto el arma contra sí. Pero eso ya lo había hecho mucha gente. Roberto no quería, además, que con su dolor se hiciesen diálogos impresionantes, ni gruesos titulares a ocho columnas. Pero ello no quería decir que renunciase al sagrado derecho a la venganza. A partir de aquel momento fue con Rosa más cariñoso y hasta más consecuente que nunca. No se enfurecía cuando al ponerse un calcetín descubría una perforación a la altura del dedo gordo. Ni cuando al irse a levantar encontraba una chinela junto a la cama y la otra debajo de la mesita de noche. Una tarde, después de depositar un beso cálido en la boca de la niña rubia, exangüe, sentimental, espigada y bonita como una muñeca de $5.90, le dijo:

—Quiero que pruebes una fababa que hacen todos los jueves en un restaurante cerca del muelle. Es la especialidad de la casa...

Rosa protestó, alegando que le agradaba más el puré de judías. Roberto, que era hijo de un asturiano, se reveló enemigo personal del puré de judías. Por considerarlo una profanación a la fabada. Y fueron al restaurante del muelle. Comieron de modo opíparo, descorcharon el mejor vino tinto, y después fueron al cine de moda. A la salida Roberto se empeñó en que su mujercita probara la calidad y la exquisitez de cierta leche malteada que hacían en un salón de soda de un amigo suyo.

Otro día, simulando la complacencia de un gastrónomo consumado, le dijo a su dulce y rubia compañera:

—Cariño, hoy iremos a comer unos colosales chorizos que han llegado de Pamplona.

El amante parecía haber perdonado y hasta olvidado la traición, abstraído por un extraño afán de estudiar la profunda y moderna ciencia de las vitaminas. Y la capacidad nutritiva de cada alimento. Penetró en todos los misterios científicos de las espinacas. Rosa comenzó a alarmarse cuando comprobó que la ropa interior le iba quedando estrecha. Y, coqueta y egoísta como toda mujer, intentó acudir urgentemente a un plan riguroso, al asegurarle algunas amigas que estaba perdiendo la línea. Habló de hacer calistenia por la mañana. Y de hacer la digestión de pie.

—Yo te compraré —le animaba Roberto— unas cápsulas alemanas que están dando mucho resultado para adelgazar...

Y la engañó con perversidad refinada, haciéndola tomar ciertas tabletas de vitaminas concentradas, aconsejadas por los médicos en los casos de anemia...

Tres meses después Rosa ya no era la sombra de la rubia exangüe, sentimental, espigada y bonita como una muñeca de $5.90. Había aumentado 45 libras y se echaba a llorar cuando se miraba al espejo y veía la cascada de sus senos amplios y pesados y el vientre blando y hemisférico, de una adiposidad ya galopante. Todavía Roberto se atrevió a decirle, mientras tendido en la cama leía un diario de la tarde:

—Hay que convencerse, amor mío, que en ningún restorán hacen las patas a la andaluza como en "El Fornos".

Rosa, comprobando en ese momento que ya no le servían unas ligas de seda con moños azules, reaccionó, enérgica e indignada:

—Yo he cometido muchas tonterías en mi vida, pero ninguna tan grande, ni tan irreparable como la de abandonarme a esta gordura de amazona de circo. Estoy avergonzada.

Y enjugándose los ojos:

—¿Tú crees que hay derecho a que una muchacha moderna y soltera tenga que usar estos corpiños de monstruo?

Roberto desde la cama, con la mirada perversa de un nuevo Frankestein, examinaba el cuerpo de su querida, que la gordura había estragado bárbaramente. Las carnes de los muslos formaban bultos enormes. El peso del abdomen la condenaba a movimientos lentos y le iba aplastando los tacones. Y debajo del rostro de rubia exangüe, sentimental, espigada y bonita como una muñeca de $5.90, se destacaba una papada que era la negación de la feminidad y del amor.

Eran exactamente las tres de la tarde. Roberto soltó el periódico, se levantó de la cama y puso el radio. Iban a comenzar los sesenta minutos del jabón Castilla, con el tenor de la voz de seda china.

¡QUE CLASE DE BRONCA!
(Cuento chuchero)

Ustedes conocen al personaje de esta historia, chuchera y tártara de remate. Ñico Bareta tiene apenas veinticinco años, pero él mismo se llama el viejo Bare. El que las leas viven y La Habana mienta. Mucho alarde. Siempre sofocado. Las dos bandas de la melena peinadas hacia atrás y unidas en rizos sobre la nuca. El bigote cuidado a punta de navaja, producto de una hora ante el espejo. El pantalón de embudo, el saco largo, la camisa abierta con un ángulo estratégico para que se vea la tremenda cadena con eslabones de oro y la medalla de la Caridad. Porque esa negra lo lleva a él. Cuando Ñico Bareta se pone todos los hierros, bota al fresco una tela verde y sale a darse vista por el barrio, por Dios santísimo que las tipas de enfrente, la mulata de la accesoria y las ocambas sin novios de los altos, que por la tarde se pintan y se asoman, levantan una clase de cerebro que se acabó. Ñico Bareta está chene. Y es un peligro si se inspira y le mete mano al repertorio. ¿Cómo van a resistirse esa pila de satas que no están acostumbradas a que les hablen sabroso? Pasa una mujer joven, trepidante y vaporosa. Después de diagnosticarla con los socairos, Ñico Bareta se planta en la acera, saca la cadena del llavero y mientras le da vueltas, suspira y dice:

—Mire que casualidad, usted misma es la acróbata que yo estaba buscando para enmarañarme con la Marcha Nupcial. . .

La aludida sigue sin detenerse. Pero a Ñico Bareta no le importa. Da un brinco. Enseña los dientes en una carcajada de chusma. Y se pone a comprobar el efecto que el piropo causó en el elemento de la cuadra.

—¿Oyeron eso?

Ñico Bareta es candela.

Vive con mucha efusión y alegría, pero sin gastar un centavo. Va al limpiabotas de la esquina y... pásame el paño, mi sangre. Llega al café y le pide al peninsular del lunch una lasquita de pierna. Es el tipo de préstame el diario para ver si ganaron los Yankees. A la barbería va a saludar a Mongo y a pasarse el peine. No te pongas bravo, monina. El berrinche en la lechería y la madrugada a la puerta de la academia de baile, para ver si levanta algo.

—Yo soy Ñico Bareta en La Habana y no creo en nadie.

Ahora Ñico Bareta llega dándose tono a una de esas verbenas cubanas en todos los jardines y con tres orquestas. Las damas por invitación. Entra en la glorieta examinando con infinito desprecio a los bailadores. Todos se atraviesan. Mira aquel gallego sacando agua del pozo. Ahora van a ver lo que es legislar por los pies. Enfoca a una señorita sin compañero que se aburre acurrucada junto a la orquesta.

—Princesa, persónese para echar un talón con Ñico Bareta.

Ella se levanta y sale a bailar con el primer hombre que la saca. Tímida confiesa que no es experta. Pero en fin, hará lo que se pueda. Sin escucharla Ñico Bareta se ha plantado delante de ella. Se cierra el saco. Se seca la cara con el pañuelo. Saca el peine y se alisa la mota. Y antes de abrazarse a la desconocida, se voltea para decirle al amigo que lo acompaña:

—Vive esto...

Unos pasitos para entrar en calor. Enseguida una vuelta furiosa hacia la derecha. La parada. La sonrisa sacando la lengua. La vuelta de remolino hacia la izquierda. Y el grito:

—¡Ave María!...

Los curiosos aplauden al héroe cuando suelta a la compañera, la sujeta por la espalda y dando brinquitos inicia un mutis tártaro de rumba.

Este Ñico Bareta se le escapó a Satanás.

Ñico Bareta tiene la fama de guapo que tanto halaga a algunos cubanos. La muñeca pesada y el brazo suelto. Y ha jurado por la vieja Flora que mata como a un perro al hombre que le toque la cara. Los amigos de Ñico Bareta se pasan la vida dándole coba para que no vaya a desgraciarse. Lo conocen y saben que le tira la galleta a Sansón. Ahí donde ustedes lo ven, siempre relajeando y con la sonrisa en los labios, cuando el viejito Ñico se emburra es un peligro. Su familia tiene un problema con los vecinos y no le dice nada. Porque si Ñico se entera... Un compañero suyo sabe que si esa noche va a la Academia tendrá problemas y los otros compañeros le aconsejan que vaya solo, que no le diga nada a Ñico.

—A tí te meten dos galletas y la cosa no pasa de ahí. Ya con Ñico el asunto es más grave...

Un día Ñico Bareta sigue a una muchacha que acaba de salir de un taller. Trigueña, entradita en carnes, de grandes ojos negros, labios gruesos, húmedos y frescos. Está entera. La obrerita va muy seria, pero no puede evitar la pobre que su cuerpo de veinte años tropicales tenga estremecimientos perturbadores. Detrás de la prieta va Ñico, con la tela verde, el peinado de mota y el bigote en miniatura. A veces se acerca tanto a la tipa, que le quema la espalda con el aliento:

—Aunque sea una sonrisita para el viejo Ñico...

Y enseguida:

—Si usted me dice nada más que ji, compro el juego de cuarto y construimos un gao...

De pronto una mano como de hierro se agarra a la hombrera monolítica del saco verde de Ñico. Este se voltea furioso y le dice al individuo que lo mira con decisión y mal genio:

—¿Qué es lo suyo, compadre?... Cuidado no vaya a equivocarse conmigo...

—Cuidado no vaya a equivocarse usted con mi mujer.

Ñico Bareta se engalla. Da un paso atrás. Hace un esfuerzo por contenerse.

—¿Qué es lo que quiere usted?

—Que desaparezca ahora mismo, si no quiere que le parta la cara...

Ñico Bareta le lanza al marido ofendido una mirada entre violenta y despreciativa. Y escapa en la primera esquina... Por la noche llega orgulloso a la lechería del barrio haciendo el cuento. ¡Qué clase de bronca, caballeros!...

—Dí tú que se metió la gente...

LAS PATILLAS

El renacimiento de las patillas se ha generalizado. Es una de esas modas que no tienen remedio. Empezaron los hippies con sus patillas crecidas por abandono y después se fueron animando los hombres formales e insospechables del contagio. Las patillas inauditas y las grandes melenas que tapan el cogote, podrían aceptarse como una locura temporal de la juventud, si no se hubieran embullado los viejos, que también se empatillan y se despeinan en una vuelta imposible a la adolescencia. Ahora vemos orgullosos de sus patillas hasta la mitad de los cachetes al profesor y al alumno; al jefe y al empleado; al abuelo y al nieto. Se ha poblado nuestra época de tipos atacados del virus de la solemnidad anacrónica. Muy contentos de ser como eran las fotografías conservadas en dijes. Y los mártires con perfil de patilla de las monedas antiguas.

Lo peor de esa afición repentina y mundial, es que las patillas le imprimen a quien las lleva un aire de inevitable gravedad. Que suprimen el sentido del humor. Que inducen a lo tremendo y ceremonioso. El invitado que aparece con patillas creemos que viene ofendido y de mal genio. Al amigo con patillas se le quitan las ganas de sonreír. No esperemos una ocurrencia ingeniosa ni un chiste atrevido de los que, influenciados por la novedad, perdieron la pena que al principio les daba y se han dejado las patillas.

Las patillas cuando se aceptan con el respeto que inculcan, obligan a mucho. Señalan una conducta distinta de la frívola y descarada que pueden asumir los que siguen cultivando el afeitado absoluto, los que se rasuran hasta que cada mañana aparece en el espejo el cutis sincero y lampiño. Uno piensa que las patillas tienen mucho que ver con el carácter austero y con la urbanidad en bancarrota. Que el hombre dotado de patillas no debe hacer ni decir tonterías. Que si se dejó las patillas como espectador del Derby de Epson o como los lores con sombrero de copa que salen en el anuncio de la ginebra inglesa, ya tendrá que vivir en estado de reverencia crónica. Cediéndole el asiento a la dama que se ha quedado de pie. Buscando siempre el pañuelo caído, para recogerlo con urgencia hidalga. Hay que hacerles homenaje a las patillas, volviendo al cumplimiento de cuando las patillas eran un símbolo de responsabilidad ciudadana.

Por eso las patillas parecen una intromisión en esta época de modales desalmidonados y desprecio a la etiqueta. Las patillas estaban bien para pedir a una novia, para abrir el testamento, para la presidencia de los juegos florales y mejor todavía para la visita de condolencia. Tampoco podía perdonarse que prescindieran de ellas los embajadores de los países hermanos acostumbrados a exportar agregados culturales con patillas. Aparecerce masticando chicle, con cuello de tortuga, collares de bailarina de Hawaii y las patillas en boga, más que novedad o capricho de una generación, se nos antoja un ultraje a la historia.

En España hubo tiempos en que las patillas y el bigote se consideraban un atributo de autoridad y sólo se permitía su uso a los militares de rango elevado. El beso de cepillo Fuller que enloquecía a las mujeres gordas era un privilegio sagrado de los oficiales que servían al Rey. La población civil vivía con el afán incumplido de adornarse con aquellos mostachos de fronda que privaban al sexo débil, a pesar de que retenían entre sus pelos la espuma de la cerveza y la nata de la leche. Cuando la ley fue suprimida, no quedó un español de ideas liberales que dejara de retratarse con patillas. Los cuadros de nuestros antepasados con barbas y grandes bigotes quedaron para siempre en los armarios de la familia como un legado de la abolición. Hay memorias también de los hombres elegantes que consideraban la verruga de pelo ensortijado como un signo de seducción irresistible. La verruga que hoy se cauteriza porque puede ser aviso de cáncer, se cultivaba y se exhibía como un regalo encantador de la naturaleza.

Cierto que la circunspección de las patillas pretéritas había venido a menos. Tuvieron la culpa los mayordomos de las películas mudas y los cocheros de los simones. Los chulos en las verbenas confiaban en sus patillas plebeyas para seducir a las manolas. Con mantón y patillas también. Las patillas de las manolas tenían la forma de un signo de interrogación y se pegaban a las mejillas con saliva. Abusaron de las patillas los bandoleros adorados en coplas y perseguidos por la Guardia Civil. También los organilleros que pasaban la gorra en el vecindario después del chotís ejecutado en el piano de manubrio. El chotís hubiera seguido siendo polca si los madrileños al robárselo no le hubieran puesto un acento castizo en la i. Ya apenas quedaban en el mundo otras patillas que las subalternas de los maitres de los restaurantes de lujo. Que saludan al cliente con una genuflexión imposible sin el cuello de pajarita, el frac y las patillas como complementos indispensables.

Las patillas se habían acabado y la verdad que no merecían una resurrección así, tan popular y al alcance de todas las fortunas y de todos los carrillos. Aunque los tilden de old-fashion, los espíritus conservadores no comulgan con las extravagancias de la hora presente. El jacket Nehru es la camisa de dormir que la moda ha sacado a la calle. Es el pijama indio de lujo. Cada día los varones con el pelo más largo y las hembras con las faldas más cortas. Hay que reconocer, eso sí, que la moda vigente le ha ganado a la moda de antes en la variedad infinita de patillas puestas a circular. Antaño todas las patillas eran rectilíneas, aburridas, iguales. Se respetaba mucho el patrón ortodoxo de las patillas de hachas, que hacían juego con el monóculo de cordón sujeto al ojo con un guiño mundano. Señores importantes que nos veían con mirada de componedores de relojes. El monóculo era incómodo y ridículo. Pero había algo de compensación en el gesto arrogante al despegar el cristal del párpado arrugado para guardarlo en el bolsillo del chaleco.

Los modelos de patillas resultan de variantes fecundas e infinitas. Hay patillas insolentes, patillas que bajan y se agrandan en la cara como un propósito inconcluso de llegar a ser barbas, de revolucionario o de astrólogo. Hay los tímidos que no se decidieron de una vez y llevan patillas disimuladas y cobardes, crecidas poco a poco. Patillas abultadas y blandas. Como las brochas de cuando no se había inventado todavía la crema de afeitar. Patillas insultantes, como recortadas con tijeras de jardinero. Los gordos con patillas parecen más gordos, como si le hubieran puesto paréntesis a la importancia de sus patillas de media luna. Se justifica que los calvos que esperan el trasplante no afrontado todavía por la ciencia prefieran las patillas sensacionales y exageradas, que los consuele y los disculpe de su calvicie. Ahora usted observa a los pasajeros que ocupan un vagón del subway y son pocos los puritanos que han evadido la tentación de las patillas. Se piensa que no son oficinistas que van al trabajo, sino coristas preparados para la apoteosis de patillas de una comedia musical de Broadway.

LOS NEURASTENICOS

En la neurastenia la mala educación adquiere indulgencia de fenómeno patológico. Cuando se es neurasténico se puede ser grosero. Como se puede ser mujer tonta cuando se es mujer bonita. La educación es barniz que enseguida desaparece al contacto con la neurastenia. El jefe de oficina puede ser neurasténico, por lo mismo que es jefe. Puede ser también neurasténica la esposa muy joven que tiene un marido muy viejo. Dos cosas suelen leer con interés los neurasténicos. Las obras de Freud. Que no entienden. Y el folleto de la última medicina. Que les recomendó un amigo. Neurasténico también. Un enfermo de los nervios siempre es el médico de otra víctima del mismo mal. Los verdaderos neurasténicos quisieran que todo el mundo sintiera los temores que ellos sienten. Y que experimentaran los síntomas que ellos experimentan. El aumento de la neurosis se debe a los cambios progresivos que se han operado en la vida. Antes casi todos los ambientes respiraban una paz franciscana. Hoy todo alarma, todo excita, se vive a chillido limpio. El de ahora es un cuadro enervante de tensión, de angustia, de dolor perenne. El divorcio al terminar la luna de miel. Las novelas del aire con esas actrices que sólo paran de llorar para que el anunciador les dé un consejo a las amas de casa. Cruzar algunas calles se ha convertido en acción heroica. Llegamos a la acera de enfrente con júbilo de náufrago que ha ganado la orilla. Atravesamos un siglo de enajenación mental y sexual. Lo que pasa es que, como todos estamos un poco locos, la neurastenia no se nota. La neurastenia, o se adquiere en los caminos de la vida, o se recibe como triste legado de los padres. Por herencia, como el elefante, el neurasténico nace cansado y nace triste.

Los que viven sufriendo de los nervios, dicen, a modo de consuelo, que Alejandro Magno y Julio César eran epilépticos. Que Napoleón era un caso franco de vagotonía con sólo cuarenta pulsaciones por minuto. A Napoleón le sobraban pulsaciones para ganar las guerras que ganó. Y le faltaban pulsaciones para no ser en el amor lo desdichado y lo resignado, que dicen los historiadores que fue. Lo que a las mujeres les gusta de los guerreros, es el pecho lleno de condecoraciones. Y parece que Napoleón cometía el gravísimo error de quitarse el uniforme para hacer el amor. Hay hombres que viven encantados del espectáculo de su neurastenia, porque oyeron decir que es padecimiento de gente intelectual o de gente rica. Algunos ricos son intelectuales que guardan la cultura en el banco. Hay algo que se estima mucho en la vida y que se conoce por cultura general. Un mal pedazo de cada conocimiento. El campo sintomatológico es tan infinito, que abarca todas las enfermedades, sin abarcar ninguna. Hay neurasténicos que están esperando la embolia cuando se meten debajo de la ducha. Otros se sienten rondados por la muerte repentina y temen quedarse dormidos, porque ese sueño puede ligarse al sueño de la muerte. La neurastenia, sin remedio, degenera en un estúpido afán de querer ser médico de sí mismo. Por eso el neurasténico puede estar tuberculoso por la mañana. Tener asma al mediodía. Y obsesión de locura por la noche. Claro que tiene que existir un desequilibrio bárbaro en la tranquilidad del hogar donde se producen esos tres diagnósticos en veinticuatro horas. La verdad es que la neurastenia es un mal que no padece el enfermo y que acaba sin embargo con la vida de los demás. Un caballero de educación esmerada, pero neurasténico de remate, no puede soportar las vaciedades de su mujer. La mira de arriba a abajo y hace un esfuerzo grande para contenerse. Es muy señor para levantarle la mano. Por eso la trata a patadas.

Hay deportes sedantes que son recomendables para la neurastenia. Como el golf y la pesca. Pasatiempos que pueden ejecutarse aunque falte la juventud. La juventud es una prueba continua de la relatividad. Un atleta empieza a ser viejo a los treinta años, mientras un farmacéutico todavía es joven a los cincuenticinco. Los deportes han beneficiado nuestro siglo, aun en el orden terapéutico. El jugador de golf es un agrónomo con alma de peón caminero. Cree que Dios hizo el mundo para que él lo llene de agujeros. Hay gente vulgar que no sabe elogiar de otra forma la obra de los deportes que repitiendo aquello de "mens sana in corpore sana". Su construcción benefactora no estriba precisamente en que hayan hecho mentes sanas y hércules en series rigurosas. Los deportes han servido también para convencer a la humanidad de que debe bañarse. Han terminado aquellas personas humildes que se lavaban con alcohol de la cintura para arriba. Y las señoras que al volver de las tiendas se lavaban los pies en una palangana. Los deportes han creado mentes sanas y axilas frescas.

Es necesario no haber sido nunca neurasténico, para afirmar que la neurastenia se cura con dinero. El dinero, cuando más, puede servir para pasear la neurastenia, para cambiarla de camino y distraerla de horizontes. Tampoco se cura la neurastenia cambiando de mujer. Ni cambiando de cocina. Un filósofo de café nos ha dicho casi con melancolía: "Yo visto, calzo, alimento y divierto a una mujer. A veces mido el tiempo en que yo la sirvo a ella y lo comparo con el tiempo escaso en que ella me sirve a mí y comprendo que no es honesta la recompensa". No sería justo comparar el sacrificio de él, al sacrificio de ella, sin antes conocer que el autor de la frase es un reverendo *picúo* que está pagando a plazos el panteón para el orgullo de morirse sin deberle nada a nadie. El neurasténico es un alma al garete, es un temperamento insufrible, es una cosa incontrolable y llena de mortificaciones que sólo pueden padecer sin rebelarse las personas que mucho lo quieren. La verdad, nosotros somos neurasténicos.

EL SUBWAY

El subway es el vehículo imprescindible y bárbaro. Al entrar en el subway hay que dejar en el andén la educación, la timidez y la pena. Los empellones que damos nos reivindican de los empellones que recibimos. En la historia de los transportes, desde la carreta al Jet, el subway representa la edad de oro de la descortesía y el egoísmo. Lo único que importa, es la prisa propia. Lo demás parece desconsideración ajena, digna de la blasfemia y el encontronazo. El pasajero del subway cree que tanta maravilla subterránea la realizaron los ingenieros para que él no llegue tarde al trabajo.

Por lo mismo que el subway iguala la capacidad física de los sexos, repudia todo ensayo de galantería. Integra las razas. Mezcla y confunde credos y jerarquías. Es el logro de la democracia por frotación y amontonamiento. El que va despacio por los túneles que conducen a la estación, resulta un ser anacrónico y despreciable. Hay que correr. Añadirse al cross-country cotidiano en la selva de cemento. Las escaleras eléctricas son una pausa a la esquizofrenia. Los que porfían por salir del subway chocan sin excusas contra los que se aglomeran para entrar. Es una confrontación vertiginosa y traumática. Que termina cuando las puertas se cierran con estampido de bofetada mecánica. Uno no se explica que haya en los pasillos señoras con los paquetes de la tienda y un niño. Gordos con la presión alta. Estudiantes abrazados a los libros. Y hasta alguna oficinista con pestañas postizas y lentes de contacto. Los asientos desocupados ya se sabe que pertenecen a quienes los alcancen primero. Trámite de asalto impetuoso y súbito que debe de estar inspirado en la afición del norteamericano al rugby. Los que se quedan parados, o se agarran enseguida. O enseguida se caen, cuando el tren arranca. Por eso al ver el vagón de un subway vacío, con los sujetadores y las barras de metal que van del suelo al techo, es imposible negarse a la semejanza con una sala de hacer gimnasia.

El subway es una fuente inagotable para el espíritu observador. No hay otro catálogo más variado y rico de tipos, ropas, costumbres y manías. Es como el tubo de un calidoscopio con imágenes de colores epilépticos. Los pasajeros pueden ser diferentes de carácter, religión y oficio, pero se parecen todos en lo serios que van y en el apuro que llevan. El subway, como el ascensor, impone aire de gravedad y mal genio. Parece que vamos enfadados. Que nada nos hará reír.

El subway no fue hecho para nosotros, que pertenecemos a una raza que cuando realiza un tránsito, corto o largo, siente a veces la necesidad fisiológica de conocer al pasajero de al lado. O al pasajero de enfrente. O a los dos. Y no tanto porque tengamos algo importante que decir, como porque no nos gusta estar mucho rato sin decir nada. El subway descubre la paradoja de la soledad tumultuaria. No se habla con el vecino de asiento. Pero abundan, en cambio, los que hablan solos. Hay los locos recluídos que se creen Napoleón. Y hay los locos de subway que se creen ventrílocuos. En esos trances de ganas criollas de establecer amistad temporera con personas a quienes no hemos visto nunca y a quienes no volveremos a ver jamás, es muy socorrido combatir el clima por el daño que hace. O atacar al gobierno, que puede hacer todavía más daño que el frío o que el calor. En el momento menos pensado los ómnibus nuestros se convierten en paneles con ruedas. Porque los viajeros se animan en una charla de estrategas, filósofos y comadritas empeñados en arreglar el mundo.

En el subway, no hay quien se fije en usted. Y si usted es latino y ha aprendido a ir en subway, no vaya a cometer la novatada de fijarse en alguien. Si le conmueve que la señora muy cansada y muy vieja está de pie, échese a la espalda lo que en Manhattan le quede de Quijote y no se levante. Deje que el ciego se defienda con su bastón. Que las monjas, que siempre montan en subway en parejas dependan de la fe que les puso los hábitos. El asiento en el subway no se cede. Ni para premiar la belleza de una mujer, ni para mitigar el dolor del inválido.

El subway es compendio, vitrina y museo del concepto absoluto de la libertad. La independencia para pensar ya no basta, si no la acompaña el derecho soberano a que cada quien se vista o se desnude como se le antoje y haga lo que prefiera. Hasta lo ridículo merece respeto. Hay los que se quedan dormidos en el subway. Como arrullados por la canción de cuna escrita en pentagrama de hoja de lata. Otros hacen algo menos explicable que dormir. Van de pie leyendo un diario o una novela de bolsillo. No falta el caballero de porte distinguido, que no para de consultar el reloj de pulso, a la vez que aprieta contra la axila un portafolio, con miedo de perderlo. Por su estampa de ejecutivo podría pensarse que en la cartera lleva las escrituras para comprar el Empire. Tal vez no sea más que el bocadillo de tuna con mayonesa para la hora del lunch.

El subway es inventario rodante de lo que se usa. Y galería de caricaturas de las cosas exageradas y extravagantes que ojalá no se hubieran puesto de moda nunca. Los preocupados de las modas envejecen y pasan. Las modas vuelven. Ahora se llevan otra vez las chaquetas cruzadas con numerosos botones y solapas anchas. Los flacos se ven más flacos. Los gordos parecen que se han vestido con la funda del contrabajo. Asistimos también al renacimiento de las patillas de cuando el minué y los dijes con la fotografía del abuelo. Por vistas, por abusadas, más que novedad, las patillas son el uniforme obligado de multitud de semblantes.

Han resucitado los bigotes con las puntas colgando. Quien los lleva, parece que muerde una rata y se resiste a soltarla. Entre los teen-ages privan las melenas con dos bandas caídas con desmayo de cortina. Causa excelente efecto que una de esas bandas clausure un ojo. En plena mañana, ¿a dónde irá ese señor con un frac verde? En una ciudad de diez millones, la duda no existe. Irá a filmar una película. O a pedir turno en la consulta de un siquiatra. Hay las muchachas que en el subway se arrepienten de la minifalda. Porque al sentarse cierran las piernas y se tapan las rodillas con el bolso. La mujer con peluca, que antaño era vergüenza y secreto escondido por la familia, es gusto generalizado. Hay señoras que tienen más pelucas ellas que corbatas el marido. Se usan las rubias o las trigueñas de quita y pon. Pelucas grises, azules, carmelitas. Pelucas amarillas como el estropajo. Pelucas rojas que parece que fueron tratadas con virutas de sacapunta. El hombre con un bisoñé barato no acaba de comprender que la peor de las calvas es preferible a una peluca mala. Antes de las cruzadas de los Derechos Civiles, los negros norteamericanos se planchaban los rizos y se untaban tanta vaselina en la cabeza, que daban la idea de que los habían peinado en una planta de engrase. Ya no. Los hippies, interesados en denunciar a la sociedad, quieren parecer más negros de lo que son. Se dejan crecer la melena y se la alborotan hacia arriba. Como si una gran emoción les hubiera dejado los pelos de punta.

AQUEL DICIEMBRE CUBANO...

En la Cuba que perdimos, diciembre era el mes de los balances y las celebraciones. Era como un mes vestido de fiesta. Constituído por una sucesión de domingos. Era el mes del circo, de los aguinaldos, del arbolito de Navidad. De enterrar al Año Viejo y esperar el Año Nuevo. Con las perspectivas de alegrías y desventuras presagiadas por nuestros astrólogos en los horóscopos de diciembre. Los astrólogos son sabios con alma de comadritas. En nombre de una ciencia sideral e improbable, juegan a la murmuración como una tía soltera. Y toman la fecha del nacimiento para la sospecha de que cualquier día impar podrá atropellarnos un ómnibus. O fallarnos un negocio. O traicionarnos la mujer. Lo admirable de los horóscopos no es el genio de quien los hace. Sino la credulidad deliciosa de quienes los leen y han llegado a formar una casta de gente misteriosa que antes de ir al cinematógrafo, se cerciora del influjo de Urano en la primera casa. Diciembre era también el mes en que la esposa criolla se acordaba de que tenía capa y no tenía frío. Ya nadie podía evitar que le llamara invierno a un norte ridículo o al chubasco de humedecer los jardines. Y sacaba el mink más o menos legítimo. Aunque Juan se empeñara en ir en guayabera.

Nadie pudo saber jamás cómo el empleado modesto podía transcurrir todos los egresos de aquel diciembre cubano sin llegar al llanto o al suicidio, como un rito añadido a la euforia cristiana de la Navidad. La cosa empezaba el Día del Médico que más que cortesía, era sagrada obligación en un país donde persistía la creencia de que la consulta y el teatro no debían de pagarse. Y terminaba en los Reyes Magos. Que para la historia no llegan en diciembre, pero para el empleado, sí. Porque todavía no había vuelto a cobrar. El sueldo de diciembre era escurridizo, infinito, heroico. No había bajo la bóveda del cielo bandoneón que se estirara más.

Después de que le habíamos enviado a nuestro médico una corbata en un paquete de regalo decorado con más cintas que una novia de campo, aparecía en la casa la mujer apegada a las tradiciones, que nos decía que ya iba siendo hora de armar el arbolito de Navidad. El árbol de Navidad es caro por lo mismo que está constituído por una serie de adornos baratos. Nos arrancaba un buen pedazo del sueldo. Bolita a bolita. El árbol de Navidad es como un enano insolente que se ha cogido para él solo todos los colores del Arco Iris. En su recargamiento de resplandores, deja de ser árbol de Jauja, para parecer farola de comparsa. Siempre queríamos que nuestro arbolito de Navidad tuviera más esferas y más bombillos que el del vecino. Y esa vanidad, sentida por la esposa, y por los hijos, la pagaba el marido volviendo al Ten-Cent y regresando con más luces, más bolas y más nieve. Todavía faltaba el nacimiento. Había que comprar un puente, para tenderlo sobre un río de papel crepé. Buscar un trineo y un pozo. Y jugar a los soldaditos de plomo con pastores y ovejas, que salpicaban de tristeza un establo improvisado con cajones de bacalao. Y ya estaba el arbolito, colocado siempre en un sitio que pudiera verse desde la calle. Porque en las conmemoraciones de diciembre, la satisfacción íntima no era completa, si no se enteraban los demás.

Para el buen padre de familia de Cuba, diciembre tenía algo de frustración si no llevaba a los niños al circo. El complemento del domingo en el circo era el mantecado y el globo. Y el comentario de que el año pasado estaba mejor. A los viejos no hay quien les quite de la cabeza que la ópera y el circo antes eran mejores. Después de pagar las entradas del circo, llegaba la Nochebuena, con la cena tradicional, que representaba el orgullo máximo de la familia. No debía faltar nada, porque cualquier cosa que faltara, el turrón casi español o el membrillo que es el campeón de la idiotez de la repostería, dejaba en el ánimo un complejo de amargura. La castaña es fruto, pero parece camafeo. Recuerdo de la abuela. En Nochebuena había que intoxicarse para quedar bien. La ingenuidad casera hablaba menos de lo comido que de lo que quedaba sin comer. Existía un poco de gloria en que sobrara para el día siguiente. Lo típico era el lechón comprado en el portal. Y ese vino que no era de marca conocida, pero que se colaba solo. Toda la familia se reunía en el festín que no tenía otro paréntesis de silencio que el instante en que el hermano mayor, con un poco de heroísmo, iba a abrir la botella de sidra, que apretada entre los muslos. Había que cerrar los ojos y esperar el estampido.

Eso era el veinticuatro y el veinticinco ya llegaba Santa Claus. Los muchachos esperaban un juguete. Y el empleado modesto lo compraba, sabiendo que todavía debía reservar dinero para esperar el Año y para los Reyes Magos. También para contestar las postales de navidad. La felicitación de Pascuas es deuda sagrada que debe pagarse. Y el padre de familia la pagaba con otra cartulina donde llegaba el infante con el ombligo a la intemperie, al tiempo que el viejo de la joroba y la guadaña se alejaba por un trillo nevado que conducía a un horizonte con sol de litografía.

Quienes han hablado de otras epopeyas, no se detuvieron nunca a pensar en el calvario de un sueldo sencillo en aquel diciembre interminable y cubano. ¿Qué podía quedar de ese sueldo cuando los hijos ponían el zapato y se acostaban a dormir soñando con un tren de cuerda o con un automóvil de hoja de lata? Los padres que no tenían Reyes Magos, lo inventaban, lo sacaban de donde hubiera que sacarlo y esa madrugada caminaban en puntillas y llegaban a la vera de la cama de los muchachos, para depositar allí los juguetes que compraron sólo ellos sabían cómo.

Habían también los Reyes para las personas mayores. El pañuelo con iniciales que a hurtadillas nos ponía la mujer en la mesa de noche. O el broche de fantasía que nosotros le poníamos a ella, mientras dormía o simulaba dormir. Eran expresiones mutuas de afecto, que dependían también del sueldo espartano de diciembre.

Diciembre es la meta del año. Es el mes que más se acerca a la vejez. Es la época de amarnos entrañablemente. Florecimiento del aguinaldo y edad en que el prójimo se interesa por nuestra salud en cortesía de tarjeta-postal. Los establecimientos se iluminan y se abarrotan. En la patria risueña, cristiana y libre, que perdimos, en medio de ese torrente enloquecedor se iba inmolando, pedazo a pedazo, centavo a centavo, el sueldo de diciembre del empleado pobre, del empleado bueno, que no quería que sus hijos aprendiesen a llorar demasiado pronto. . .

FIN

CONTENIDO

CONTENIDO